FRIEDERIKE SCHMÖE
O du fröhliche,
o du grausige

WENN DEIN LEBEN IMPLODIERT Bella pflegt ihren dementen Vater, schreibt für die Zeitung, versorgt Ehemann und Tochter, engagiert sich für den dörflichen Weihnachtsmarkt, und nun kriecht auch noch ihr liebeskranker Bruder bei ihr unter. Wie gern würde sie aus der Familienarbeit aussteigen und nur noch schreiben! Als sie eines Abends auf der Landstraße eine sterbende Frau findet, scheint der Moment gekommen: Sie macht die Fahrerflucht zu »ihrem Fall«. Doch im Dorf stößt ihr Interesse an dem Unfall auf Unverständnis. Plötzlich erweisen sich die sonst freundlichen Nachbarn und angeblichen Freunde als Gegner. Aber Bella lässt nicht locker. Jemand in ihrer Nachbarschaft hat Dreck am Stecken, und sie will herausfinden, wer für den Tod der jungen Frau verantwortlich ist. Immer weiter dringt sie in die Beziehungen hinter den malerischen Fassaden vor, bis das Dorf sich gegen sie wendet. Um sich zu verteidigen, muss sie die Fäden dieses Falles entwirren. Doch wie es aussieht, stürzt sie damit ihre Familie ins Unglück ...

Geboren und aufgewachsen in Coburg, wurde Friederike Schmöe früh zur Büchernärrin – eine Leidenschaft, der die Universitätsdozentin heute beruflich nachgeht. In ihrer Schreibwerkstatt in der Weltkulturerbestadt Bamberg verfasst sie seit 2000 Kriminalromane und Kurzgeschichten, gibt Kreativitätskurse für Kinder und Erwachsene und veranstaltet Literaturevents, auf denen sie in Begleitung von Musikern aus ihren Werken liest. Ihr literarisches Universum umfasst u. a. die Krimireihen um die Bamberger Privatdetektivin Katinka Palfy und die Münchner Ghostwriterin Kea Laverde.

FRIEDERIKE SCHMÖE
O du fröhliche, o du grausige

Weihnachtskrimi

Immer informiert

Spannung pur – mit unserem Newsletter informieren wir Sie
regelmäßig über Wissenswertes aus unserer Bücherwelt.

Gefällt mir!

Facebook: @Gmeiner.Verlag
Instagram: @gmeinerverlag
Twitter: @GmeinerVerlag

Besuchen Sie uns im Internet:
www.gmeiner-verlag.de

© 2020 – Gmeiner-Verlag GmbH
Im Ehnried 5, 88605 Meßkirch
Telefon 07575 / 2095-0
info@gmeiner-verlag.de
Alle Rechte vorbehalten
1. Auflage 2020

Lektorat: Claudia Senghaas, Kirchardt
Herstellung: Mirjam Hecht
Umschlaggestaltung: U.O.R.G. Lutz Eberle, Stuttgart
unter Verwendung eines Fotos von: © united lenses / photocase.de
Druck: CPI books GmbH, Leck
Printed in Germany
ISBN 978-3-8392-2744-2

Personen und Handlung sind frei erfunden.
Ähnlichkeiten mit lebenden oder toten Personen
sind rein zufällig und nicht beabsichtigt.

VORBEMERKUNG

Manchmal muss man in einem Buch allerlei erfinden: zum Beispiel gänzlich neue Tageszeitungen, Redaktionen und ihre Leiter. Sie sind einfach Buchfiguren. Darauf basiert das Prinzip »Roman«. Gleiches gilt für Impfgegner und -befürworter, Bioladenkunden und Wirte. Sie sind nur in unseren Köpfen existent. Ebenso wie Dörfer. Und Siedlungen. Das liebliche Maintal und seine Umgebung jedoch habe ich so gezeigt, wie es mir schon oft begegnet ist – gerade in einem trüben Winter.
    Fröhliche Weihnachten.

1

Schneegriesel trieb über den Parkplatz. Bella lehnte an ihrem Mini und rauchte. Im Bioladen gingen die Lichter aus. Nur noch ihr Wagen stand da und ein E-Auto mit der Aufschrift: »Mittel fürs Leben«. Meine Güte, dachte Bella. Tief inhalierte sie den Rauch. Was für eine Wohltat nach Stunden in dem stickigen Raum voller Knalltüten. Sie war bis zuletzt geblieben, um noch kurz mit dem Arzt zu sprechen. Dr. Wolfram Brandenburg, Impfgegner, kein schlechter Rhetoriker. Ihr sollte es recht sein. Sie war gegen alles geimpft worden, ihre Generation hatte sogar noch eine ordentliche Portion Pockenvakzin verabreicht bekommen. Sie war 50 geworden, ihr Geburtstag vor ein paar Wochen hatte es ihr vor Augen geführt, es hatte geklappt, sie war einfach nicht totzukriegen, Zigaretten und Impfungen hin oder her. Jedenfalls nicht so leicht. Sie steckte Nebenwirkungen genauso weg wie Krankheiten. Gleich im Rachenraum abtöten, die Bakterien, dachte sie, nahm einen letzten Zug. Warf die Kippe weg. Die Glut erlosch zischend in einer Schneepfütze.

Wolters schickte natürlich immer sie zu diesen Terminen. Impfgegner und -befürworter zusammen in einem Bioladen, zwischen Regalen voller schlapper Lauchstangen, Flaschen mit Schwarzkümmelöl und veganen Weihnachtsplätzchen. Was sollte dabei wohl rauskommen? Angekündigt war das Ganze als Infoveranstaltung. Beigewohnt hatte sie einer verbalen Keilerei. Die Impfbefürworter ließen es sich nicht nehmen, eine eigene Abordnung zu schicken. Hier galt es einmal mehr, das Vaterland zu verteidigen. Bella stieg in den

Wagen. In ihr machte sich das deutliche Gefühl bemerkbar, dass ihre verbleibende Lebensspanne zu kurz geworden war für Besprechungen, in denen aufgeblasene Egos die Messer wetzten.

Das Licht im Laden ging aus. Wendy Gleichsam, Bioladeneigentümerin, schlüpfte durch die Tür, sperrte sorgfältig ab und hastete durch den Griesel zu ihrem Elektroauto. Bella stöhnte leise, während sie über die beschlagenen Scheiben wischte. Sie kaufte hier ihren Kaffee und wollte das gerne weiterhin tun. Also besser nicht zu bissig über den heutigen Abend schreiben. Ihr Bioeinkaufserlebnis war sowieso kompliziert. Der Bioladen lag in der Neubausiedlung. Die Bewohner aus dem Dorf ließen sich hier nicht blicken und gaben schon gar kein Geld aus, um diesen »verteufelten Kram« zu unterstützen. Bioladen: Das war eine Sache für die Latte-Macchiato-Bewohner der Siedlung, die Neuen, die Zugezogenen, für die, die im Homeoffice arbeiteten. Patchworkfamilien mit der neuesten IT-Technik im Haus. Mit denen traf man nur in der Dorfschule zusammen. Allein das führte schon zu Fehden.

Ich habe keinen Nerv mehr für diesen Quatsch.

Siedlung – neu; Dorf – alt. So lautete das Naturgesetz der Gemeinde Silldorf zwischen Main und Autobahn, in nicht allzu ferner Nachbarschaft der Weltkulturerbestadt Bamberg. Bella und Diethard hatten, als ihre Tochter ein Baby war, hier gebaut. Das war fast 25 Jahre her. Sie waren ins Dorf hineingewachsen, quasi eine organische Bepflanzung desselben. Damals hatte es die Siedlung noch gar nicht gegeben. Mittlerweile herrschte eine Art subtiler Krieg zwischen Siedlung und Dorf, und die Auswirkungen sickerten bereits in die verschworene Dorfgemeinschaft hinein. Nach Jahren des Lebens und Lebenlassens wuchs Unmut und entschieden triviale Fragen, wer noch mit wem grillte und mit wem im »Dorfkrug« anstieß.

Seufzend startete Bella den Motor. Im Dorf würden sie jedes Wort, das sie in der Tageszeitung schrieb, daraufhin abtesten, ob sie vielleicht zu wohlmeinend mit dem Siedlungszeug umging: dem Bioladen, dem Impfgegner. Dr. Brandenburg hatte seine Praxis natürlich in der Siedlung. Seine Patienten kamen nicht aus dem Dorf. Soweit man wusste.

Sie fuhr langsam los. Die Straßen hier waren breiter und heller beleuchtet als im alten Dorf. Man leistete sich modernere Lampen, ganz klar. Hastig arbeiteten die Scheibenwischer gegen die wässrigen Flocken an. In den Fenstern blinkte Weihnachtsschmuck. Manche stellten auch beleuchtete Rehe in ihre Vorgärten. Bella fragte sich, was Weihnachten mit beleuchteten Rehen zu tun hatte.

Am liebsten würde sie gar nichts über den Abend schreiben. Wolters klarlegen, dass nichts von dem, was heute im Bioladen salbadert worden war, für die Allgemeinheit interessant genug wäre, um es in der Zeitung breitzutreten. Ihr Redakteur würde gespielt erstaunt die rechte Augenbraue hochziehen. Es war doch ein Thema. Alle Medien waren voll davon. Solidarische Gesellschaft. Impfpflicht und so. Bella empfand das Wort rein phonetisch schon als Zumutung. Aber wenn sie Wolters gegenüber meckerte, würde er sie auf lange Sicht erst recht in die Hausfrauenecke abschieben, Sparte »Rezept des Tages«. Diese Drohung geisterte bei jedem Telefonat mit Wolters durch die Leitung und blähte sich jedes Mal zum Monstrum auf, wenn sie als feste Freie nicht bei jedem Anruf aus der Redaktion Gewehr bei Fuß stand. Dabei hatte sie eine Familie zu versorgen. Den Mann, den Vater. Dazu ein Haus. Sie musste für Melanie bereitstehen, falls die ihre alte Mutter mal brauchte. Und jetzt schien auch noch Rolf bei ihr unterkriechen zu wollen. Beim Gedanken an ihren Bruder spürte sie die heftige Sehnsucht nach einem Bier. Nein, besser nach etwas Härterem.

Sie hatte Rolfs Anruf vor ein paar Tagen nicht ernst genommen. Doch das Schicksal würde sie ereilen, Bruderherz stand in den Startlöchern, sich einmal mehr bei ihr auszuheulen. Diesmal war ihm Ehefrau Nummer zwei abhandengekommen. Sie war von einem anderen schwanger. So was kam vor, aber für Rolf brach die Welt zusammen. Jennifer war 20 Jahre jünger als er und wollte ein Kind. Rolf wollte nicht. Also hatte sie Gegenmaßnahmen ergriffen. Und Rolf? Ihr Bruder, vier Jahre älter als Bella, wusste immer noch keinen anderen Rat, als bei seiner Schwester um Unterschlupf zu flehen. Sich die ramponierte Seele streicheln zu lassen. So wie früher. Als die kleine Schwester der einzige Rettungsanker gewesen war.

Bella schnaubte. Sie bog in den Flurbereinigungsweg, die inoffizielle Verkehrsverbindung zwischen Siedlung und Dorf. Offiziell war sie nur für Nutzfahrzeuge frei, die Einheimischen machten jedoch ausführlich von ihr Gebrauch. Zwei weitläufige Äcker trennten die beiden Wohngebiete, genannt »die Narbe«. Im Sommer wuchs hier Mais für die Biogasanlage der Siedlung. Jetzt im Winter machte die schwere, dunkle, von einer dünnen, halb gefrorenen Schneekruste bedeckte Erde ihrem Namen alle Ehre. Wulstig und hässlich präsentierte sich die »Narbe« im Licht der Scheinwerfer. Bella fragte sich, ob der Grund in nicht allzu ferner Zukunft auch noch als Baugebiet ausgewiesen würde, die Siedlung mithin noch näher an das Dorf heranrücken würde. Das gäbe unter Garantie Hauen und Stechen!

Ich habe das Ganze echt satt. Total satt.

Grantig wischte sie mit der Hand den Beschlag von der Windschutzscheibe. Die Lüftung arbeitete auf Hochtouren. Sie stellte das Radio an, 22-Uhr-Nachrichten.

Verdammt, sie hatte jetzt keinen Nerv für die Grässlichkeiten der Welt. In ihrer eigenen Umgebung gab es genug aufgeblähte Egos.

Eine Windbö knallte von der Seite gegen den Mini. Nicht mehr viel und ich hebe ab, dachte Bella missmutig. Sie nahm Gas weg und spähte angestrengt auf den Acker. Was um Himmels willen lag da? Hatte da einer Feuerholz verloren? Drei Meter neben der Straße? Sie trat auf die Bremse.

Fuck.

Bella würgte den Motor ab, sprang aus dem Auto, rannte. Schnee peitschte ihr ins Gesicht.

»Hallo? Hören Sie mich? Hallo?«

Am Rand der Scheinwerferkegel sah sie ein wachsweißes Gesicht voller dunkler Flecken, umrahmt von nassem dunklen Haar. Blut an der Schläfe. Blut im Schnee darunter. Schneegriesel auf der Kleidung. Der eine Arm seltsam verdreht, die Beine wie locker untergeschlagen.

Ich glaub das jetzt nicht.

»Hallo?« Bella hockte sich hin, tastete am Hals der jungen Frau nach dem Puls. War da was? Unmöglich festzustellen, vielleicht ja, vielleicht nein.

Die Andeutung eines Stöhnens entrang sich der Kehle der Frau.

»Scheiße!«, schrie Bella in die Dunkelheit. »Hören Sie, halten Sie durch, ich rufe den Notarzt.« Sie rannte zum Auto, riss ihr Handy aus der Mittelkonsole. Setzte den Notruf ab und schnappte dann eine Decke vom Rücksitz. Breitete sie über der Frau aus. Ihr Herz jagte. Das passierte jetzt ständig. Ein sekundenlanges hektisches Pumpern, dann war es vorbei. Bella starrte auf ihre zitternden Hände, bevor sie die eine kalte der Frau ergriff.

»Sie sterben jetzt nicht, kapiert? Das geht einfach nicht. Bald ist Weihnachten. Da wird nicht gestorben.«

Wieder ein Stöhnen. Der auffällige Schal stach ins Auge: rot mit bunten Punkten.

Zu lustig für das hier.

»So ist es brav. Gleich kommt ein Rettungswagen.«

Bella hielt die Hand der Frau, deren Gesicht ihr leidlich bekannt vorkam und dann doch wieder nicht. Wie konnte man jemanden wiedererkennen, der in einer Dezembernacht sterbend neben dem Flurbereinigungsweg zwischen zwei Äckern lag? Ganz am Rand der Lichtkegel glaubte sie, etwas Dunkles vorbeiflitzen zu sehen. Nur ein Zucken. Ein Tier?

Halte durch, Mädchen, betete Bella, Gott, wenn es dich gibt, tu was.

Als vom Dorf her Blaulicht durch die Nacht geisterte, keuchte die Frau einmal tief auf. Danach war es still, seltsam still, als hätte sich auch der Wind zurückgezogen.

2

»Jetzt pass mal auf, Wolters. Ich will diese Story, klar?«
Bella blies Rauch ins Telefon.

»Spinnst du? Deshalb rufst du mich mitten in der Nacht an?« Der Leiter der Redaktion »Main« war zu erschöpft, um auf seine berüchtigte Drehzahl von 180 zu kommen.

»Ich habe die Frau gefunden, Wolters, sie ist mir unter den Händen gestorben. Im Schnee. Auf der ›Narbe‹.«

»Wo?«

»Zwischen Silldorf alt und Silldorf neu.«

»Ihr seid ja plemplem, da, wo du herkommst.«

»Ich komme nicht von hier. Ich wohne hier.«

»Jetzt leck mich doch mit deinen Spitzfindigkeiten!«, brüllte Wolters ins Telefon.

»*Ich* schreibe über den Unfall. Ich.« Bella streckte den Arm aus, griff nach der Bierflasche. Sie zitterte. Stellte die Flasche wieder ab, ohne zu trinken.

»Warum sollte überhaupt jemand darüber schreiben? Wir kriegen die Polizeimeldung rein und drucken sie.«

»Dass du dich da nicht mal irrst.« Bella liebte es, Wolters' Hoffnungen zu zerstören. »Die Frau ist angefahren worden. Das hat die Polizei noch am Unfallort festgestellt.«

»Fahrerflucht?«

»Sieht so aus.«

»Klasse, Bella, wirklich. Wer sagt mir, dass nicht du es warst?«

»Du hast sie ja nicht mehr alle.«

»Das sehe ich anders. Du rufst mich mitten in der Nacht an, weil …«

»Verdammt, ich habe eine halbtote Frau gefunden. Die ist mir unter der Hand weggestorben. Exitus. Scheiße, Wolters!«

»Okay, du hast einen Schock. Trink ein Bier oder nimm eine Tablette oder beides zusammen. Komm erst mal runter.«

»Wolters, du kannst mich mal am Abend besuchen. Ich will den Fall. Du wirst sehen, da ist was draus zu machen. Erinnere dich morgen an mich.«

»Wie denn nicht«, grunzte Wolters wütend und legte auf.

»Arsch!« Bella ließ ihr Telefon auf den Küchentisch fallen.

3

»Du warst spät dran, letzte Nacht!« Diethard goss Kaffee in seine Tasse. »Lief lang, die Veranstaltung, was?«

»Hm«, murmelte Bella. Sie war nicht ganz wach. Nicht einmal ansatzweise. Wenngleich sie nicht mehr schlief. Sie befand sich irgendwo zwischen Schlaf und Wachen. In einem ganz eigenen Chaos, in dem die Naturgesetze nicht galten. Oben war unten und unten oben. Innen außen. So in der Art.

»Bist du jetzt schlauer? Impfen oder nicht?« Diethard schmierte Kräuterquark auf sein Brot. »Nicht, dass es für uns noch etwas bedeutet. Das Kind ist groß.«

»Hm.«

Amüsiert betrachtete Diethard Graukorn seine Frau.

»Müde?«

Nerv mich nicht, entgegnete die lautlose Bella. Die Bella, die aus Höflichkeit das meiste für sich behielt.

Eigentlich ist alles wie immer, nur habe ich gestern spät in der Finsternis des Winters auf der »Narbe« einer verletzten Frau die Hand gehalten, während sie starb. Aber wenn ich jetzt den Mund öffne, um dir das zu sagen, kommt nichts raus. Weil das eben immer so ist. Die Inkubationszeit der beschissenen Nachrichten.

»Du hättest ausschlafen können«, fuhr Diethard ungerührt fort, was Bella beruhigte, denn in ihrem unscharfen Morgenempfinden war sie sich nicht sicher, ob sie ihre Antwort eben nicht doch laut ausgesprochen hatte.

»Hab was mit der Redaktion zu bereden.« Sie griff nach der Kaffeekanne. Leer. »Shit.«

»Fag mal, waff if jetzt mit deinem Bruder? Kommt er oder nicht?« Krümel spritzten aus Diethards Mund.

Bella stemmte sich hoch.

Kaffee! Sonst garantiere ich für nichts!

Sie kratzte das verbrauchte Pulver aus der French Press, gab frisches hinein, heizte das Wasser auf. 95 Grad.

»Bella? Was meinst du wegen Rolf? Wir hatten Weihnachtspläne, weißt du noch?«

»Grrrnnprrwsch«, murmelte Bella und goss das heiße Wasser in die Kanne.

»Was?« Diethard sah sie verdutzt an. »Du hast es doch nicht vergessen?«

»Nein, Liebster, wie könnte ich.« Der Satz kostete sie alle Kraft. Wie ein Junkie sog sie den Kaffeeduft ein. Allein der Geruch half manchmal. Heute war kein solcher Tag. »Er wollte am Wochenende kommen.«

»Heute ist schon Donnerstag.«

»Also morgen. Er kommt morgen. Wahrscheinlich. Oder übermorgen.« Bella hielt sich an der Arbeitsplatte fest. Ihr Gehirn war nicht ausreichend durchblutet. Daran musste es liegen. Die Welt schwankte.

Diethard seufzte theatralisch. »Möge er sich nicht bis Weihnachten hier einnisten. Bei seiner ersten Ehekrise lief es auf einen Langzeitaufenthalt hinaus.«

»Er muss arbeiten, also keine Sorge.«

»Umso besser. Und Emmy passt auf deinen Vater auf?«

»Ab nächster Woche hat sie Zeit.« Bella rieb sich das Gesicht und schob dabei ihre Augenbrauen, Wangen und Mundwinkel in eine Position, die man als angemessen freundliche Mimik für »morgens sieben Uhr im Winter, und es ist draußen dunkel und scheißkalt« bezeichnen konnte. Die patente, geschiedene, freie Emmy Barth, die normalerweise zweimal die Woche bei ihr putzte, hatte sich bereit erklärt, ab nächster Woche täglich ins Haus zu kommen, um Bellas Vater Gesellschaft zu leisten. Nach seinem Unfall und der folgenden Operation hatte die schleichende Demenz eine ziemliche Beschleunigung vorgelegt. Unmöglich, ihn in seinem Haus in Bamberg allein zu lassen. Seit einer Woche wohnte er bei Bella und Diethard. Diethard betrachtete sich als nicht zuständig.

»Ich muss los«, verkündete er stolz, als mache er sich auf den Weg, den letzten Säbelzahntiger zu erlegen.

Gute Idee.

»Ist wirklich alles in Ordnung mit dir?«

»Hm.« Bella nickte halbherzig. Sie war nicht der Mensch, der sofort losprudelte. Je tiefer etwas ging, desto schwieriger war es für sie, davon anzufangen. Auch wenn sie Diethard gern ihr Herz ausgeschüttet hätte – es würde Zeit brauchen, bis das Ventil sich öffnete. Und ganz bestimmt wäre es nicht am Morgen so weit.

»Ich habe mich nur gefragt ...« Unbestimmt deutete er auf drei leere Bierflaschen.

Hätte ich die mal lieber in den Keller gebracht.

»Ich war genervt gestern.«

Diethard drückte ihr die Schulter, wie man es bei einem Jugendlichen machen würde, der sein erstes großes Fußballturnier verloren hat, und verschwand murmelnd in der Diele. Kurz darauf hörte sie, wie sein Wagen ansprang und sich in die Reihe der Silldorfer einordnete, die zum täglichen Existenzkampf aufbrachen.

Bella drückte den Stempel der Kaffeekanne nach unten. Als sie ihren großen Becher, auf dem »Meine Tageszeitung am Main« stand, betankte, schlich ihr Vater in die Küche.

»Guten Morgen, Melanie«, flötete er fröhlich.

»Morgen, Papa«, flötete Bella zurück. Sie beschloss, es fürs Erste als Privileg zu betrachten, dass ihr Vater sie für ihre Tochter hielt.

4

»Bella Graukorn? Ich kenne Sie. Sie schreiben für ein Heimatblättchen, wie?«

Danke für das Kompliment.

»So sieht es aus. Ich werde über den Unfall gestern in Silldorf berichten.«

Bella zündete sich eine Zigarette an. Den Pathologen musste sie sich warmhalten. Sie kannte ihn von einem Bericht über eine Veranstaltung im Naturkundemuseum. Netter Typ, vier Kinder, alleinerziehend. Wie er das hinbekam, war ihr ein Rätsel.

»In Silldorf? Ich dachte, die Frau lag auf einem Flurbereinigungsweg? Zwischen zwei Äckern?« Der Pathologe hustete. »Jedenfalls ist sie angefahren worden. Hat etliche Knochenbrüche, gestorben ist sie allerdings an dem Milzriss, der ebenfalls durch den Unfall verursacht wurde. Sie ist innerlich verblutet. Im Prinzip hat es die Milz in zwei Teile gerissen.«

Bella schrieb mit.

»Können Sie etwas über den Autotyp sagen?«

»Von dem Unfallverursacher? Es war jedenfalls kein Kleinwagen, das kann ich Ihnen versichern. Da wird die Polizei mal schön die Stecknadel im Heuhaufen suchen dürfen. Die Leute fahren ja jetzt alle solche Dickschiffe. Passen in keinen Parkplatz rein und bleiben im Parkhaus stecken. Dann meckern sie rum, dass der Beton sich nicht dehnt. Extra für sie. Sonst noch Fragen?«

»Gibt es irgendwelche Details?« Sie drückte die Kippe aus und kramte in der Jeanstasche nach der Packung mit den Mentos.

»Als Schmankerl für die Leser Ihrer Zeitung?«

»Nein, als Hinweis auf etwas, das wichtig werden könnte, um herauszufinden, wer sie überfahren hat.« Sie schob sich ein Bonbon in den Mund.

»Sie starb nicht gleich. Brach zusammen und lag dann benommen auf der Straße, vielleicht auch ohnmächtig.« Der Pathologe hustete wieder. »Wahrscheinlich wurde sie bei hoher Geschwindigkeit gerammt. Der Aufprall schleuderte sie seitwärts auf den Acker. War wohl keine sanfte Landung, sie hat sich dabei die Schädelbasis gebrochen. Ihr Anorak ist ganz voller Erde. Schätze, sie schaffte es, ein paar Meter zum Weg zurückzurobben, bevor sie gänzlich zusammenbrach. Ohnmächtig wurde oder auch nicht. Die Lage der verletzten Knochen lässt darauf schließen, dass sie sich noch einmal bewegt hat. Gekrochen ist, vermutlich.«

Bella ließ das sacken. Vor ihren Augen flackerte das Blaulicht über die schneebedeckten Äcker.

»Sie meinen, die Frau hat alles bei Bewusstsein mitbekommen?«

»Um das sicher sagen zu können, müsste ich Hellseher sein. Wir checken noch, ob sie Alkohol oder Drogen im Blut hatte. Immerhin ist ein Flurbereinigungsweg in der Nacht auch nicht das Gelbe vom Ei für eine Frau heutzutage, wie?«

»22 Uhr. Noch nicht ganz Nacht.«

»Finster aber trotzdem.« Der Pathologe schnäuzte sich. »Verzeihung. Schnupfenviren sind so ziemlich das Gefährlichste, was wir in unseren Breiten haben. Absolut tödlich, wenn man's zu Ende denkt. Glaubt nur keiner.«

»Ich habe die Frau gefunden.«

»Oh.« Er schwieg einen Moment. »Tut mir leid. Keine angenehme Erfahrung.«

»Sie ist gestorben, während ich neben ihr hockte und auf den Rettungswagen wartete.«

»Wie gesagt, es gibt Entspannenderes. Wollen Sie deshalb drüber schreiben?«

Ich will drüber schreiben, weil ich eine Chance suche, endlich wieder als feste Mitarbeiterin zu einer Redaktion zu gehören. Als eine mit richtigen Storys. Mit einem richtigen Gehalt. Mit Urlaub und Weihnachtsgeld.

»Mein Redakteur hat mir die Angelegenheit zugeteilt.«

»Tja, der Ober sticht den Unter, nicht?«

»Auf welches Alter schätzen Sie sie ungefähr?«

»Sie war um die 20. Eher jünger als älter. Ich muss jetzt weiterarbeiten.«

»Danke für die Auskunft.« Bella legte auf.

Der Typ nervte, aber er hatte recht: Welche Frau würde gern nachts bei Schneetreiben auf den Äckern herumspazieren? Kaum eine.

Und welcher Irre raste mit einem SUV in der Dunkelheit mit hoher Geschwindigkeit über die »Narbe«? Es gab zu viele Irre.

Bella legte den Stift weg. Auf ihrem Zettel stand ganz unten:

Wer ist sie?
Warum war sie nachts auf der »Narbe«?

5

»Papa, ich muss kurz weg. Kommst du zurecht?«

Josef Blum richtete seinen hageren Körper auf. Eben noch hatte er über Diethards Tablet gebeugt eine Netflix-Serie angesehen.

»Natürlich, Melanie.«

Sie setzte sich neben ihn. »Bella.«

»Ach. Bella.« Ein Lächeln leuchtete auf. »Meine Lieblingstochter. Wo ist denn Melanie?«

»In Bamberg. Sie studiert, Papa, und hat ihre eigene Studentenbude.«

»Stimmt, stimmt.« Josef strich sich über die Stirn, als geriete er ins Schwitzen bei dermaßen vielen Informationen. »Wann kommt sie denn heim?«

»Vielleicht am Wochenende«, wich Bella aus, wohl wissend, dass ihr Vater die Antwort bald vergessen haben würde. Ihre Tochter Melanie probierte sich gerade in ihrem eigenen Leben aus, hatte einen Freund, einen gewissen Ed, ein schlaksiger Knabe, der seinen Pubertätspickeln noch nicht ganz entwachsen war. Manches Mal hatte Bella Melanie gebeten, bei ihrem Großvater nach dem Rechten zu sehen, vielleicht ein- oder zweimal die Woche, aber selbst dazu war Melanie sich zu fein gewesen.

»Am Wochenende.« Josef Blum blickte auf seinen Arm. »Warum habe ich den Gips?«

»Das ist nur eine Schiene, Papa, keine Sorge. Die kommt bald weg. Nur um deine Knochen zu stabilisieren, verstehst du?«

Josef hatte sich vor zwei Wochen die Hand gebrochen.

Die anschließende Operation inklusive Narkose hatte ihn völlig aus der Bahn geworfen. So sehr, dass Bella ihn zu sich nach Hause holte, wo er nun in Melanies Zimmer wohnte und zunehmend die Orientierung verlor.

»Wann werde ich eigentlich operiert?«

Er fragte ab und zu nach. Dabei war er längst operiert. Bella brach es das Herz, wenn er sie so konfus und ängstlich ansah, als fürchte er sich jedes Mal neu vor dem Eingriff.

»Du hast es schon hinter dir. Vor 14 Tagen. Weißt du noch?« Bella hatte jede freie Minute bei ihm in der Klinik verbracht, weil er extrem abbaute und seine Verwirrung sich nur legte, wenn er seine Tochter bei sich hatte. Ihren Redakteur hatte sie mit permanenter Abwesenheit auf die Palme gebracht und ihre Artikel nach diversen Abendterminen in tiefer Nacht getippt.

»Ach so? Wie gut!« Erleichtert wandte der alte Mann sich wieder dem Tablet zu.

»Schau dir in Ruhe deine Serie an!« Bella küsste ihn auf die stoppelige Wange. »Ich bin nur kurz weg, in Ordnung?« Für Momente überlegte sie, ob sie ihre Nachbarin Hilde bitten sollte, ihrem Vater Gesellschaft zu leisten, verwarf den Gedanken jedoch gleich wieder. Hilde nervte auf ganzer Linie und stellte ohnehin dermaßen viele Ansprüche an Bella, dass sie besser unsichtbar blieb. Wenn sie daran dachte, dass sie ab Sonntag für den dörflichen Weihnachtsmarkt eingespannt war, wurde ihr blümerant. Wie jedes Jahr erwartete Hilde Kaminsky und mit ihr die Dorfgemeinschaft, dass jeder sich mit allen seinen Mitteln und Kräften für den Weihnachtsmarkt engagierte. Bella hatte bereits daran gedacht, Diethard zu bitten, seinen Jahresurlaub auf die Vorweihnachtszeit zu legen, um dieser Verpflichtung zu entkommen. Aber Hilde war unerbittlich. Als nicht berufstätige Vollzeitmutter ans Haus gefesselt, welches ihre beiden pubertierenden Söhne Tim und Simon täglich in wildes Chaos verwandelten, suchte sie sich Bestätigung im Organisieren des Dorflebens. Der Weihnachtsmarkt war darin der uneingeschränkte Mittelpunkt, sozusagen Epizentrum des wahren und rechten Lebens.

Josef war bereits in seinen Film vertieft.

Rasch schlüpfte Bella in ihren Anorak und glitt aus dem Haus.

6

Bella bremste den Mini ab. Es schneite aus grauen Wolken. Friedfertiges Grauweiß bedeckte die »Narbe«. Von Seiten des Dorfes war der Flurbereinigungsweg durch Flatterband gesperrt. Vermutlich auch von der Siedlungsseite. Ein Wagen parkte direkt vor dem Band. Bella hielt daneben, setzte ihre rote Pudelmütze auf, kramte ihren Presseausweis aus der Seitenablage und marschierte los.

Ein Mann in einem dicken Parka stand an der Stelle, wo Bella die Frau gestern gefunden hatte, und starrte verdrießlich auf den Boden. Unbeholfen ging er in die Hocke.

»Grüß Gott!«, rief Bella gegen den Wind.

»Hier ist gesperrt. Haben Sie zufällig das Band gesehen?«

»Bella Graukorn. Ich schreibe für die Tageszeitung.«
Sie zog ein Päckchen Mentos aus der Tasche. »Möchten Sie?«

»Von mir aus.« Er nahm eins. »Sind das nicht die lebensgefährlichen Kaubonbons? An denen man stirbt, wenn man sie mit Cola isst?«

»Dann trinken Sie halt kein Cola dazu.«

Er steckte den Drops in den Mund. »Danke für den Rat.«

»Sind Sie von der Polizei?«

Der Mann knurrte etwas Unverständliches.

»Ich habe die Frau gestern Abend gefunden.«

»Ach, Sie waren das? Ich habe Ihre Zeugenaussage gelesen. Wir werden Sie vielleicht noch einmal reinbestellen müssen.«

»Haben Sie schon ...«

»Nein, ich habe noch nicht.«

Du glaubst doch wohl nicht, dass ich mir von patzigen Mitmenschen den Schneid abkaufen lasse!

»Der Unfallfahrer muss das Opfer auf den Acker geschleudert haben. Sie hat sich dann noch zum Weg zurückgeschleppt«, brachte sie ihr Wissen vor.

Der Mann stemmte sich hoch, stülpte zum Schutz vor dem Schnee die Kapuze über den spärlich behaarten Kopf.

»Was wollen Sie hier?«

»Mein Trauma bewältigen.« Bella streckte die Hand aus. »Und meine Arbeit machen. Schließen Sie Frieden mit mir, ich bin kein Sicherheitsrisiko.«

»Oberkommissar Köhler. Werner.« Er schlug ein. Eiskalte Pranke. »Der Schnee hat die Spuren zugedeckt, aber sehen Sie diese Vertiefung da im Acker?« Er deutete hin. »Da ist sie aufgeschlagen. Der Aufprall hat sie durch die Luft geschleudert. Die Spurenlage war gestern Nacht noch ein bisschen besser. Wir haben Fotos. Sie ist dann tatsächlich bis hierher gekrochen.«

»Wo ich sie gefunden habe. Ich dachte zuerst, da liegt ein Stück Holz oder was weiß ich.« Bella schob fröstelnd die Hände in die Anoraktaschen. »Wissen Sie, wer sie ist?«

»Noch nicht. Sie?«

»Ich habe sie nicht erkannt. Das Gesicht sah schrecklich aus. Irgendwie kam es mir leidlich bekannt vor. Aber ihre Züge waren verzerrt, und sie hatte schwarze Flecken unter den Augen.«

»Wohnen Sie da drüben?« Köhler wies auf das Dorf.

»Ja. Seit gut 20 Jahren.«

»Stammt das Opfer aus dem Dorf?«

»Nicht, dass ich wüsste. Wie gesagt, ihr Gesicht war extrem entstellt.« Bella wies mit dem Kinn zur Siedlung. »Vielleicht stammt sie von der dunklen Seite.«

»Sie machen wohl Witze.«

»Nein, die beiden Ortsteile sind einander nicht grün.«

»Ach?« Köhler funkelte Bella an. »Ihr mögt euch nicht? Dabei waren Sie doch gestern dort drüben, wenn ich die Aussage richtig gelesen habe.«

»Beruflich. Infoveranstaltung. Ich muss drüber schreiben.«

»Und jetzt auch noch über den Unfall.«

»Genau.«

»Der ist natürlich viel interessanter.«

»Trifft zu.«

Köhler grinste. »Sie sind wenigstens ehrlich.«

»Verstehen Sie mich nicht falsch. Ich habe kein Problem mit der Siedlung. Ich kaufe sogar im Bioladen ein.«

»Was Sie nicht sagen.«

»Aber es gibt Hardliner.«

»Da bin ich ja froh, dass ich nur in Sachen Fahrerflucht ermitteln muss.«

»Was wissen Sie über den Wagen?«, hakte Bella sofort ein.

»Ein ziemliches Kaliber. Leider ist mit den Reifenspuren nicht viel anzufangen. Zu nass, und dann sind ja andere auch noch über den Weg gefahren.«

»Ich zum Beispiel. Verdammt, warum konnten wir sie nicht retten?«

»Das fragt man sich immer.« Köhler seufzte. »Allzu oft findet sich keine befriedigende Antwort. Wir haben keine Hinweise bei der Toten gefunden. Keinen Ausweis, nichts.«

»Keine Handtasche?«

»Das hätte mich glücklich gemacht.«

»Was trug sie für Kleidung?«

»Allerweltssachen. Nichts besonders Teures, nichts besonders Billiges.«

»Spazierengehen würde eine Frau nicht bei diesem Wetter. Nachts um 22 Uhr. Bei Schneetreiben.«

»Meine Leute haben Fußspuren ausgemacht, die zu ihr passen. Sie kam von da drüben.« Er zeigte genau in den Scheitelpunkt am nördlichen Ende des Ortes, wo beide Gemeindeteile beinahe zusammenwuchsen. »Dort oben ist der ›Dorfkrug‹. Wir haben herumgefragt. Sie wurde dort nicht gesehen. Ehrlich gesagt, die Spuren sind nicht allzu aussagekräftig.«

Bella knetete ihre Unterlippe. »Wäre auch wenig wahrscheinlich. Wenn sie im Wirtshaus war, warum ging sie dann nicht direkt ins Dorf oder in die Siedlung? Sondern hier raus auf den Acker?«

»Liebeskummer?«

»Hat mein Bruder gerade.«

Köhler stampfte mit den Füßen, um warm zu werden. Es sah aus wie ein bäriger Steptanz. »Sie wollte vielleicht allein sein. Nur mal Luft schnappen.«

»Glauben Sie das wirklich?«

»Jedenfalls war sie nicht im Wirtshaus. Der Wirt kannte sie gar nicht.«

»Haben Sie ihm ein Foto von der Toten gezeigt? Dann wundert's mich nicht.« Bella grub ihren Notizblock aus der Anoraktasche. »Was kann ich schreiben? Dass niemand sie kennt? Dass sie nicht im ›Dorfkrug‹ war? Dass es Fußspuren gibt? Die fehlende Handtasche, dass sie keinen Ausweis dabei hatte?«

Köhler hob die Schultern. »Von mir aus. Rufen Sie mich an, wenn Sie Fragen haben.« Er reichte Bella eine Visitenkarte.

»Danke.« Sie gab ihm ihre. »Was haben Sie hier eigentlich gesucht?«

»Eine Inspiration. Und Sie?«

»Wahrscheinlich das Gleiche.«

Bella stapfte zum Flatterband zurück. Als sie gerade in ihr Auto steigen wollte, fuhr ein Pick-up vor. Der Fahrer drückte kurz auf die Hupe.

»Hier geht's nicht durch.« Bella wies auf das Band. »Hallo, Ferdinand.«

Der grobschlächtige Mann hinter dem Steuer ließ das Fenster herunter. »Was ist das denn für eine Sauerei!«

»Wolltest du in die Siedlung?« Bella grinste in sich hinein. Ferdinand Weißgerber, ein eingefleischter Dörfler, mied die Neubausiedlung wie Pest und Cholera.

Er schlug mit der Pranke auf sein Lenkrad. »Dass so etwas bei uns passiert! Fahrerflucht! Sauerei.«

Bella nickte. »Ganz meine Meinung.«

»Dem breche ich alle Knochen, der das gemacht hat.« Er ließ das Fenster hoch und wendete, dass der Schnee nur so spritzte.

7

Zufrieden klickte Bella auf »senden«. Ihr Artikel für die morgige Ausgabe würde noch rechtzeitig in der Redaktion sein. Nach dem mühsamen Mittagessen mit ihrem Vater, der wie ein trotziges Kind das Gemüse auf dem Teller herumschob, hatte sie ihn dazu gebracht, sich hinzulegen. Eine geschenkte Stunde, in der sie sich abgemüht hatte, die wenigen Informationen zu einem Bericht zusammenzustellen, der genügend Fragen beantwortete, aber auch noch Raum für Neugierde ließ. Der Todesfahrer musste wahrscheinlich jemand aus dem Dorf oder der Siedlung gewesen sein. Bei dem Aufprall war in der Karosserie des Wagens mit Sicherheit eine Delle entstanden. Früher oder später fiele das auf. Bella rieb sich die Hände. Wie in den beiden Jahren vor Melanies Geburt, als sie für das damals gerade stark gewordene Lokalradio als Reporterin arbeitete, genoss sie das fiebrige Gefühl, an einem Rätsel dran zu sein, das verzwickt, aber dennoch zu knacken war. Wie das Kreuzworträtsel freitags in der Frankfurter Allgemeinen Zeitung, die Diethard abonniert hatte.

Doch jetzt begann das Modul »Freizeit«.

Die bestand darin, nach ihrem Vater zu sehen. Josef kam mit seiner verbundenen Hand gut zurecht, und auch sonst war er mobil genug, um im ganzen Haus umherzutrotten und mitunter Dinge von ihrem angestammten Platz zu einem anderen zu bringen. Bella und Diethard versuchten sich anzugewöhnen, Portemonnaies, Schlüssel und Handys samt Ladekabeln im Schlafzimmer unter Verschluss aufzubewahren. Natürlich vergaß einer von beiden das meistens. Erst gestern Morgen hatte es eine Krise gegeben, weil Diethard seinen Autoschlüssel nicht finden konnte. Sein Schwiegervater hatte ihn in der Gästetoilette auf einer Ersatzklorolle deponiert.

Bella stand vom Stuhl auf, das Ziehen im Kreuz ignorierend. Sie musste sich dringend um einen besseren Schreibtischstuhl kümmern, das alte Ding würde ihr noch das Rückgrat brechen. Die meisten Möbel in ihrem winzigen Studio stammten aus vergangenen Dekaden: Schreibtisch, Rollschrank und Aktenablage hatte sie von ihrem Vater abgestaubt, als der in Pension ging und keinen Wert mehr darauf legte, täglich Stunden in einem Arbeitszimmer zu verbringen.

Auf dem Flur knipste sie das Licht an. Draußen war es schon fast wieder dunkel. Hatte sie doch länger als gedacht hier gesessen? Auf dem Treppenabsatz blieb sie stehen.

»Papa?«

Stille im Haus.

Nicht nervös werden, Bella.

»Papa?«

Nichts. Sie sah rasch in die Zimmer im ersten Stock, ließ auch das Bad nicht aus, flitzte dann nach unten. Das Wohnzimmer: leer. Küche: leer. Gästetoilette: leer. Diele: leer. Josefs Winterstiefel standen ordentlich auf der Abtropfmatte.

Fuck!

Wenn er ausgerückt ist und draußen zu Schaden kommt, verzeihe ich mir das nicht.

Hektisch schnappte Bella ihren Anorak, stieg in ihre Boots und griff nach der Taschenlampe.

Kann das sein, dass er weg ist und ich nichts gemerkt habe?

Der verdammte Artikel hatte sie total in Beschlag genommen. Bella riss die Haustür auf. Es regnete. Oder graupelte. Irgendwas zwischen Regen und Schnee. Rasch sah sie auf die Uhr. Halb vier. Ihr fiel auf, dass die Beleuchtung nicht ansprang. Wahrscheinlich stimmte etwas mit dem Bewegungsmelder nicht. Sie betätigte den Schalter. Das Außenlicht warf einen milchigen Lichtkegel in den düsteren Garten.

»Papa?« Bella lief ums Haus herum.

Bitte, liebes Universum, sorg dafür, dass er wenigstens hier im Garten ist.

Auf der Terrasse wartete die Gartengarnitur auf den Frühling. Das konnte noch dauern. So ungefähr vier Monate, rechnete Bella resigniert nach. Ihr Mund war ganz trocken. Sie warf einen Blick über die Buchsbaumhecke. Drüben bei den Kaminskys brannte das Terrassenlicht. Die Jungs hatten sich an einem Schneemann versucht, der mittlerweile schlapp in den Seilen hing. Mit 14 mochte man sich noch auf den Winter freuen. Später war alles nichts als Mühsal. Winterreifen, Streusalz, Stürze, Auffahrunfälle, Winterdepression. Sie kniff die Augen zusammen. War das nicht …

»Papa!«, rief sie nun lauter.

Ihr Vater stand auf der Terrasse der Kaminskys und spähte ins Wohnzimmer, beide Hände um die Augen gelegt. Bella schwankte zwischen Erleichterung, ihren alten Herrn auf dem Radar zu haben, und Ärger, dass er sich ausgerechnet bei den Kaminskys herumtrieb. Nun würde sie in Hildes Fänge geraten und …

Die Terrassentür drüben wurde geöffnet.

»Aber Herr Blum!«, flötete eine Stimme.

Bella machte, dass sie sich durch die Hecke quetschte.

»Papa!«, rief sie. »Hilde! Entschuldige bitte!«

Ihre Nachbarin stand in der Terrassentür, blinzelte betont verwirrt in Bellas Richtung und schaffte es, gleichzeitig Josef anzustrahlen, der ohne Jacke und in Hausschuhen nun die Hand ausstreckte und Hildes schüttelte. Hilde Kaminsky lachte. Das blonde Haar, das nach neuer Farbe und einer Feuchtigkeitsspülung förmlich schrie, stand in alle Richtungen ab.

»Meine Güte, Herr Blum, schön, dass Sie mal reinschauen! Ich freue mich immer über Besuch! Sie wissen doch, ich bin den ganzen Tag mit den Buben allein, und bis Herbert abends nach Hause findet …«

»Ja, wir Männer sind Rabenväter.« Josef grinste spöttisch.

Womit er nicht ganz falsch liegt, wenngleich er sich selbst wahrscheinlich nicht dazurechnen würde, dachte Bella. Die Alltagsprobleme hatte Josef in ihrer Kindheit gern seiner Frau überlassen, um dann bei besonderen Anlässen hart durchzugreifen. Seine Autorität als Familienoberhaupt klarzumachen. Obwohl Bella als sein Liebling kaum ins Fadenkreuz geraten war.

»Kommt doch rein! Hallo, Bella!« Hilde zwinkerte ihr zu.

»Danke, Hilde, wir müssen heim, ich habe das Abendessen auf dem Herd.«

Gelogen. Sie weiß es wahrscheinlich. Egal. Ich will jetzt nicht bei Kaminskys auf dem Sofa hocken.

»Nur kurz, bitte, Bella. Dein Vater ist ganz durchgefroren.«

Verdammte Schuldgefühle.

Mein Vater, der seinen Sohn im Winter ausgesperrt hat. Um es ihm mal zu zeigen.

Genervt streifte Bella die Stiefel und mit ihnen die destruktiven Erinnerungen ab und folgte ihrem Vater in Hildes Wohnzimmer. Das wohlorganisierte Tohuwabohu einer Familie mit 14-jährigen Zwillingsjungen umfing sie. Technikkram lag herum, Zeitschriften, Radhelme, Parkas.

»Ich mache uns einen Tee. Nicht wahr, ein Tee tut jetzt gut, oder Herr Blum?«

Josef sah seine Tochter Hilfe suchend an.

»Zu spät«, flüsterte sie ihm zu.

Er grinste, als habe sie einen schlüpfrigen Witz gemacht.

Er ist immer noch mein Vater. Der sich für mich nie fiese Strafen ausgedacht hat. Anders als für seinen Sohn.

Hilde war schon in Aktion. Die Kaminskys hatten im vergangenen Sommer umgebaut, Mauern durchbrochen und eine Mauerinsel ins Wohnzimmer gesetzt. Bella mochte das. Hilde nicht.

»Setzt euch!«

Bella schob ihren alten Herrn auf einen Barhocker direkt neben dem Frühstücksboard.

»Mach's dir bequem, Papa.« Entmutigt warf Bella einen Blick auf seine vom Schnee durchweichten Pantoffeln. Sie würde ihm neue kaufen müssen.

»Die Hocker wollte Herbert unbedingt haben. Ich vermisse meine gemütliche Küchenecke«, verkündete Hilde.

Josef Blum zwinkerte seiner Tochter verschmitzt zu und griff nach der Zeitung, die aufgeschlagen auf dem Board lag.

»Die Jungs sind mit Schulfreunden auf die Eisbahn nach Haßfurt gefahren. Hoffentlich toben sie sich da mal so richtig aus.« Hilde sah Bella scheel an. »Stimmt das«, fragte sie halblaut. »Du hast die Tote entdeckt?«

Die wesentlichen Informationen hatten sich also bereits im Dorf herumgesprochen.

»Sie war noch am Leben, als ich sie gefunden habe, kurz darauf starb sie.« Bella schluckte.

»Wie schrecklich!« Hilde streute Kräuter in eine Kanne. »Weißt du, wer sie ist?«

»Nein. Wolters hat mir die Story gegeben.« Bella beschloss, dass diese Version für Hilde genau die richtige war.

»Du schreibst darüber?«

»Hm«, machte Bella. Wieder flackerte das Blaulicht vor ihrem inneren Auge. Sie hörte das Aufstöhnen der Frau. Ihr Magen krampfte sich zusammen, und ein Schauder kroch ihr übers Rückgrat. »Du hast nicht zufällig einen Kognak da?«

War da wirklich ein Tier gewesen? Dieses Zucken in der Dunkelheit?

Verschwörerisch griff Hilde nach einer Flasche. »War eigentlich für die Weihnachtsbäckerei gedacht.«

Oh verdammt. Weihnachten.

»Ich meine, ich habe längst mit den Plätzchen angefangen. 16 Sorten mache ich, jedes Jahr, meine Männer würden das merken, wenn ich nur 14 oder gar zehn backe. Sobald es um Plätzchen geht, sind sie gnadenlos.« Sie goss großzügig drei Gläser voll. »Wer ist die Frau?«

»Weiß ich nicht. Ich hatte den Eindruck, dass ich sie

schon mal gesehen hätte, aber ehrlich gesagt, sie war so entstellt, überall Blut, der Mund verzerrt, Flecken unter den Augen, außerdem war es ja dunkel ...« Bella biss sich auf die Lippe. Sie hatte nicht vor, Hilde mit allzu vielen Details auszustatten.

»Meine Güte, ich kann mir vorstellen, wie sehr dich das mitgenommen hat. Was wolltest du denn bloß so spät dort draußen?«

Bella sah zu ihrem Vater hinüber, der in der Zeitung blätterte, als säße er beim Zahnarzt im Wartezimmer.

»Ich hatte einen Termin in der Siedlung.«

»In der Siedlung?« Hilde Kaminsky klang, als habe Bella einen Ausflug ins Fegefeuer unternommen. »Was wolltest du da denn?«

»Beruflich. Eine Veranstaltung im Bioladen.«

»Hör mir bloß auf.« Hilde sah Bella finster an. »Diese Tussi, wie heißt sie noch gleich, Wendy oder so, die wollte glatt einen Stand auf unserem Weihnachtsmarkt aufstellen. Der habe ich gleich erklärt, was los ist.«

»Echt?«

»Na, hör mal. Das ist *unser* Weihnachtsmarkt. Und gesunde Knabbereien backen die Weißgerbers. Mit Honig von ihren eigenen Bienen. Was brauchen wir da einen Bioladen, Bella!« Endlich schob Hilde ihr ein Glas hin. »Hier.«

»Danke.« Bella stürzte den Kognak hinunter. Die wohlige Wärme breitete sich zugleich in Kopf und Bauch aus. Jetzt noch eine Zigarette und sie käme runter. Auf ein erträgliches Level.

Wenn ich nur wüsste, wer sie ist.

Sie griff nach Josefs Glas.

»Du gehst aber ran!« Hilde ließ ihr Schulmädchenkichern hören. »Und dein Vater?«

»Er sollte lieber keinen Alkohol trinken, er nimmt noch Schmerztabletten und alles Mögliche andere.«

Josef Blum war in die Zeitung vertieft und achtete nicht auf das Gespräch der beiden Frauen.

Sie stießen an. Bella spürte, wie ihr Gesicht heiß wurde.

Ihr Handy ließ die Drumsticks wirbeln.

»Gehst du nicht ran?«

»Nur eine Nachricht. Kann ich später anschauen.«

Wahrscheinlich Diethard.

Hilde hob den Zeigefinger.

»Apropos Chatnachrichten! Bella, hör mal, die Maffelders und wir, wir haben eine Idee.« Ihr Blick fiel auf die Teekanne. »Ach du Schreck, den Tee habe ich ja ganz vergessen.« Sie schaltete den Wasserkocher ein.

»Ich höre.«

Bella mochte die Nachbarn gegenüber nicht besonders. Die beiden bespitzelten die Umgebung mit Leidenschaft. Renate Maffelder lebte für die Überwachung der Straße, und ihr Mann Egon führte Listen über Pkws, die nicht ins Dorf gehörten. Beide frühpensionierte Lehrer, ausgelaugt vom Berufsleben und dabei zu jung und fit, um nicht neue Herausforderungen zu suchen.

»Weißt du, in letzter Zeit sind viele unbekannte Fahrzeuge hier unterwegs gewesen. Im Sommer, wenn es lange hell ist, kriegt man das eher mit, aber Renate schwört, dass seit einem Monat immer wieder ein dunkler SUV herumfährt. Getönte Scheiben und so. Wir haben Bedenken, dass es jemand sein könnte, der Häuser auspioniert.« Hilde sah kurz zu Josef, der immer noch las, wobei er die Lippen bewegte. »Es geht ihm nicht gut, oder?«, flüsterte sie.

»Die Verwirrung kommt von der Narkose. Es dauert einfach, bis er sich wieder orientiert.«

Falls er sich je wieder vollständig orientiert.
»Tja, bei den alten Leutchen ist das nicht so einfach.« Der Wasserkocher klackte. Hilde goss den Tee auf. »Also, hör zu: Wir wollen eine Nachbarschafts-Chatgruppe einrichten. Simon hilft mir, hat er gesagt. Mit uns allen drin. Die alte Garde, du weißt schon. Die wichtigsten Familien im Dorf. Damit wir uns gegenseitig informieren können, wenn was passiert.«

Was soll schon passieren! Wir gehen uns höchstens selbst an die Gurgel.

»Außerdem hat Renate einen Schwager, der ist bei der Polizei, und den würde sie mal einladen, dass er uns aufklärt, was zu tun ist, zum Schutz vor Einbrüchen. Ihr seid dabei?«

Hilde Kaminskys Tonfall machte deutlich, dass Widerspruch nicht vorgesehen war.

»Sicher«, erwiderte Bella daher.

Ich bin das so leid.

»Hier, die Tassen!« Hilde stellte Geschirr auf das Frühstücksboard. »Herr Blum, nehmen Sie Zucker?«

»Nimmt er nicht«, sagte Bella.

»Aber mit dem größten Vergnügen«, rief Josef Blum.

8

Kaum hatte sie ihren Vater nach Hause bugsiert, stürzte er sich auf Diethards Tablet.

»Zieh die Hausschuhe aus, Papa, die sind klatschnass. Ich bringe dir trockene Socken.«

Er schüttelte die Pantoffeln ab, ungeduldig, als könne er es nicht ertragen, auch nur eine Minute länger auf seine Serie zu verzichten. Normalerweise hätte Bella sich neben ihn gesetzt, einfach, um ihm Gesellschaft zu leisten und ihr schlechtes Gewissen zu beruhigen. Sie wusste nicht einmal, mit was für einem Blödsinn er sich die Zeit vertrieb. Doch mittlerweile plagte sie das Bedürfnis nach Nikotin derart, dass sie in die Küche hinüberging und nach der Schachtel griff. Zugleich checkte sie ihr Handy.

Sie hatte eine Nachricht von Oberkommissar Köhler verpasst.

»Todesopfer identifiziert.«

Knapper ging's nicht.

Kurz nach sechs. Das würde sie vor Redaktionsschluss noch hinkriegen. Sie rief ihn zurück.

»Na endlich. Dachte schon, Sie hätten kein Interesse an der Story mehr.«

»Mein Vater wird dement. Ich musste ihn im Nachbargarten aufsammeln.« Bella dachte an die ruinierten Hausschuhe.

Keine Sache des Geldes. Aber neue zu kaufen kostet Zeit. Die ich nicht habe.

»Tut mir leid.«

»Muss es nicht.« Sie setzte sich an den Küchentisch. Hildes gestylte Kücheninsel spukte ihr durch den Kopf. Sie stippte eine Zigarette aus der Schachtel. »Wer ist sie?«

»Mariella Fonti. 22. Aupair-Mädchen bei Peter und Sabine Kessler in Silldorf.«

»Die Kesslers! Das gibt's ja nicht.« Bellas Feuerzeug klickte.

»Sie rauchen?«, knurrte Köhler.

»Sie nicht?«

»Nicht mehr.«

Bella grinste. »Kenne ich. Es gibt immer ein neues ›Nicht mehr‹. Darf ich das schreiben?«

»Sonst hätte ich es Ihnen nicht mitgeteilt. Herr Kessler wandte sich heute an die Polizei und meldete die junge Frau als vermisst.«

»Verdammt. Ich erinnere mich, dass sie im September eine Französin als Aupair hatten. Sie kam aus den Vogesen. Aber Mariella Fonti klingt eher italienisch.«

»Sie ist Italienerin. Aus Florenz. Von einer Französin weiß ich nichts.«

Bella inhalierte den Rauch. Draußen fuhr ein Wagen vorbei. Sie warf einen flüchtigen Blick aus dem Fenster. War das Renate Maffelders gefürchteter Spionage-SUV?

»Kessler behauptete, die Familie hätte am Mittwochabend gar nicht mitbekommen, dass Mariella das Haus verließ«, fuhr Köhler fort. »Als sie am Morgen nicht stramm stand, um sich um den Sohn zu kümmern, suchte er sie. Ihr Zimmer war leer.«

»Hm«, machte Bella. »Die Kesslers sind eine alteingesessene Familie in Silldorf. Peter ist spät Vater geworden. Das Kind ist ein Problemkind, ein fünfjähriger Tyrann mit ADHS, Erdnussallergie und allem Pipapo.«

»Ein Traummodell also.«

»Wenn Sie so wollen.« Bella sah, wie Diethards Wagen in die Einfahrt einbog. So früh? Verdammt, ihn konnte sie jetzt gar nicht gebrauchen. »Danke für den Tipp jedenfalls.«

»Wir brauchen Zeugen. Wo war Mariella gestern Abend? Laut Peter Kessler haben er beziehungsweise seine Frau das Mädchen um 19 Uhr zuletzt gesehen. Sie aßen gemeinsam zu Abend. Daraufhin zog sie sich auf ihr Zimmer zurück.«

Der Hausschlüssel drehte sich im Schloss.

»Also liegen zwischen dem Verlassen des Hauses und ihrem Tod drei Stunden, in denen sie irgendwas gemacht hat, was dann mit dem Unfall endete.«

»Vielleicht meldet sich jemand, der sie kannte oder sie gesehen hat.«

»Was hat sie denn sonst mit ihrer Freizeit angestellt?«

»Kessler behauptet, nicht viel. Sich mit ihrem Handy beschäftigt. Gelesen. Deutsch gelernt.«

»Konnte sie es gut?«

»Bella?«, rief Diethard aus der Diele.

»Er sagt, ihre Sprachkenntnisse wären ausreichend gewesen. Ich schicke Ihnen Mariellas Foto weiter. Es ist bereits an sämtliche Lokalredaktionen gegangen.«

Er hat mich angerufen, dachte Bella. Welche Hintergedanken hat er? Ein kurzer Anruf in der Redaktion hätte ausgereicht. Und Wolter hat mir bis jetzt nichts von dem Foto gesagt.

»Noch was, Frau Graukorn.«

»Ja?«

»Das Screening ergab, dass sie Amphetamine und Morphine im Blut hatte.«

»Hebt sich das Zeug nicht gegenseitig auf?«

»So einfach ist das nicht. Sie könnte Morphine gegen

Schmerzen genommen haben, wollte zugleich wach bleiben und hat deshalb die Amphetamine eingeworfen.«

»Was ist mit der Fahrerflucht?«

»Bisher keine Erkenntnisse.«

Bella hatte den Eindruck, er wollte noch etwas hinzufügen, und wartete ab, doch anscheinend überlegte Köhler es sich in letzter Sekunde anders.

»Bella?« Diethard stürmte die Küche und verstummte, als er Bella telefonieren sah.

»Ich glaube, Ihr Typ wird gewünscht«, bemerkte Köhler.

»Sieht ganz so aus, Herr Oberkommissar.« Sie grinste ihren Mann an. »Einen schönen Abend noch.«

9

»Liebling, ich muss noch dringend was arbeiten. Die Zeit wird knapp.« Sie scrollte auf der Suche nach Wolters' Nummer durch ihre Anrufliste.

»Ich hatte gehofft, du hättest ein Abendessen fertig. Mir knurrt der Magen.«

»Geht mir genauso. Mach einfach eine Brotzeit zurecht. Josef leistet dir bestimmt Gesellschaft.«

Diethard starrte Bella genervt an. »Also, ich weiß nicht …«

Am anderen Ende der Leitung meldete sich ihr Redakteur. »Was ist?«

»Wolters, die Tote ist identifiziert.«

»Habe ich mitbekommen, kam vorhin rein. Mit Bilddatei.«

Du hast es natürlich nicht für nötig befunden, mich anzurufen, dachte Bella wütend. Im Stillen dankte sie dem Oberkommissar für den Tipp.

»Ich habe eine Extrainfo. Die müssen wir morgen noch bringen. Reservier mir mehr Platz.«

»Du hast Nerven. Ich ...«

»Noch ist genug Zeit bis zum Andruck!« Bella holte tief Atem. Bloß jetzt nicht in die Luft gehen. »Mariella Fonti war das Aupair einer Silldorfer Familie. Sie hatte Drogen satt im Blut.«

Wolters blieb eine Weile still. Bella meinte, sein Gehirn ticken zu hören. Also war die Information neu für ihn.

»Ich will den Artikel bis halb acht.«

»Krieg ich hin.« Sie legte auf.

»Bella? Was haben wir denn im Kühlschrank?«, ließ sich Diethard hinter ihr vernehmen.

Hektisch griff Bella nach Handy, Notizblock und Stift.

»Tür aufmachen und reinschauen.«

»Haben wir Tomaten da?«

»Du machst Witze. Mitten im Winter?«

»Wo gehst du denn hin?«

»Ich habe gestern eine sterbende Frau auf der ›Narbe‹ gefunden. Allem Anschein nach lebte sie bei uns im Dorf.«

»Du hast was?« Diethard guckte sie mit offenem Mund an. »Warum hast du nichts erzählt?«

»Weil du längst geschlafen hast, als ich heimkam, und heute Morgen habe ich es nicht hingekriegt.« Was sollte sie schon sagen. Er kannte ihre morgendliche Existenzkrise, seit sie beide zusammenlebten. Fast 30 Jahre.

»Du lieber Himmel. Ich ...« Er hörte sich ehrlich erschrocken an.

»Wolters hat mir die Story gegeben. Ich stehe bald wieder der Familie zur Verfügung, aber jetzt muss ich mich sputen. Schau bitte ab und zu nach Josef.«

Diethard hatte selten Verständnis für so eine simple Sache wie einen Redaktionsschluss gehabt. Sie schob sich an ihm vorbei in die Diele. Lugte durch die Wohnzimmertür. Ihr Vater war eingeschlafen. Schlaff hing sein Kinn knapp über der Brust. Leises Schnarchen drang aus dem Zimmer.

Sie schlüpfte in ihre Stiefel.

»Ist noch mehr Brot da?«, hörte sie Diethard rufen. »Die paar Scheiben im Brotkasten reichen wohl kaum.«

Den Anorak vom Haken nehmend, flüchtete sie aus dem Haus.

10

Bella fuhr die paar Meter mit dem Auto. Das Haus der Kesslers hockte hell erleuchtet im Garten. Schneematsch zierte den Rasen, jemand hatte den Weg halbherzig freigeschaufelt. Ein Schlitten lag neben der Hecke, die Kufen nach oben. Als Bella das Gartentor aufstieß, flammte Flutlicht auf.

Sie klingelte, verstaute gleichzeitig Block und Stift in der Anoraktasche.

Das Licht in der Diele ging an. Sabine Kessler öffnete.

»Hallo? Ach, Frau Graukorn ...«

Unsicher lugte die junge Frau durch den Türspalt. Peter Kessler hatte sie über ein Internetportal kennengelernt. Im Dorf war darüber getratscht worden. Sabine kam aus dem Steigerwald, das war kilometermäßig kein großes Ding, aber mental durchaus. Peter, der auch mit fast 40 noch keine abgekriegt hatte, lud sich eine viel jüngere Frau aus dem Netz runter. Hinter vorgehaltener Hand hatte man gefeixt. Bella betrachtete das müde Gesicht von Sabine Kessler.

»Einfach Bella. Ich schreibe für die Zeitung.«

»Ich weiß.« Sabine wischte sich über die Stirn. »Es ist so furchtbar.«

Irgendwo im Haus ertönte ein lang gezogener Klagelaut, der schnell in wütendes Gebrüll überging. »Mariella!!!«, plärrte eine Kinderstimme.

»Marlon haben wir natürlich nichts erzählt«, fuhr Sabine fort. »Er hängt so an Mariella!«

»Kann ich vielleicht reinkommen?«, bat Bella. »Es ist recht schattig draußen.«

»Ach so, ja.« Erschrocken über ihre eigene Unhöflichkeit trat Sabine beiseite. »Aber kein Wort zu Marlon! Wir haben ihm gesagt, Mariella musste für eine Weile nach Italien.«

»Ist Mariella gekommen?« Das Kind fegte in die Diele. Ein übergewichtiger Satansbraten mit intelligenten Augen und dem Durchsetzungsvermögen eines Mafiapaten.

»Nein, das ist Bella Graukorn.«

Zornig funkelte Marlon Bella an. »Wo ist Mariella?«

»Das weiß ich leider nicht«, sagte sie. Die Uhr lief. Sie brauchte ein paar emotionale Momentaufnahmen, mit denen sie ihren Artikel aufpeppen konnte. Die leidende Gastfamilie, das unzufriedene Kind, man weint um Mariella. So in der Art.

Marlon rutschte auf seinen Noppensocken durch die Diele, trommelte mit den Fäusten gegen die Wand.

»Im Dorf sagen sie, du hättest Mariella gefunden.«

»Ja, das stimmt.«

»Hat sie gelitten?«

»Sie war nicht mehr bei Bewusstsein. Wahrscheinlich wurde sie durch den Aufprall gleich so schwer verletzt, dass sie nichts mehr mitbekam.«

»Hoffentlich.«

»Sabine«, Bella legte der jungen Frau die Hand auf den Arm. »Ich muss dir das so offen sagen: Ich brauche ein bisschen Stoff für die Zeitung. Mariellas Bild ging an die Redaktionen. Man möchte herausfinden, was sie in den drei Stunden, nachdem sie das Haus verlassen hatte, gemacht hat. Bevor der Unfall passierte. Vielleicht hat sie ja jemand gesehen.«

Sabine nickte ergeben.

Marlon wandte sich um und watschelte zu den beiden Frauen.

»Seit wann lebte Mariella denn bei euch?«

»Seit Mitte Oktober.«

»Ich dachte, ihr hättet ein französisches Aupair gehabt.«

»Hatten wir auch, allerdings kam Emilie mit Marlon überhaupt nicht zurecht.«

Wundert mich nicht, dachte Bella, die zusehen musste, wie Marlon an der Jeans seiner Mutter riss. Der Fünfjährige entwickelte eine Heidenkraft, der seine zierliche Mutter kaum standhalten konnte.

»Ich will Mariella. Warum ist Mariella nicht hier? Und Lüneburg!«, kreischte Marlon.

»Lüneburg?«

»Der Beagle«, antwortete Sabine. »Er ist auch weg. Lass das, Marlon.«

»Ihr habt einen Hund?«

»Marlon wollte so gern einen.«

»Lüneburg ist mein Hund!«, trompete Marlon. »Meiner.«

Uff, dachte Bella. Wenn der Beagle genauso schwer erziehbar ist …

»Wir haben Lüneburg aus dem Tierheim geholt. Mariella mochte Hunde. Lüneburg ist drüben am Mainufer aufgefunden worden, er war verletzt, irgendwas an der Pfote, und niemand meldete sich, keiner wollte ihn wiederhaben, also haben wir ihn genommen.«

Die Scheinwerfer eines Wagens krochen über das Dielenfenster. Sabine machte keine Anstalten, Bella den Anorak abzunehmen oder sie weiter ins Haus zu bitten. In der Wärme kroch Bella der Schweiß aus den Poren.

»Wie gefiel es Mariella bei euch?«

»Sie war zufrieden. Fand gleich einen Draht zu Marlon. Ich bin Lehrerin, ich wollte dieses Jahr wieder arbeiten. Es klappte nicht, Marlon blieb nicht bei Emilie, und mein Chef hat mir nahegelegt, es lieber im nächsten Schuljahr zu probieren.«

»Wie sieht es mit Kindergarten aus?«

Sabine winkte ab.

Marlon hatte vom Hosenbein seiner Mutter abgelassen und begann nun, ihre Füße zu traktieren. Wütend kickte er gegen ihre Chucks.

»Hör auf, Marlon«, stöhnte Sabine.

»Was machte sie denn in ihrer Freizeit?«

Ein Schlüssel wurde ins Schloss gesteckt.

»O, da kommt Peter.«

»Papa!«, kreischte das Kind.

»Bella!«, rief Peter Kessler verdattert. »Was machst du denn hier?«

»Papa!!!!«, brüllte Marlon. Es klang nicht wie eine freudige Begrüßung, eher wie eine wütende Anklage. »Wo ist Lüneburg? Hast du Lüneburg gefunden?«

»Ich bin alle Spazierwege abgefahren, die wir je mit ihm gegangen sind. Nein, ich habe keine Ahnung, wo er steckt.«

Sabine ließ die Schultern hängen. Marlon warf sich auf den Boden und schrie wie am Spieß. Die Eltern durchlebten eine kurze Krise, bis Peter über das Gebrüll hinweg fragte: »Also, was ist los, Bella?«

»Ich brauche etwas für die Zeitung. Mariellas Foto liegt bereits in den Redaktionen. Irgendjemand hat sie vielleicht vor ihrem Unfall gesehen. Möglich, dass sich Zeugen melden.«

»Komm, wir gehen ein Stück.«

Er war schon zur Haustür draußen.

»Tschüss, Sabine, danke«, murmelte Bella und folgte ihm, erleichtert, die kindliche Feuerwehrsirene nicht mehr ertragen zu müssen.

»Sabine wird mit Marlon überhaupt nicht fertig«, beschwerte sich Peter.

Bella dachte an die tickende Uhr und an den Redaktionsschluss. Sie gingen durch den Garten zur Straße. Ein dunkler SUV parkte dort.

»Dein Wagen?«

»Ja.«

Sie liefen langsam den Gehsteig entlang. In den Häusern rundum brannte Licht. Man sah die Bewohner beim

Abendessen sitzen, Fernsehgeräte flimmerten. Adventskränze, Lichterketten, Weihnachtsbäume, drinnen wie draußen. Alles irgendwie behaglich. Ein Dorf, das das Beste aus der dunklen Zeit des Jahres machte. Innerer Rückzug, Gemütlichkeit.

»Deine Frau sagt, Mariella fühlte sich wohl bei euch.«

»Ja, und sie hatte einen Draht zu Marlon. Na, sie ließ ihn machen, was er wollte, wahrscheinlich vergötsert er sie deshalb. Und sie überredete uns zu dem Hund. Hat Sabine das schon erzählt?«

»Hatte Mariella sich eingewöhnt? Oder litt sie an Heimweh?«

»Nein, ich glaube nicht. Sie hat abends immer am Handy mit ihren Freunden gechattet, aber das machen alle jungen Leute, und sie lernte eifrig Deutsch. Ich kann nichts Schlechtes über sie sagen. Wer war nur der Idiot, der sie angefahren hat? Und sie dann liegen ließ? Mein Gott, wie kann man das tun!« Peter blieb stehen. Trotz der Kälte stand ihm Schweiß auf der Stirn. Er wischte sich übers Gesicht.

»Die Polizei fand große Mengen Medikamente in Mariellas Blut«, wagte Bella sich vor. »Weißt du davon?«

»Das haben sie mir auch gesagt. Ein gewisser Kommissar Köhler.«

»War sie krank?«

»Mariella? Nein. Wieso?«

»Woher hatte sie dann die Medikamente? Peter, das waren härtere Sachen als Aspirin.«

Irgendwo sprang ein Wagen an. Das Geräusch verlor sich in der Nacht.

»Ich habe keine Ahnung.« Er schwitzte jetzt stark. Der Mantel schlotterte um seinen mageren Körper.

»Hat sie die nur einmal genommen?«

»Worauf willst du hinauf?«

»Möglicherweise hat Mariella euch gar nicht gesagt, dass sie harte Medikamente nimmt. Hat vielleicht eine Erkrankung verheimlicht.«

»Pah! Nie im Leben! Das hätte ich gemerkt.«

»Und der Hund? Ist in derselben Nacht verschwunden?«

»Sieht so aus. Ich komme zurzeit recht spät heim. Es gibt gerade ziemlich viel zu tun. Außerdem bin ich allein im Büro.« Er wand sich. »Daher führt Mariella Lüneburg aus. Führte ihn aus.« Er biss sich auf die Lippen.

Bella verstand ihn. Peter hatte von seinen Eltern ein Hausverwaltungsunternehmen übernommen. Die vielen Abendtermine spielten ihm nun in die Hände. Er wartete ab, bis das renitente Kind im Bett war, bevor er zu Hause aufschlug.

»Marlon wird bald aus der Trotzphase raus sein«, versuchte sie ihn zu trösten. Peter Kessler war ein schüchternes Kind gewesen. Als ihre Tochter geboren wurde, war er ein verklemmter Jüngling mit Akne, der von seinen Altersgenossen wegen seiner Unbeholfenheit gehänselt worden war. Einer, dem man auf Dorffesten fiese Streiche spielte. Dennoch war er in Silldorf geblieben. Auf eine bescheidene Weise hatte er sich freigeschwommen. Zumindest sah es so aus.

»Weißt du, wenn meine Eltern noch leben würden, dann wäre alles leichter. Mit dem Kind und so. Bevor Mariella bei uns wohnte, war Sabine immer allein für alles verantwortlich. Ich konnte keine Elternzeit nehmen. Also dachten wir, ein Aupair wäre ideal. Emilie war ein Reinfall. Wir waren so froh, dass es mit Mariella auf Anhieb klappte.« Er blieb stehen. Bella sah den Atem vor seinem Gesicht. Er keuchte vor Aufregung. »Morgen verständigt die Polizei in Florenz

Mariellas Eltern. Mir bricht das Herz, wenn ich dran denke. Wir waren verantwortlich für sie. Ich meine, natürlich war sie erwachsen, aber dennoch ... in einem fremden Land ... Das fällt doch auf uns zurück.«

»Du hast nicht mitbekommen, wie sie das Haus verließ?«

Er schüttelte den Kopf. »Nein, ich bin noch mal weg. Eine Eigentümerversammlung in Zeil. Begann um halb acht und dauerte bis kurz nach zehn. Ich habe das der Polizei schon gesagt.«

Bella konnte seine Verzweiflung förmlich riechen. In ihrer Tasche wirbelten die Drumsticks. Sie zog das Handy heraus.

Hilde Kaminsky hat dich zur Gruppe »Nachbarschaft« hinzugefügt.

Sie verdrehte die Augen.

»Und Sabine? Was hat die an dem Abend gemacht?«

»Sie nahm nach dem Abendessen ein Bad, sobald Marlon im Bett war. Lüneburg schlief immer vor Mariellas Zimmer. Wir haben ihr das Apartment im Souterrain überlassen. Sie hatte einen eigenen Eingang. Abends kriegten wir wenig von ihr mit. Da ging sie eigentlich nur ihre Runde mit Lüneburg.«

»Absolut keine Spur von dem Hund?«

»Überhaupt keine. Er ist wie vom Erdboden verschluckt.«

»Beagles sind Jagdhunde! Ist er gern mal ausgebüxt?«

»Im Gegenteil, er ist total anhänglich.«

»Jedenfalls wäre es prinzipiell vorstellbar, dass er jemandem zugelaufen ist, als Mariella mit ihm Gassi ging. Hast du ein Foto von Mariella mit dem Hund? Oder nur von Lüneburg? Ich würde es gern veröffentlichen.«

»Ich habe bestimmt ein, zwei Fotos auf dem Handy.«

»Kannst du mir so schnell wie möglich eins schicken? Es eilt. Redaktionsschluss.«

»Die Polizei will, dass ich Mariella identifiziere. Morgen früh muss ich das machen. Mein Gott, Bella!« Er packte sie am Arm. Angst flackerte in seinen Augen. Sein Atem roch sauer.

»Das ist keine leichte Aufgabe. Aber du wirst das schaffen, Peter. Es hilft ja nichts.«

»Nein. Es hilft nichts.«

Bella dachte an gestern Nacht. An die zuckende Bewegung hinter Mariella, als sie die Hand des Mädchens gehalten hatte. War das Lüneburg gewesen? Doch ein Hund würde, wenn seine Bezugsperson bewegungslos im Schnee läge, winseln, bellen, sich irgendwie bemerkbar machen. Nicht einfach im Dunkeln verschwinden. Womöglich war er ebenfalls verletzt?

»Ich muss los, Peter.« Behutsam befreite sie sich von seinem Griff.

Er nickte nur.

11

»Diethard? Ich bin zu Hause!«

Keine Antwort. Im Wohnzimmer brannte Licht. Man hörte die Stimme eines Nachrichtensprechers. Ein Blick auf die Uhr. Kurz nach sieben. In 20 Minuten musste ihr Text in der Redaktion sein.

Bella schlich die Treppe hoch. Drumstickwirbel. Peter hatte ein Foto geschickt: Es zeigte Mariella in einem schwarzen Pullover, dazu trug sie den auffälligen roten Schal mit den bunten Punkten. Sie kniete neben einem braunen Beagle, dessen eines Schlappohr quer über seiner Nase lag.

Bella stellte das Handy auf lautlos. Sie brauchte jetzt alle Konzentration. Oben in ihrem Arbeitszimmer warf sie den PC an. Sie öffnete ihren Artikel von zuvor, fand rasch die Stelle, an der sie persönliche Informationen zu Mariella einfügen konnte. Das italienische Aupair-Mädchen, das sich gut eingelebt hatte und mit dem Kind der Familie wunderbar zurechtkam. Ihre Tierliebe. Tiere weckten immer Emotionen. Vor allem, wenn sie verschwanden. So wie Lüneburg.

Lüneburg! Wer nennt seinen Hund um Himmels willen Lüneburg?

Die erschütterte Familie, die zurückblieb. Der kleine Junge, der seine Nanny vermisste. Bella musste behutsam vorgehen, durfte das Vertrauen der Kesslers nicht missbrauchen. Schrieb von den Drogen in Mariellas Blut und ließ durchblicken, dass die Gastfamilie nichts von einer etwaigen Erkrankung des Aupair wusste. Dazu die Frage: War jemandem der Beagle auf dem Foto zugelaufen?

Fertig.

Sie speicherte den Text und mailte ihn um fünf vor halb acht an Wolters. Gleich darauf rief sie ihn an. Unten klappte eine Tür.

»Ich bin's, Bella«, rief sie gehetzt ins Telefon. »Der Text sollte jetzt in deinem Postfach sein.«

»Was Neues?«, knurrte Wolters.

»Die Familie hat einen Beagle namens Lüneburg. Der ist verschwunden, seit gestern. Vermutlich ist Mariella mit ihm rausgegangen, wenig später hat sich der Unfall ereignet.«

»Hm«, machte Wolters. »Knapp drei Stunden später, wenn ich richtig informiert bin. Bei den Temperaturen macht man keinen dreistündigen Spaziergang.«

»Der Hund ist jetzt seit 24 Stunden abgängig. Es ist nasskaltes Sauwetter, irgendwann kriegt so ein Tier Hunger. Bestimmt hat jemand den Beagle gesehen. Ich schicke dir ein Foto.«

»In Ordnung.«

Sie hörte Wolters auf seiner Tastatur herumklimpern. Jemand kam die Treppe hoch. Diethards schwere Schritte.

»Ich mache dann Feierabend. Schönen Abend noch.« Bella legte auf.

Es klopfte kurz. Diethard schob die Tür auf.

»Bel?«

»Ja, ich bin hier. Entschuldige, ich musste den Artikel fertigmachen. Redaktionsschluss.« Sie tippte auf ihre Uhr.

Diethard seufzte. »Sag mal, warum hast du nichts gesagt? Gestern, meine ich? Das ist doch schrecklich. Ich habe gerade im Internet von dem Unfall gelesen.«

Verdammtes Internet, dachte Bella. Da war also schon einer aufgesprungen.

»Morgen wirst du noch mehr lesen«, sagte sie zu ihrem Mann. »Jemand hat Fahrerflucht begangen, nach Spurenlage hat einer mit einem echten Dickschiff-Auto das Aupair-Mädchen der Kesslers angefahren und verletzt liegen lassen. Mariella muss sich noch ein paar Meter zurück zum Flurbereinigungsweg geschleppt haben. Als Nächste kam ich dann den Weg entlang. Gestern, nach meinem Termin bei den Impfgegnern.« Ihr schoss durch den Kopf, dass Wolters ihr den Impf-Artikel nicht ersparen würde. »Außerdem hatten die Kesslers seit Neuestem einen Hund. Aus dem Tierheim. Wusstest du das?«

»Ich? Meine Güte, was im Dorf passiert, kriege ich nur in langen Sommernächten mit. Wenn alle grillen.«

Bella grinste halbherzig. »Sollte dir nicht allzu viel ausmachen. Du bist ja nicht so der soziale Typ.«

»Wenn du damit meinst, dass ich mich ungern saufend verbrüdere …« Diethard zog eine Grimasse. »Ich lege mich gerade ziemlich krumm im Büro.«

»Gute Architekten werden eben immer gebraucht«, entgegnete Bella leichthin. Sie stand auf. »Mir knurrt der Magen. Habt ihr was zu essen übrig gelassen?«

»Darüber musst du dich nicht sorgen. Josef isst wie ein Spatz.«

Etwas Dunkles, Trauriges stülpte sich über Bella. »Leider, ja. Heute musste ich ihn bei den Kaminskys einfangen. Er ist einfach durch den Garten spaziert. In Hausschuhen, ohne Jacke.«

»Shit.« Diethard rieb sich das Gesicht. Seine dunklen Haare waren verstrubbelt, der Bartschatten hob sich überdeutlich ab. Sein Bartwuchs war so stark, dass er sich üblicherweise zweimal am Tag rasierte. »Wir stemmen das beide nicht, das ist dir doch klar, Bella, oder?«

»Heißt was?«

Diethards Kiefer mahlten.

Sie ahnte, worauf er hinauswollte, und verabscheute ihn dafür. »Du musst es mir nicht erklären, Diethard. Ein Heim kommt nicht in Frage. Noch nicht.«

»Du schiebst seine Verwirrung nur auf die OP-Nachwirkungen. Aber er war vorher bereits angeschlagen, das ist sogar dir aufgefallen.«

Bellas Magen knurrte. Wie lange war das Mittagessen her? Seit einiger Zeit brauchte sie regelmäßige Mahlzeiten, auf die sie sonst nie besonderen Wert gelegt hatte. Wenn ihr der Blutzuckerspiegel wegrutschte, wurde sie aggressiv und konfus. Beides zugleich.

»Emmy hilft ab Montag. Auf Melanie kann ich ja nicht zählen.« Es kam bitterer heraus, als sie gewollt hatte.

»Sie ist Studentin, Bella.« Diethard ließ sich auf das alte Sofa sinken, das früher, bezogen mit Pferdebildern, in Melanies Kinderzimmer gestanden hatte. Inzwischen war es neu gepolstert und jeansblau. »Sie hat jetzt ihr eigenes Leben.«

»Ich will sie doch nicht als Krankenschwester anstellen. Josef ist ihr Großvater, zum Henker, wer weiß, wie lange sie ihn noch hat! Ein paar Stunden die Woche könnte sie sich durchaus mit ihm zusammensetzen. Schach spielen. Das haben die beiden früher oft gemacht.«

Diethard seufzte. »Lass sie ihr Leben erproben. Sie hat einen Freund, alles ist noch neu, sie will nichts verpassen. Als wir in ihrem Alter waren, da schien alles möglich. Weißt du nicht mehr?«

»Sie ist immer dein Augenstern gewesen«, sagte Bella müde. Diethard hatte von jeher seine Tochter verteidigt, am vehementesten gegen Bella. Die vielen Streitereien hatte sie beinahe vergessen, erst jetzt, wo es ihrem Vater schlecht ging und sie permanent mit einem schlechten Gewissen herumlief, kamen die Konflikte wieder hoch. Melanie, die von der Mutter nicht bekam, was sie wollte, vom Vater aber schon. Anders als Bellas Bruder Rolf, den der Vater am langen Arm hatte zappeln lassen. Josef Blum, der Strenge, der Allmächtige.

»Unsinn. Aber ich kann sie verstehen. Sie braucht ihre Freiheit. Josefs Zustand ist ihr nicht anzulasten.«

Was nichts daran ändert, dass sie mir ab und zu helfen könnte.

»Ich dachte immer, eine Familie sei ein Team. Wo man

füreinander einsteht.« Ihr Magen knurrte heftig. Plötzlich war ihr ganz schwindelig. Pizza wäre das Mittel der Wahl. Ein Käsebrot mit Gurke täte es auch. Vorerst. Sofern Ketchup im Haus war.

»Wir stehen ja füreinander ein, oder nicht?«, fragte Diethard treuherzig.

»Darf ich lachen? An mir hängt alles! Ich presse meine Arbeitstermine in den Alltag. Mehr schlecht als recht. Ich sehe nach Josef, ich schmeiße den Haushalt.« Sie fuhr den PC herunter. Ihr war beinahe schlecht vor Hunger und Zorn. »Es wird wirklich Zeit, dass Emmy einspringt.«

Wenigstens eine Person, auf die ich mich verlassen kann.

»Eine Dauerlösung ist das nicht.«

Meine Fresse, du reitest wirklich auf allem herum, bis es platt und zäh wie Leder ist, dachte Bella genervt. Sie stand auf.

»Ich muss was essen.«

»Vielleicht kannst du Josef noch etwas Appetit machen. Hast du eigentlich auch diese Nachricht von Hilde bekommen? Nachbarschaft?«

»Ach, das!« Bella schnappte sich ihr Handy. »Mamma mia! Sieben Nachrichten?«

»Erklär mir bitte, wie man das abschaltet.«

»Du kannst die Gruppe nicht abschalten, nur auf stumm stellen. Oder austreten. Das allerdings würde Hilde dir nicht verzeihen.«

Diethard klickte gereizt auf seinem Smartphone herum. »Was soll das bloß für eine alberne Aktion sein?«

»Die Maffelders sehen SUVs, die nicht hierhergehören, und kolportieren, das wären Einbrecher, die die Gegend auspionieren.«

»Sag mir, dass das nicht wahr ist.«

Bella ging zur Tür. »Jedenfalls wollen die Maffelders und die Kaminskys per Gruppe austauschen, wer wann welches verdächtige Auto gesehen hat. Kommst du mit runter?«

Diethard antwortete nicht. Er war in das Nachrichtenmenü seines Handys vertieft und mühte sich damit ab, die Gruppe »Nachbarschaft« stummzuschalten.

12

Bella wachte auf, als sie das Knattern des Mülllasters hörte. Kerzengerade im Bett sitzend, lauschte sie kurz auf Diethards leises Schnarchen. Irgendwas stimmte nicht.

Fuck!

Sie hatte vergessen, die Mülltonne rauszustellen. Panisch fuhr sie aus dem Bett. Seit Josef hier wohnte, nahm der Müll überhand. Keinesfalls konnten sie es sich leisten, den Abfall zwei Wochen länger in der Tonne modern zu haben. Sie griff nach dem übergroßen grünen Pulli, der ihr als Morgenmantel diente, schlüpfte in ihre Schlappen und hastete die Treppe hinunter. Vor den Augen sah sie grüne Sternchen. Kurz hielt sie sich an der Haustür fest. Wartete, bis ihr inneres Notaggregat ansprang. Funktionieren trotz seelischem Chaos.

Draußen war es noch stockdunkel, Schnee fiel, ganz zarte

Flöckchen. Die Müllleute waren bei den Kaminskys fertig. Der Laster kam in ihre Richtung. Bella rannte zum Gartentor und winkte wie wild.

»Warten Sie! Bitte!«

Der Laster hielt.

»Ich hole rasch die Tonne!« Meine Güte, wie peinlich. Traum ihrer schlaflosen Nächte, vor der Müllabfuhr im Schlafanzug und in Schlappen herumzuturnen.

Sie rannte zurück zu dem Unterstand für die diversen Tonnen, den sie im Sommer hatten zimmern lassen. In ihren profillosen Schuhen fand sie kaum Halt im Schnee. Sie riss an der schwarzen Tonne, zerrte sie aus dem Unterstand. Mühevoll stemmte sie das Teil zur Straße. Die Müllleute warteten geduldig. Da war ein saftiges Trinkgeld zu Weihnachten fällig.

»Danke!«, keuchte Bella.

Sie fischte die Zeitung aus dem Postkasten, bevor sie sich ins Haus zurückschleppte. Ihr war kalt. Der Bewegungsmelder war noch immer kaputt. Sie hatte vergessen, Diethard darauf aufmerksam zu machen. Vielleicht funktionierte nur die Glühbirne nicht.

Josef stand in der Tür, angezogen, als wollte er zur Arbeit.

»Morgen, Melanie.«

»Morgen, Papa!«, erwiderte sie, ohne ihn auf seinen Fehler hinzuweisen. »Wie wäre es mit Kaffee?«

»Gern«, antwortete er.

Sein höflicher Ton brachte sie zum Lachen.

»Na, dann los.«

»Was hast du denn draußen gemacht?«

»Die Mülltonne rausgestellt.«

Weil ich die Einzige bin, die das hier macht. Weil keiner dran denkt. Weil mein Gehirn für alle taugen muss.

Er blickte auf seine Armschiene. »Ich würde dir ja gern helfen. Sollte ich vielleicht sogar. Nur mit diesem Arm ...«

»Lass mal, Papa.« Sie mahlte Kaffeebohnen. Ein verführerischer Geruch zog durch die Küche. »Hast du gut geschlafen?«

»In meinem Alter schläft man nicht immer gut«, gab er zum Besten.

»Geht mir auch so.« Sie lächelte ihn an, stellte Tassen auf den Tisch. Tatsächlich hatte sie schlecht geschlafen. Hunderte Gedanken waren ihr durch den Kopf geschlichen, hatten sich festgesetzt und um Aufmerksamkeit gebuhlt.

Wenn Peter Kessler recht hatte und nichts über die Medikamente wusste, die Mariella nahm, konnte es dann sein, dass sie sich diese Mittel heimlich besorgt hatte – illegal? Und falls dies der Fall war: Wo hätte sie sich eingedeckt? In Silldorf? Aber wo?

Sie schlug die Zeitung auf, während der Wasserkocher zu rauschen begann. »Schau, mein Artikel über den Unfall drüben Richtung Siedlung.«

Der Text war rechts unten platziert. Das Foto von Mariella und Lüneburg prangte daneben.

»Unfall? Tatsache?«

Sie hatte ihrem Vater nichts gesagt. Selbst wenn, die Chancen standen gut, dass er es wieder vergessen hätte. Rasch schob sie ihm den Artikel hin. »Lies mal.«

Er strahlte seine Tochter an. »Wenn ich nur wüsste, wo meine Brille ist.«

Bella stand auf. »Ich geh sie holen.«

Es gab Gerüchte. Über den »Dorfkrug«. Dass es möglich war, sich dort zu beschaffen, was es auf dem legalen Markt nicht gab.

Sie fand die Brille auf dem Wohnzimmertisch.

»Hier, Papa.«

Josef hatte das Interesse an der Zeitung längst verloren und besah sich interessiert den Wasserkocher.

Bella goss den Kaffee auf. Im ersten Stock hörte sie Diethard Rabatz machen. Die Badtür fiel laut ins Schloss. Er kam die Treppe herunter und stürmte in die Küche.

»Bella? Verdammt, beinahe hätte ich verschlafen. Bella, wo steckst du denn? Ach, Morgen, Josef!«

»Guten Morgen«, sagte Josef spitz. »Hast du schon so früh schlechte Laune?«

»Hier, nimm dir Kaffee, Diethard. Ich komme gleich.«

Bella verdrückte sich. So sehr sie sich nach Kaffee sehnte – Diethards miese Stimmung war noch viel weniger auszuhalten als Koffeinentzug. Sie tappte die Treppe hinauf. Zog sich an, kämmte die Haare und spritzte Wasser in ihr Gesicht. Aus dem Spiegel sah ihr eine 50-jährige Frau mit strähnigem Haar und müden Augen entgegen. Eine zu kleine Nase, dafür volle Lippen. Vergleichsweise wenige Falten. Ihr Haar brauchte dringend eine neue Tönung, das natürliche Aschgrau kam schon wieder überdeutlich zum Vorschein. Am liebsten würde sie diese Farbkleckserei ganz sein lassen. Sie hatte keinen Nerv für die ständigen Wartungsarbeiten an ihrem Körper. Haar wurde grau, na und? Vielleicht würde sie das kinnlange Haar kurz schneiden lassen. Dann würde die künstliche Farbe auch schneller verschwunden sein.

Auf der Suche nach ihrem Handy ging sie ins Schlafzimmer. Drei Nachrichten in der Gruppe »Nachbarschaft«.

Wir sind dabei.

Danke fürs Hinzufügen!

Wir auch. Halten die Augen offen.

Na, dann viel Erfolg, dachte Bella. Außerdem eine SMS von Wolters:

Schick mir den Bericht über die Impfgegner.

Stöhnend wollte sie das Handy wegstecken, als eine Nachricht von Hilde eintrudelte:

Denk dran, Bella, am Sonntag startet der Weihnachtsmarkt.

Auch das noch. Sie riss das Fenster auf. Eiskalte, feuchte Luft schlug ihr entgegen.

Sie hatte den Fehler gemacht, vor Jahren, als Melanie noch zur Schule ging, beim Weihnachtsmarkt mitzuhelfen und die selbst gebastelten Kleinigkeiten der Silldorfer Schulkinder zu verkaufen. Irgendwie hatte sie es verpasst, sich aus diesem Geschäft rechtzeitig zurückzuziehen, sodass sie Advent für Advent mehrere Tage die Woche in einer eiskalten Bude stand und gehäkelte Eierwärmer feilbot. Unter Hildes strengem Regiment war es einfach schwierig, den Rückzug anzutreten.

»Bella?«, rief Diethard von unten. »Haben wir noch Milch?«

»Ich habe die Augen von Superwoman. Kann um die Ecke gucken, die Treppe runter und direkt in den Kühlschrank«, murmelte sie genervt. Dann rief sie: »Komme.« Knallte das Fenster zu.

13

»Willst du mich zur Arbeit begleiten?« Bella lehnte in der Wohnzimmertür.

Ihr Vater hatte Diethards Tablet auf dem Schoß liegen. Es war ausgeschaltet, und er starrte vor sich hin, durch das Fenster hinaus in den dämmrigen Vormittag.

»Zur Arbeit? Warum nicht, Schätzchen!« Lächelnd stand er auf, wobei ihm das Tablet von den Knien rutschte und auf dem Teppich landete. Er merkte es nicht einmal.

»Sei so nett, zieh dir Mantel und Schuhe an. Ich hole nur rasch was zu schreiben.«

»In Ordnung.«

Scheint einer seiner guten Tage zu sein, dachte Bella, darauf bedacht, sich nicht allzu viele Hoffnungen zu machen. In wenigen Minuten konnte ihr Vater abbauen und aus dem Tagesgeschäft aussteigen. Sie wusste das, aber jedes Mal tat es ihr neu weh, wenn sie merkte, wie desorientiert er war.

Im Arbeitszimmer steckte sie Block und Stift ein, überprüfte, ob sie ihr Handy dabei hatte. Weder Wolters' noch Hildes Nachrichten hatte sie beantwortet. Den Impfgegner-Text würde sie heute Nachmittag runtertippen, das Thema ging ihr ohnehin auf den Keks, wieso überließ man es nicht jedem Einzelnen, wie er handeln und welchen Risiken er sich aussetzen wollte?

Sie lief die Treppe hinunter. Josef Blum stand fertig angezogen in der Diele. »Gehen wir?«

»Klar.« Sie schlüpfte in Boots und Anorak. »Auf geht's!«

»Avanti popolo!«, rief ihr Vater breit grinsend. »Was ist unser Ziel?«

»Der ›Dorfkrug‹.« Bella zog die Haustür hinter sich zu.
»Willst du so früh schon einen heben?«
Die Einfahrt war völlig zugeschneit. Bella fiel ein, dass sie den Gehweg freischaufeln müsste. Kurz entschlossen verschob sie diese lästige Pflicht auf später.
»Nicht wirklich. Es geht um den Unfall, hast du meinen Artikel gelesen?« Sie öffnete ihm die Beifahrertür.
»Aber sicher.«
Er klang so überzeugt, dass sie beschloss, sein Ja nicht anzuzweifeln.
»Die Frau, die bei dem Unfall ums Leben kam, hatte Drogen im Blut. Eine ganze Menge. Signifikant viel.«
»Und du meinst, das Zeug hat sie sich in der Kneipe verschafft?«
»Es gibt Gerüchte.« Sie ging um den Mini herum und ließ sich auf den Fahrersitz fallen. »Dass man, wenn man was braucht, sich dort eindecken kann.«
»Da frage ich mich aber, ob die Polizei nicht auch schon von dem Gerücht Wind bekommen hat.« Mühevoll setzte er sich auf dem Beifahrersitz zurecht.
Sie sehnte sich so nach seinem scharfen Verstand zurück! Nach den Diskussionen, die sie geführt hatten, über Politik, Gesellschaft, Gott und die Welt. Seit einer halben Ewigkeit hatten sie kein längeres Gespräch mehr geführt. In Bella keimte die Hoffnung auf, dass Josef das Schlimmste hinter sich haben könnte. Dass seine Verwirrung tatsächlich von der Narkose hervorgerufen worden war und nun quasi von selbst abebbte.

Der alte Josef Blum mit dem scharfen Verstand und der scharfen Zunge. Der mit seinen Worten die schmerzhaftesten wunden Punkte traf. Als Rolfs Labradorwelpe krank wurde und starb. Der Vater hatte den Sohn nicht getrös-

tet, sondern noch nachgelegt. Der Junge war wohl noch zu jung und zu unzuverlässig für ein Tier.

»Vermutlich. Doch man hat nie gehört, dass es eine Razzia gegeben hätte oder so. Ich will mich nur mal dort umschauen.«

Sie fuhren langsam durchs Dorf. Die Schulkinder waren um zehn Uhr längst unter Dach und Fach. Alle Arbeitstiere ebenfalls. Nur Hausfrauen blieben im Dorf, es sei denn, sie fuhren zum Mega-Supermarkt zwischen Silldorf und Trunstadt, um den Wocheneinkauf zu stemmen. Der Mini glitt am Haus der Kesslers vorbei. Alles sah verlassen und verrammelt aus. Wie Sabine wohl den missvergnügten Marlon tagsüber bei Laune hielt?

Der »Dorfkrug« lag am äußersten Westende des Ortes, da, wo Siedlung und altes Dorf beinahe zusammengewachsen waren. Eine eigenartige Lage für die Dorfwirtschaft, fand Bella. Doch das frühere Gasthaus gleich neben der Kirche war baufällig gewesen und schließlich abgerissen worden. Man hatte das Grundstück der Kirche verkauft; mittlerweile stand dort das Gemeindezentrum. Der vorherige Gastronom war auf die Idee gekommen, eine alte Villa am Rande des Orts zum Wirtshaus umzufunktionieren. Im Sommer war der riesige Biergarten beliebt, es kamen auch Gäste aus den Ortschaften ringsum.

»Waren wir nicht früher manchmal hier?«, fragte Josef nun, als Bella auf den weitläufigen Parkplatz einbog.

Ihr Herz hüpfte. Er erinnerte sich richtig!

»Waren wir, Papa. Allerdings hat der Besitzer wieder gewechselt. Erst vor knapp zwei Jahren.«

»Warum denn nur?«

»Der alte hatte einen Herzinfarkt. Kippte in seiner Wohnung um und war sofort tot.«

»Auf sein Herz muss der Mensch achten, das sage ich dir, Bella.«
Danke für den Tipp.
»Seine Kinder haben die Gaststätte verkauft. Seitdem hat sich ein bisschen was geändert.«
»Was denn?«
Bella stellte den Motor ab.
Der neue Eigentümer des »Dorfkrugs« war Anhänger des Urban Gardening. Sie hatte vor einigen Monaten einen Bericht über ihn für die Sonntagsbeilage geschrieben und sich locker mit ihm angefreundet. Er stellte den bis dato ungenutzten Teil des Gartens der Allgemeinheit zur Verfügung, errichtete Hochbeete und Gewächshäuser und lud Leute ein mitzugärtnern. Jeder konnte pflanzen und ernten, was und wie er wollte. Diese ziemlich anarchische Form des Wirtschaftens passte den Alteingesessenen nicht, die ihr Basilikum ohnehin in den eigenen Gärten zogen. Aber die Siedlungsbewohner, die erst noch Gärten anlegen mussten, hatten Spaß daran gehabt. Bella erinnerte sich an die Besuche im Biergarten im vergangenen Sommer, als immer viele Familien mit ihren Kindern Tomaten gepflückt und sich über Mittel gegen die Schneckenplage ausgetauscht hatten. Der Koch des »Dorfkrugs« hatte sogar Tipps für den Genuss ungewöhnlicher Kräuter wie Giersch und Gundermann gegeben.
»Es ist ein wenig alternativer geworden. Ungeordneter. Lass uns reingehen.«
Außer ihrem Mini stand ein Sattelschlepper mit einer auffälligen Lackierung dort: Das tiefe Blau des Lacks war von einer helleren Nuance durchbrochen, um einem braunen Adler Platz zu machen, der knapp unter der Windschutzscheibe dahinsegelte, unter ihm war winzig klein

der Planet Erde angedeutet. Schick, dachte Bella. Näher am Wirtshaus stand ein roter Peugeot, der seine besten Tage eindeutig hinter sich hatte. Ebenso ein Ford Mustang in Orange. Bellas Handy ließ die Drumsticks tanzen. Wolters.

Kriege ich eine Antwort von dir? Brauche den Impfgegner-Artikel bis heute Nachmittag.

Sie tippte:

Klar, kein Problem.

Drückte auf Senden.

»Ist überhaupt schon offen?«, fragte Josef.

»Der Eigentümer wohnt hier, wenn mich nicht alles täuscht.« Bella stieß die Tür auf.

»Guten Morgen!«, rief sie.

Niemand antwortete. Sie drückte gegen die Tür zum Schankraum. Sie schwang auf.

»Morgen«, wiederholte sie.

Ein Mann mit verwuscheltem braunen Haar hockte an einem Tisch und spachtelte Rührei. Beim Anblick der neuen Gäste griff er nach einem Becher Kaffee und trank, als würde er ein Bier auf Ex herunterspülen. An einem anderen Tisch saß ein Pärchen. Er mit roten Haarstacheln und Bart, sie dunkelhaarig mit strenger Kurzhaarfrisur, Kreolen in den Ohren, Rollkragenpulli, ziemlich viel Kajal. Zwischen ihnen ebenfalls Kaffee und die Tageszeitung. Aufgeschlagen bei Bellas Artikel.

»Bella Graukorn!« Der Rothaarige richtete sich auf und zeigte ein breites Lächeln.

»Servus, Percy!«

»Richtig, richtig. Lange nicht gesehen.« Er richtete sich zu ganzer Länge auf, ein schlaksiger Typ, dem man mehr Fleisch auf die Rippen wünschte.

»Das ist mein Vater, Josef Blum.«

»Freut mich ganz besonders.« Percy schüttelte beiden die Hände. »Lust auf Frühstück?«

Aus den Augenwinkeln sah Bella, wie die Dunkelhaarige die Zeitung zuklappte.

»Kaffee wäre nicht schlecht, was, Papa?«, wandte sie sich an ihren Vater.

Der nickte zaghaft, als hätte ihn die fremde Umgebung eingeschüchtert.

»Na, dann.« Percy verschwand hinter der Theke und machte sich an der Kaffeemaschine zu schaffen.

Bella trat zu ihm, wies auf den Gast mit dem gesunden Appetit. »Ich wusste gar nicht, dass du auch Fremdenzimmer hast.«

»Habe ich nicht. Noch nicht, jedenfalls. Im kommenden Frühjahr will ich da oben umbauen.« Er deutete zur Decke. »Der Brummifahrer hat in seinem Lkw übernachtet, aber er muss sich ja auch mal frischmachen und ein anständiges Frühstück zu sich nehmen. Kommt aus Albanien. Alle paar Wochen macht er hier Halt. Netter Kerl. Arbeitet selbstständig. Keine Spedition, kein Chef.«

»Auch nicht so einfach, was?«

»Kann man laut sagen.«

Bella warf einen Blick zu ihrem Vater. Der stand da wie bestellt und nicht abgeholt. Sie ging zu ihm.

»Setz dich derweil. Ich plaudere noch ein wenig mit Percy.«

Er blickte sie hilflos an, und Tränen stiegen in ihre Augen. Die hellen Momente waren verblasst. Wahrscheinlich fragte er sich gerade, was er hier tat.

»Wir trinken gleich einen ordentlichen Kaffee, ja?«

Er ließ sich auf einen Stuhl drücken.

»Doro, bringst du Bella und ihrem Daddy Brot und Aufschnitt?«, rief Percy der Dunkelhaarigen zu. Die stand auf und zeigte einen knackigen Hintern in hautengen Jeans, während sie in der Küche verschwand.

»Deine Freundin?«, fragte Bella halblaut.

Er nickte stolz. »Seit ein paar Wochen sind wir fest zusammen.«

»Arbeitet sie auch hier?«

»Machst du Witze? Ich komme kaum selbst über die Runden. So viel wirft dieses Wirtshaus nicht ab, und meinen Koch muss ich auch noch bezahlen. Sie hat einen Job bei Bosch. Am Band. Wenn ihre Schichten es erlauben, zapft sie schon mal ein paar Seidla.«

Er hob eine Kanne hoch, die mindestens einen Liter fasste. »Reicht das?«

»Hoffen wir's.« Bella grinste. »Komm, ich wollte dich ein paar Dinge fragen.«

Percy trug die Kaffeekanne und ein Tablett mit Tassen, Milch und Zucker zum Tisch, an dem Josef Blum saß und vor sich hin brütete. Bella berührte sacht seine Hand.

»Schieß los, Bella!«

»Kanntest du Mariella Fonti?«

Percy rollte mit den Augen. »Was für eine Sauerei! Doro und ich haben eben deinen Artikel gelesen.«

»Also: Kanntest du sie?«

»Nein. Ich kannte sie nicht. Habe nie ein Wort mit ihr gewechselt.«

Josef Blum hob den Kopf und schaute Percy interessiert an. Der beeilte sich, Kaffee in die Tassen zu schenken.

»Wenn einer nachts eine Frau anfährt und einfach abhaut – wie soll ich das finden? Das ist eine Riesensauerei!«, fuhr Percy fort.

»Sind sowieso alles Wichser!« Die Dunkelhaarige tauchte neben ihrem Tisch auf und stellte Aufschnitt, Brot, frisch aufgebackene Bretzeln und Marmelade ab. »Fahren solche Schüsseln, dass sie nicht mal übers Lenkrad gucken können, pulvern CO_2 in die Luft und markieren den dicken Maxe.«

Sie zog einen Stuhl zurück. Die Beine schrappten über den Boden, das Geräusch ließ Bellas Nackenhaare sich sträuben.

»Und Sie?«, fragte sie Doro. »Kannten Sie Mariella?«

»Nö. Ich wohne nicht hier. Komme nur ab und zu vorbei.« Sie verwuschelte Percy das rote Stachelhaar.

»Ich glaube Ihnen kein Wort«, ließ sich Josef halblaut vernehmen.

Percy und Doro starrten den alten Mann verblüfft an.

Bella unterdrückte ein Grinsen.

»Was ist mit den Fernfahrern?«, fragte sie. »Die schlafen auf dem Parkplatz im Lkw und frühstücken bei euch?«

Percy nickte. »Die haben ihre Kojen an Bord. Brauchen nur was zu essen, ein Bier am Abend, ein Klo, rasieren sich hier, verdrücken eine ordentliche Portion Spiegelei und ziehen weiter. Aber auf lange Sicht wird das mein Zusatzverdienst sein: ein paar Gästezimmer mit Dusche und Klo, einfach, kein Schnickschnack. Ich war schon bei der Bank. Ich krieg die Kohle.«

»Sie glauben doch nicht, dass ein Fernfahrer die Frau totgefahren hat?«, schaltete Doro sich ein.

»Ist Mariella mal hier gewesen?«

Percy schüttelte den Kopf.

»Auch nicht mit Marlon? Dem Kleinen von den Kesslers? Ihr habt doch den schönen Spielplatz im Garten.«

»Jetzt im Winter machen wir hinten nicht auf«, sagte Percy. »Ist ja alles nass. Da gräbt auch kein Kind im Sand.«

Der Albaner machte auf sich aufmerksam. Doro ging wiegenden Schritts zu ihm hinüber, griff im Vorbeigehen mit lässiger Geste nach dem Portemonnaie auf der Theke.

Bella beugte sich vor. »Percy, Leute wie der Brummifahrer – die verticken doch manchmal was, oder?«

»Das kannst du mir nicht anhängen.«

»Du weißt natürlich von nichts.«

»Diese Kneipe überlebt, weil die Autobahn nahe ist. Drei Minuten von der Ausfahrt. Und einen großen Parkplatz habe ich auch. Die Jungs machen hier die vorgeschriebenen Pausen. Viele rollen erst spätabends rein. Meine Küche hat dann noch auf. Das wissen sie zu schätzen. Ich serviere Hausmannskost zu einer Uhrzeit, zu der die anderen Lokale längst Feierabend machen. Kann froh sein, dass mein Koch mitspielt. Manfred hat das Herz eben am rechten Fleck.«

»Aber bisweilen schlagen die Trucker auch was los.«

Percy seufzte. »Davon habe ich keinen Schimmer. Will ich auch nicht haben.«

»Hast du Videoüberwachung?«

»Spinnst du?«

»Mariella hat nach dem Abendessen das Haus der Kesslers verlassen, womöglich, um Lüneburg auszuführen.«

Percy sah sie verständnislos an.

»So heißt der Hund«, erläuterte Josef.

Bellas Herz machte einen Satz.

Woher weiß er das? Habe ich ihm das gesagt? Ich bin schon ganz durcheinander. Oder hat er das in der Zeitung gelesen und sich gemerkt?

»Wer nennt seinen Hund denn Lüneburg!« Percy schüttelte den Kopf.

Bella hielt ihm ihr Handy mit dem Foto hin. »Ein Beagle,

schönes Tier. Ist dir der Hund mal aufgefallen? Hast du ihn gesehen? Mit Mariella oder mit Peter Kessler?«

»Peter trinkt hier manchmal eins.« Percy wand sich. Anscheinend fühlte er sich verpflichtet, Bella wenigstens an dieser Stelle Entgegenkommen zu signalisieren, indem er eine klitzekleine Information preisgab.

»Allein?«

»Nein, da sind schon noch welche. Aus der Siedlung.«

»Sieh einer an.«

»Ich kann nichts dafür, dass ihr Zoff miteinander habt!«, zog Percy vom Leder. »Bei mir sind alle Gäste willkommen. Zugezogene wie alte Haudegen. Ist einfach meine Philosophie.«

»Kennst du einen von denen? Die mit Peter hier manchmal eins trinken?«

»Nein, nicht mit Namen, vom Sehen halt.«

Der Albaner stand auf, nickte Percy zu und verließ den Schankraum. Durch das Fenster sah Bella, wie er zu seinem Sattelschlepper ging.

»Wann ist der angekommen?«

»Irgendwann heute Nacht. Wir haben geschlafen, Doro und ich. Sie hat Spätschicht diese Woche.«

Doro räumte den Tisch des Albaners ab.

»Mariella hatte Drogen im Blut. Wo sollte sie die herhaben? Sie hat kein Auto, wo würde sie sich Nachschub holen?«

»Dafür gibt es Möglichkeiten!« Percy warf einen Blick in die Kaffeekanne. »Drogen kriegst du überall, wenn's drauf ankommt.«

»Sie ist 19, Aupair, das erste Mal von zu Hause weg.«

»Na und?« Percy schüttelte den Kopf. »Wirklich, Bella, damit habe ich nichts zu tun.«

»War ein Fernfahrer hier? Zwischen Mittwoch und Donnerstag?«

Doro blieb an ihrem Tisch stehen.

»Ja. Auch ein Albaner. Nehat heißt er. Der kommt regelmäßig, stimmt's, Percy?«

»Und?«

»Was ›und‹?«

»Wann kam er?«

»Also, meine Schicht bei Bosch ging bis 22 Uhr. Dann bin ich noch in meine Wohnung, frische Klamotten holen. Als ich eine Stunde später endlich hier war, stand sein Lkw auf dem Parkplatz.«

»Aber wann ist er angekommen? Percy? Vor 22 Uhr?«

»Kurz nach acht.« Percy rieb sich den Bart.

»Der rote Peugeot, ist das Ihrer?«, wollte Bella wissen.

»Was dagegen?« Doro stolzierte mit einem verächtlichen Schnauben in die Küche.

»Und der Mustang, Percy?«

»Der gehört Manfred. Bella«, sagte Percy flehentlich, »das mit dem Mädchen, das war kein Lkw-Fahrer. Die passen mit ihren Megamaschinen doch gar nicht auf den Flurbereinigungsweg.«

Bella trommelte mit den Fingern auf die Tischplatte. »Wann fährt dein Koch heim?«

»Der hat hier ein Zimmer.« Percy verschränkte die Arme.

Sie spürte, dass Percy und Doro etwas verheimlichten, aber sie kam nicht dahinter, was das sein sollte.

14

»Steig schon mal ein, Papa!« Sie öffnete ihrem Vater die Beifahrertür des Mini, bevor sie auf den Lkw zuschritt. Der Albaner saß bereits hinter dem Steuer. Trotz der Kälte trug er nur ein T-Shirt. Als er Bella kommen sah, ließ er den Motor an.

»Nur einen Moment«, rief Bella gegen das Brummen an. »Eine Frage.« Sie hielt ihr Handy hoch.

Der Mann ließ die Fensterscheibe herunter. Sein Haar hing ihm zerzaust in die Stirn.

»Was?«, knurrte er.

»Sie sprechen Deutsch?«

Er nickte gereizt.

»Haben Sie dieses Mädchen oder diesen Hund oder beide schon mal gesehen?«

Sie hielt ihm das Handy mit Mariellas und Lüneburgs Foto hin. Er nahm es. Sie hatte den Eindruck, er wollte es in hohem Bogen ins Gebüsch werfen.

»Nicht kenne.« Er reichte ihr das Handy herunter.

»Sind Sie sicher?«

Er wedelte mit der Hand, als wollte er sie verscheuchen.

»Danke jedenfalls.«

Er schloss das Fenster. Bella stapfte durch den Matsch zu ihrem Auto. Josef stand daneben und betrachtete neugierig das Wirtshaus.

»Lass uns fahren, Papa!«

Sie setzte sich ans Steuer. Er stieg ein. Es dauerte eine Weile, bis er seinen hageren, langen Körper auf die passende Größe zusammengefaltet hatte. Schnee wehte gegen die Windschutzscheibe. Bella drehte den Zündschlüssel.

»Der lügt«, sagte Josef mit einem Mal. »Der Rothaarige.«

»Meinst du?« Verdutzt sah Bella zu ihrem Vater.

»Der lügt. Das sehe ich Typen wie ihm an der Nasenspitze an.«

Bella musste lachen. »Einmal Lehrer, immer Lehrer, oder?« Ihr Vater hatte in seiner aktiven Zeit als sehr streng gegolten. Die Schüler hatten unter ihm gestöhnt, weil er nichts durchgehen ließ. Weder dumme Ausreden noch Faulheit.

»Glaub mir, er lügt.«

»Du meinst, er hat Mariella gesehen? In seiner Kneipe?« Sie fuhr los. Irgendwie saß ihr Percys Blick plötzlich im Nacken. Oder Doros.

Josef kratzte sich am Kopf.

»Vielleicht. Er hat jedenfalls nicht die Wahrheit gesagt.« Damit hüllte er sich in Schweigen.

Aber was genau hatte Percy behauptet? Er habe nie ein Wort mit Mariella gewechselt. Was nicht viel hieß. Womöglich stimmte das sogar, wenn man es wortwörtlich nahm. Dennoch könnte er etwas über die Italienerin wissen, was wichtig für die Aufklärung des Unfalls war, und rückte damit nicht raus.

Bella beschloss, später Köhler anzurufen und nachzufragen, ob er Erkenntnisse hatte. Allerdings wollte sie ihn nicht gleich auf Percy hetzen.

»Rolf wollte doch heute kommen«, sagte sie mehr zu sich selbst. Da Melanies Zimmer für Josef gebraucht würde, musste er wohl oder übel in Diethards Arbeitszimmer einziehen. Ihr kleines Reich würde sie nicht aufgeben. Es war ihr einziger Rückzugsraum im ganzen Haus.

Als sie bei den Kesslers vorbeirollten, hievte gerade Ferdinand Weißgerber, der Hobbyimker, seinen massigen Körper aus seinem Pick-up.

»Der braucht das Teil nur, um im Sommer zu seinen Bienenstöcken zu fahren«, murmelte Bella. »Und verratet mir mal, was der Weißgerber bei den Kesslers will.« Weißgerber starrte zu ihr hinüber. Sie winkte, doch er glotzte nur.

»Rolf kommt heute?« Ihr Vater sah sie von der Seite an.

»Warum das denn?«

»Er hat Liebeskummer, Papa.«

»Hatte er schon immer. Sollte sich mal richtig um seine Frau kümmern. So ein junges Ding. Da kann er wirklich nicht die Hände in den Schoß legen!«

»Wie recht du hast«, gab Bella zu.

»Immer hat er Pech mit Frauen. Kann es das geben? Stellt sich einfach zu dumm an, der Junge.«

»Geh nicht so hart mit ihm ins Gericht.« Bella wusste nur zu gut, wie angespannt das Verhältnis zwischen Rolf und Josef war. Rolf, der ältere der beiden Geschwister, hatte beim Vater nie wirklich punkten können. Josef hatte sich von Anfang an eine Tochter gewünscht, und als Bella vier Jahre nach Rolf zur Welt kam, war der Sohn abgeschrieben. Als Kind hatte Bella die Dynamik nicht verstanden, später war ihr manches klargeworden. Rolfs unterdrückte Wut auf den Vater, sein enges, selbst im Erwachsenenalter zärtliches Verhältnis zur Mutter, die sich gegen ihren Mann nie durchsetzen konnte. Seine tiefe Trauer, als sie starb.

Sie stellte den Mini auf der Einfahrt ab.

»Lass uns reingehen. Ich muss noch ein bisschen arbeiten, das macht dir doch nichts aus?«

Stumm schüttelte Josef den Kopf, während er aus dem Wagen kletterte. »Du machst, was du machen musst, meine Liebe.«

Bella schloss die Haustür auf. Er wirkte wieder ganz munter. War Herr seiner Sinne. Dennoch sperrte sie von innen zu und steckte den Schlüssel ein. Sie brauchten auch ein Schloss für die Terrassentür. Nur für den Fall.

Kaum hatte sie ihren Anorak aufgehängt, klingelte das Festnetztelefon. Rasch kickte sie ihre Boots weg und stürzte ins Wohnzimmer.

»Graukorn?«

»Hier ist Hilde. Sag mal, ist das dein Ernst?«

Bella ließ sich auf den nächstbesten Sessel sinken.

»Sei so nett, hilf mir auf die Sprünge.«

»Na, dein Artikel! Du behauptest allen Ernstes, dass Mariella drogensüchtig war.«

»Habe ich mit keinem Wort geschrieben.«

»Aber du schreibst, sie hatte Drogen im Blut.«

»Verschiedene Wirkstoffe. Amphetamine und Morphine. Also Aufputschmittel und starke Medikamente gegen Schmerzen.«

»Musste das sein?«

Bella ahnte, worauf Hilde hinauswollte, stellte sich jedoch dumm.

»Na gut, vielleicht hatte sie Schmerzen. Wissen wir das? Mariella war wahrscheinlich wegen der Medikamente nicht imstande, sich in Sicherheit zu bringen. Entweder zu zugedröhnt oder …«

»Jemand hat sie angefahren und liegen lassen. Da ist es wahrhaftig egal, ob sie irgendwas im Blut hatte. Derjenige, der sie gerammt hat, ist schuld.«

Bella seufzte. Wenn ihre Nachbarin beide Augen fest zudrücken wollte und sich weigerte zu sehen, was direkt vor ihrem Gesicht stand, konnte man sie auch mit den geschliffensten Argumenten nicht überzeugen, die Lider zu öffnen.

»Das fällt komplett auf die Kesslers zurück«, regte Hilde sich auf. »Als wenn bei denen Drogen ein Thema wären, so kommt das bei dir rüber. Du kennst Peter beinahe so lange wie ich. Für seine Frau freilich würde ich die Hand nicht ins Feuer legen. Der Junge hingegen ist ein ordentlicher Mann.«

Nein, seine Frau kommt ja auch nicht aus Silldorf, dem Hort der Zivilisation, sondern sie ist eine Wilde aus dem Internet, dachte Bella wütend.

»Die Presse hat die Pflicht, die Öffentlichkeit über relevante Dinge zu informieren. Ich hoffe, dass sich noch jemand meldet, der Mariella zwischen 19 und 22 Uhr gesehen hat. Oder Lüneburg. Wusstest du eigentlich, dass die Kesslers einen Hund haben?«

»Ich habe Sabine mit ihm spazieren gehen sehen. Ein, zwei Mal.« Durch die Zwischenfrage war Hilde aus dem Konzept gebracht. »Übrigens, hast du die Chatgruppe bemerkt?«

»Klar, wie nicht.«

»Ich stelle auch die Nachrichten zum Weihnachtsmarkt dort ein. Du denkst doch dran? Übermorgen geht es los. Herbert und ein paar andere bauen ab morgen früh die Buden auf. Ich gehe davon aus, dass Diethard mithilft.«

»Vergesse ich bestimmt nicht, Hilde. Also, bis Sonntag!« Sie legte auf.

Hildes Anruf war Warnung genug. Das Dorf befand sich auf dem Weg in die Krise.

15

Bella rief bei den Kesslers an.

»Hier Sabine Kessler?«

»Ich bin's, Bella. Wie geht es euch?«

Schweigen.

»Sabine? Ist alles OK?«

»Wie kann denn alles OK sein! Peter hat heute Morgen ... Mariella identifiziert.« Sabine schnäuzte sich. »Ich habe ihn auf der Arbeit erreicht. Er ist immer noch ziemlich fertig.«

»Das kann ich gut verstehen. Gibt es etwas Neues?«

»Was du in der Zeitung schreiben kannst?«, kam es giftig zurück. »Das war nicht sehr hilfreich, Bella.«

»Was war nicht hilfreich?«

»Dass du das mit den Drogen geschrieben hast. Die Nachbarn haben sich schon erkundigt. Die haben alle Kinder, Jugendliche meist.«

»Und jetzt kriegen sie Panik, weil sie meinen, ihre Blagen decken sich bei euch mit Amphetaminen ein? Wie dämlich ist das denn!« Bella schluckte hart. »Entschuldige, Sabine, ich wollte nicht unhöflich sein, aber du merkst bestimmt selbst, was für ein Unsinn das ist.«

»Unsinn hin oder her. Die Stimmung rutscht weg. Außerdem war die Polizei hier. Zwei Zivilbeamte. Die wollten Mariellas Zimmer sehen.«

»Und?«

»Nichts und. Sie wollten schauen, ob da Medikamente sind. Hätte ich ihnen gleich sagen können, dass Mariella keine Tabletten geschluckt hat.« Im Hintergrund hörte Bella eine Tür knallen, dann dröhnte Marlons Organ.

»Mama!«
»Ich muss Schluss machen.«
»Warte, gib mir bitte rasch Peters Handynummer.«
»Die musst du haben. Wir sind nämlich alle in der Nachbarschaftsgruppe. Tschüss.«
Bella legte auf. Sie checkte ihr Handy und bekam nach kurzem Suchen heraus, dass die beiden Kesslers wirklich zu der von Hilde eingerichteten Chatgruppe gehörten. Entschlossen wählte sie Peters Nummer. Er antwortete nicht.

Kein Wunder, dass die Dorfschranzen wieder auf das schwächste Glied eindroschen: Sabine, die Frau des Milchbubis, die von außen. Niemand in Silldorf konnte ernsthaft glauben, dass die Kesslers dealten. Hier wollte jemand Druck ablassen.

Sie fuhr den PC hoch und sichtete ihre Notizen zu der Impfgegnerstory. Die Ablenkung tat gut. Irgendwas Ungutes braute sich im Dorf zusammen. Sie hatte Sehnsucht rauszukommen, wenigstens gedanklich.

Binnen Kurzem strukturierte sie den Text, den sie schreiben wollte. In der Frage »Impfen oder nicht?« wollte sie sich betont neutral halten. Sollte Wolters Wort halten und den Artikel in die morgige Sonntagsbeilage setzen, bekämen die Silldorfer etwas anderes von ihr zu lesen als Spekulationen rund um die ungeklärten Fragen über Mariellas Tod.

Sie tippte ihren Text, druckte ihn aus, verbesserte, kürzte. Dann ging sie nach unten. Ihr Vater schlief auf dem Sofa. Im Sitzen, wie immer. Die Luft war stickig. Sie würde später lüften.

Zurück im Arbeitszimmer fügte sie ihre Korrekturen in den Artikel, mailte ihn an die Redaktion. Anschließend rief sie ihren Bruder an.

»Ja?«, antwortete er gehetzt.

»Dir auch einen schönen guten Tag. Wie geht's dir? Kommst du heute?«

»Ja, ich bin schon unterwegs.«

Dass es so schnell gehen könnte, hatte Bella auch wieder nicht gedacht.

»Ist uns recht.«

»Ja.«

»Papa freut sich auch.«

»Das glaubst aber nur du.«

»Dann bis später. Ab wann können wir mit dir rechnen?«

»Es ist viel Verkehr. In einer guten Stunde vielleicht.« Er legte auf.

Meine Güte, dachte Bella. Der ist wirklich komplett ballaballa.

Sie konnte nicht behaupten, dass ihr Verhältnis zu ihrem Bruder sorglos wäre. Spätestens, seit sie beide studiert hatten, hatten sie sich voneinander entfernt, ohne es besonders zu bedauern. Die enge Vertrautheit der Kinder- und Jugendtage war der Erkenntnis gewichen, dass sie mit einem gewissen Abstand zueinander freier atmen, Zwänge hinter sich lassen konnten. Bei Rolfs erster Scheidung war Bella zu ihrem Leidwesen wieder in ihre alte Rolle als Trösterin geschlüpft, als seine Säule, sein Rückzugsort, sein Fels in der Brandung. Doch Geduld mit ihm zu haben, hatte ihr viel Kraft abverlangt, und als Rolf wieder auf den Füßen war, hatte sie sich erleichtert geschworen, sich nicht noch einmal in die alten Muster drängen zu lassen.

Wie es aussah, hatte der Schwur nicht lange gehalten. Mit wenigen Worten vermochte Rolf, ihr Schuldgefühle unterzuschieben wie verbotene Substanzen. Sabine war es eben auch geglückt.

Ich bin einfach zu gut darin, die Bedürfnisse der anderen zu erspüren.

Sie versuchte es erneut bei Peter.

»Hallo, Bella«, kam es müde aus dem Hörer.

»Wie geht es dir?«

»Ich habe sie identifiziert. Heute früh. Mein Gott, so was will ich nie wieder machen müssen.«

»Kann ich verstehen.«

»So, kannst du?« Er hörte sich genauso ablehnend an wie seine Frau zuvor. »Morgen kommt Dario. Mariellas Bruder. Ich weiß nicht, was ich ihm sagen soll, wie ich ihm überhaupt entgegentreten soll. Allein, dass er bei uns im Haus sein wird, macht mich nervös.«

Bella griff nach einem Bleistift. »Mach dir nicht allzu viele Sorgen, Peter. Er kann dich nicht verantwortlich machen für den Tod seiner Schwester.«

»Wir haben doch eine Verantwortung, oder? Als Gasteltern. Natürlich konnten wir unser Aupair nicht rund um die Uhr bewachen, natürlich war sie volljährig, aber wir hätten ihr nicht die Aufgabe zuweisen sollen, Lüneburg auszuführen. Im Dunkeln, zu dieser Jahreszeit.«

»War sie denn dafür zuständig? Abends Gassi zu gehen?«

»Na ja, das ergab sich so, weißt du ... Marlon kriegen wir gegen sieben, halb acht ins Bett. Meistens schläft er nicht so schnell ein, schreit nach seiner Mama. Sabine kann dann nicht mit dem Hund raus. Und ich fahre oft noch zu einem Abendtermin.«

Bella klopfte mit dem Bleistift gegen die Tastatur des Computers.

»Seit wann hattet ihr denn den Hund?«

»Ziemlich genau drei Wochen. Warum?«

»Und jeden Abend ging Mariella mit ihm raus? Regelmäßig?«

»Am Anfang bin ich zusammen mit ihr gegangen. Aber sie wurde mit Lüneburg besser fertig als ich«, erklärte Peter weinerlich.

Peter Kessler, der Schüchterne mit der Akne. Dem sie im Dorf hinterherriefen, ob er auch am Hintern Pickel hatte. Der nicht einmal mit einem Beagle fertig wurde.

»Hatte Mariella so etwas wie eine übliche Runde?«

»Was meinst du damit?«

»Ging sie immer denselben Weg?«, fragte Bella, mühsam ihre Ungeduld unterdrückend. Der Mann stand wirklich auf der Leitung.

»Wir haben ihr gesagt, sie soll nur innerhalb des Dorfes gehen. Nicht zum Fluss rüber. Nicht bei Dunkelheit.«

»Hat sie sich daran gehalten?«

»Ich glaube schon. Ehrlich, Bella, ich habe keinen Grund, daran zu zweifeln.«

Aber sicher weißt du es nicht.

»Sie war immer eine gute halbe Stunde auf Achse. Manchmal, wenn das Wetter sehr garstig war, kürzer. In der Zeit konnte sie sich nicht allzu weit vom Dorf entfernen.«

Stimmt, dachte Bella. Das heißt, sie ging immer denselben Weg. Mehr oder weniger. Hielt sich an die Zeit. Hatte einen Hund dabei. Der sie beschützen würde, sollte man meinen, wenn ihr jemand was Böses wollte. Doch am Mittwochabend war alles anders. Sie kam nicht heim.

»Habt ihr eigentlich nicht gemerkt, dass Mariella nicht zurückkam? Vorgestern?«

»Ich war weg. Bei einer Eigentümerversammlung. Habe ich dir doch gesagt. Und Sabine nahm ein Bad.«

»Hast du wirklich keinen Schimmer, woher die Drogen in ihrem Blut kommen?«

»Nein!«

»Überleg bitte noch mal, Peter: Gab es irgendwann ein Vorkommnis mit Mariella? War sie unerwartet anders als sonst? Durcheinander, erschüttert?«

»Wieso?«, hakte Peter nach. Seine Stimme klang schrill.

Da haben wir ihn, dachte Bella. Er weiß, worauf ich hinauswill, und antwortet mit einer Gegenfrage.

»Nur so ein Gedanke«, brachte sie sich aus der Schusslinie. »Sag mal, wie findest du eigentlich den ›Dorfkrug‹? So als Kneipe? Ich frage, weil ich mit meinem alten Herrn ab und zu mal ausgehen will.« Die Flunkerei ging ihr locker über die Lippen.

»›Dorfkrug‹? Also – ja, ganz okay, um mal ein Bier zu trinken. Das Essen ist auch nicht schlecht. Der Koch macht seine Arbeit gut.«

»Bist du mit der Familie manchmal da?«

»Ich … nein, eigentlich nicht, im Sommer ab und zu, da kann Marlon auf den Spielplatz im Garten.«

Bella hexte einen scherzenden Ton in ihre Stimme: »Sag mir nicht, dass du allein auf ein Bier gehst.«

»Mit ein paar Kumpels. Aber eher selten. Ich habe abends kaum Zeit, Bella.«

»Kumpels aus der Siedlung?«

Erneut Stille. Schließlich sagte Peter: »Was soll die Fragerei? Diese Albernheiten im Dorf gehen mir schon lange auf den Zeiger. Als wenn wir im Krieg stünden. Mit den Leuten aus der Siedlung. So eine Spinnerei!«

»Finde ich auch. Ich hätte allerdings gedacht, dass du der reinen Dorflehre anhängst und mit denen in der Siedlung nichts zu tun haben willst.«

Immerhin bist du Mitglied in Hildes Chatgruppe.
»Was für ein Quatsch. Wirklich, Bella!« Peter schnaubte verächtlich. »Da sind zwei Männer aus der Siedlung, die sind zur selben Zeit Vater geworden wie ich, wir haben uns angefreundet, nur ganz locker. Treffen uns ab und zu auf ein Bier. Für gemeinsame Aktivitäten reicht die Zeit nicht.«
»Danke für deine Offenheit. Was wollte übrigens Ferdinand Weißgerber bei euch heute Vormittag?«
»Ferdinand?«
»Ging es um eine Nachbarschaftsaktion? Er baut doch morgen die Buden auf. Für den Weihnachtsmarkt. Herbert Kaminsky und Egon Maffelder helfen sicher auch mit. Diethard wird ebenfalls erwartet.«
Und zähneknirschend hingehen.
»Dazu habe ich jetzt echt keinen Kopf, Bella!«
»Musst du auch nicht. Hat jeder Verständnis. Ich dachte nur, Weißgerber kam in Sachen Weihnachtsmarkt. Die Männer scheinen irgendwie alle in der Pflicht zu stehen. Also, mach's gut.«
»Tschüss«, presste Peter hervor.
Nachdenklich suchte Bella Köhlers Nummer heraus.
»Ach, die Reporterin!« Es schien, als kaute er etwas.
»Habe ich Sie bei der Brotzeit erwischt?«
»Ein Sandwich. Spätes Frühstück. Bisher haben sich nur ein paar Leute gemeldet, die meinen, Mariella oder den Hund wiederzuerkennen. Nichts Brauchbares dabei, leider.«
»Mist.«
»In der Tat. Wir haben Lackspuren an Mariellas Kleidung gefunden. Der Wagen, der sie angefahren hat, ist neueren Datums und schwarz. Damit können wir noch nicht viel anfangen. Von der Aufprallhöhe her muss es ein SUV sein.«

»Schwarz und neu. Davon fahren zigtausende rum.«

»Das ist das Problem. Wir haben die Werkstätten in Ober- und Unterfranken informiert. Aber da braucht nur einer ein bisschen was neben der Steuer zu machen.«

»Sie versprechen sich nicht viel davon?«

»Leider. Wir werden natürlich sämtliche schwarzen SUVs in Silldorf überprüfen.« Köhler schluckte überlaut, was immer er im Mund gehabt hatte.

Bella räusperte sich. »Haben Ihre Leute Spuren von einem Hund gefunden? An Mariellas Kleidung oder vielleicht auf dem Acker? Pfotenabdrücke?«

»An ihrem Sweater waren Hundehaare. Nicht ungewöhnlich, wenn ein Hund in der Familie lebt.«

»Haben Sie sonst was für mich? Zum Beispiel, was den Ursprung der Medikamente angeht?«

»Auch nichts. Kollegen waren bei den Kesslers, haben sich Mariellas Zimmer angesehen. Alles peinlich genau aufgeräumt. Sah so geleckt aus, dass man meinen könnte, das Mädchen wäre noch gar nicht richtig eingezogen. Keine Spuren von Medikamenten, außer Vitamintabletten. Die lassen wir außen vor.«

»Peter Kessler ist ziemlich down.«

»Kann ich ihm nicht verübeln. War kein schöner Anblick.« Wieder biss er in sein Sandwich. »Ich halte Sie auf dem Laufenden. Allerdings habe ich wenig Hoffnung, dass es zu einem Durchbruch kommt.«

16

Bella war auf dem Weg in die Küche, als die Drumsticks loslegten.

Eine Nachricht von Wolters.

Schon mal vom Mainblogger gehört? Sieh dir das an!

Es folgte ein Link. Bella klickte darauf. Eine Seite öffnete sich, auf der man den Verlauf des Mains sehen konnte sowie einige rot eingefärbte Bereiche an beiden Ufern.

»Hier hält der Mainblogger aus Franken für Sie die Augen offen«, stand daneben. Offenbar betätigte sich hier jemand als private Nachrichtenagentur für die Region rund um den Fluss. Sofort sprang Bella die oberste Schlagzeile ins Auge:

Junge Mädchen nicht mehr sicher. Unfall mit Fahrerflucht. Wer war's?

Eilig überflog sie den Artikel. Teilweise hatte der Schmierfink unverblümt bei ihr abgeschrieben. Der Text war erst gegen 9.30 Uhr ins Netz gestellt worden und enthielt alle Informationen, die sie ebenfalls verwendet hatte. Der Rest war Spekulation und bediente das Klischee, dass junge Frauen abends besser zu Hause blieben, um nicht Opfer rücksichtsloser Raser zu werden.

Sie rief Wolters an.

»Ich hab mir diese Website angesehen. Was für ein Mist!«

»Wir behalten ihn im Auge.«

»Im Auge? Du machst Witze, Wolters. Er hat wortwörtlich abgeschrieben, ohne meinen Artikel auch nur zu erwähnen!«

»Hast du was Neues? Etwas, das wir morgen bringen können?«

Sie hörte, wie er auf seiner Tastatur tippte.

»Bislang haben sich keine Zeugen mit brauchbaren Hinweisen bei der Polizei gemeldet. Man sollte noch mal nachlegen.«

»Wir brauchen was Emotionales, Bella, andernfalls hat es keinen Sinn, noch was zu bringen.«

»Spuren vom Lack sind identifiziert. Ein schwarzer SUV. Neu.«

»Darf ich lachen?«

»Das große Rätsel ist doch: Mariella nahm keine Medikamente. Wie kommen die Drogen in ihr Blut? Und warum blieb sie drei Stunden draußen? Wo ist der Hund?«

»Solange du keine Anhaltspunkte hast, reicht es höchstens für eine kurze Notiz.«

»Dieser Mainblogger heizt die Stimmung auf. Rücksichtslose Raser machen Jagd auf unschuldige Mädchen. Demnächst behauptet er, der Raser ist Ausländer.«

»Dann bring mir was Besseres.«

»Verstanden. Morgen kommt Mariellas Bruder aus Florenz. Ich werde mit ihm reden.«

Bella steckte ihr Handy weg. Sie hatte nichts. Weder einen Hinweis zu den Drogen, noch etwas über den Hund. Wen hatte Mariella im Dorf gekannt? Oder in der Siedlung? Eine 19-Jährige konnte sich doch selbst im hässlichsten Winter nicht wochenlang im Souterrain einigeln und lernen oder chatten. Irgendwann musste ihr langweilig werden.

Sie setzte Wasser auf. Ein starker Kaffee würde ihre grauen Zellen wieder tunen. Sie suchte nach der Kaffeedose. So gut wie leer. Danke, Diethard, dass du mir immer zuverlässig Bescheid gibst, wenn Vorräte zur Neige gehen.

Genervt warf sie einen Blick ins Wohnzimmer. Josef schlief noch immer, ein dünner Speichelfaden rann an seinem

Kinn hinunter. Scheinbar lag er nachts stundenlang wach und holte den Schlaf tagsüber nach. Hatte er Schmerzen? Ob er durchs Haus wanderte, ohne dass sie es bemerkte?

Sie wäre nicht lange weg. Höchstens eine halbe Stunde. Leise zog sie sich an und schlich hinaus.

Es schneite nicht mehr, und die schweren Wolken ließen Licht durch. An einigen Stellen riss der Himmel sogar auf und ließ ein freundliches Blau aufblitzen. Bella blinzelte. Die ungewohnte Helligkeit tat in den Augen weh. »Jammern auf hohem Niveau«, schalt sie sich selbst. Sie sollte besser froh sein über jede noch so winzige Dosis Vitamin D, die sie in den dunklen Monaten abkriegte.

Sie fuhr über die »Narbe«. Der Schnee auf dem Acker glitzerte. Jenseits lagen die Häuser der Siedlung im fahlen Winterlicht, die Dächer weiß bemützt. Bei Tageslicht mochte man sich nicht vorstellen, wie ein Wagen ein junges Mädchen rammte und davonfuhr. Bella bremste ab und rollte langsam an der Unfallstelle vorbei. Nichts deutete mehr auf das Drama hin. Sie fragte sich immer noch, was sie im Dunkeln hinter der stöhnenden Mariella hatte zucken sehen. Tatsächlich ein Tier? Oder hatte sie sich einfach getäuscht? Lüneburg konnte es nicht gewesen sein, andernfalls hätte die Polizei Spuren entdeckt.

Es tut weh, nichts tun zu können. Es tut verdammt noch mal weh!

Wo war der Hund abhandengekommen? Im Dorf? War er ausgerückt, obwohl Peter Kessler schwor, dass der Beagle sich anhänglich verhielt? Wo steckte er dann? Hunde mochten widerstandsfähig sein, aber bei der Kälte und ohne Futter hatten die Vierbeiner bestimmt keinen Spaß an der großen Freiheit.

Bella gab Gas.

Zwei Minuten später hielt sie vor dem Bioladen.

»Hallo, Frau Graukorn!« Wendy Gleichsam stand hinter der Ladentheke und füllte Quark in kleine Schälchen. »Haben Sie Ihren Artikel über unsere Veranstaltung schon geschrieben?«

»Wenn nichts mehr dazwischenkommt, können Sie ihn morgen lesen. Sonntagsbeilage.«

»Da bin ich aber gespannt.« Die Bioladenbesitzerin lächelte. »Wobei der Abend vorgestern ja eine triviale Sache war, nicht? Ich meine, im Vergleich zu dem, was fast zeitgleich passiert ist. Entsetzlich, wenn ich nur dran denke, läuft mir Gänsehaut den Rücken hinunter.«

»Da haben Sie recht.« Bella hatte keine Nerven für ein Gespräch. Ihr Vater war allein zu Hause und kam womöglich auf dumme Ideen, sobald er aufwachte. »Ich bräuchte wieder Kaffee. Meine übliche Sorte. 500 Gramm. Mein Bruder kommt zu Besuch. Ich brauche Vorrat.«

»100 Prozent Arabica, mit ordentlich Aroma, auch meine Wahl.« Wendy ging zu einem Regal. »Schade, dass ich nicht auf dem Weihnachtsmarkt dabei sein kann. Finden Sie nicht, dass Kaffee und Tee gut hinpassen würden?«

»Ich schon. Aber es gibt andere mit anderen Meinungen.« Bella wagte sich mit dieser Aussage weit vor.

»Frau Kaminsky meinte, es gebe schon einen Stand mit Tee. Doch ich habe den Eindruck, diese Weißgerbers verkaufen Kräuter. Keinen Schwarztee, oder?« Wendy schüttete Kaffeebohnen in eine Tüte und stellte sie auf die Waage.

Bella fühlte Mitleid mit Wendy Gleichsam aufkeimen. Es war bestimmt kein schönes Gefühl, abgewiesen zu werden. Zudem völlig grundlos. Ein Bioladenstand auf dem Weihnachtsmarkt würde niemandem den Umsatz streitig machen, stattdessen das Angebot erweitern.

»Nein, die Weißgerbers verkaufen Kräuter aus ihrem Garten. Sie haben ein riesiges Grundstück direkt am Main und pflanzen dort seit Jahr und Tag an, was ihr Herz begehrt.«

»Bienen halten sie auch, soweit ich weiß. Man könnte wirklich zusammenarbeiten.«

Bella zückte ihren Geldbeutel, legte einen 20-Euro-Schein auf die Ladentheke.

»Vorhin war eine Kundin hier. Aus der Siedlung. Es geht das Gerücht«, Wendy tippte den Betrag in die Kasse, »die Dörfler wollten jemandem aus der Siedlung die Fahrerflucht in die Schuhe schieben. Weil einer aus dem Dorf niemals zu so einer Tat fähig wäre. Glauben Sie das auch?«

»So ein Quatsch. Wer behauptet das?«

»Es wird eben getratscht, Frau Graukorn.« Wendy schien das Gespräch peinlich zu werden. Sie gab Bella ihr Wechselgeld. »Lassen Sie sich den Kaffee schmecken.«

»Tschüss. Schönes Wochenende.« Bella machte, dass sie zum Auto kam.

17

Als Bella in ihre Einfahrt bog, parkte dort ein weißer Audi. Alarmiert hielt Bella und lief zum Haus. Schloss auf.

»Papa?«, rief sie.

Im Wohnzimmer brannte Licht. Musik spielte, Bella erkannte die Titelmelodie von Josefs Serie.

»Hi, Schwesterherz!« Rolf erschien in der Diele. In Jeans und einem Norwegerpulli. Seine Schuhe standen ordentlich auf der Matte neben der Tür.

»Rolf!«

»Na, wie geht's dir?« Er deutete ein Küsschen an.

Du riechst nach Alkohol, Freundchen.

»Hast du ein neues Auto?«

»Das ist ein Leihwagen. Irgendein Vollidiot hat mir gestern die Vorfahrt genommen, deswegen steht meiner in der Werkstatt. Wenigstens zahlt die Versicherung von diesem Horst.«

»Wann bist du angekommen?«

»Vor ein paar Minuten. Unser Vater war so freundlich, mich reinzulassen.«

Josef öffnet die Tür, wenn es klingelt. Hoffentlich keinen Unbekannten, dachte Bella. Noch eine geistige Notiz: mit ihm reden, ihn bitten, nur aufzumachen, wenn er denjenigen kennt, der draußen steht. Hintergedanke: Wahrscheinlich klappt das nicht, in einem wirren Moment macht er wahrscheinlich jedem auf.

Sie hielt den Kaffee hoch. »Muss nur noch gemahlen werden. Möchtest du?«

Er nickte. »Gern.«

»Wie war die Fahrt?« Sie schlüpfte aus ihrem Anorak. »Und was macht unser alter Herr?«

»Er sieht sich ein Video an.« Rolf wies mit dem Kinn zum Wohnzimmer, während er Bella in die Küche folgte. »Ist das sein neuer Zeitvertreib? Er scheint jedenfalls ganz vertieft und war über die Störung seines Sohnes nicht glücklich.«

Bella unterdrückte ein Seufzen.

»Es geht ihm nicht so besonders. Der Film lenkt ihn wenigstens ab. Nächste Woche habe ich zum Glück Unterstützung. Meine Putzfrau kommt dann jeden Tag und leistet ihm Gesellschaft.«

»Und was machst du so lange?«

»Arbeiten zum Beispiel?«

Rolf grinste. »Ach was.«

Bella schaltete den Wasserkocher an und füllte Kaffeebohnen in die Mühle. Wann immer sie mit Rolf plauderte, kroch binnen Kurzem Groll in ihr hoch. »Ja, es soll Leute geben, die genau das tun.«

»Hast du eine heiße Story am Laufen?«, fragte er gegen den Lärm des Mahlwerks.

»Kann man so sagen. Eine Fahrerflucht. Zwischen Dorf und Siedlung.«

»Was?« Rolf setzte sich an den Küchentisch.

Bella betrachtete ihn so unauffällig wie möglich. Er wirkte ausgelaugt, hatte sich länger nicht rasiert. Das Haar war verstrubbelt und fettig. Gerade kramte er eine Packung Zigaretten aus der Jeanstasche. Sie stellte Tassen hin, Milch und Zucker. »Mittwoch, spät am Abend, kam ich von einem Abendtermin und fand eine Frau. Sie lag neben dem Flurbereinigungsweg auf dem Acker. Lebte noch. Ich stieg aus, wählte den Notruf. Aber ich kam zu spät. Sie starb, während ich da hockte. Im Schneetreiben, in der Dunkelheit.«

Sie atmete tief durch. Erst jetzt spürte sie, wie das nächtliche Erlebnis an ihr nagte. Plötzlich schossen ihr die Tränen in die Augen. Es kam ihr unbegreiflich vor, dass Mariella gestorben war, während sie neben ihr kauerte, dass sie nichts hatte tun können, dass sie keine Reset-Taste drücken konnte, um alles noch einmal zu erleben und es besser zu machen. Wenn die Veranstaltung nicht so lange gedauert hätte. Wenn sie gleich losgefahren wäre, ohne noch mit Dr. Brandenburg zu sprechen. Wenn sie nicht noch eine geraucht hätte. Wenn. Wenn. Wenn. Schnell wischte sie sich über die Augen. Sie wollte vor Rolf nicht heulen. Das hatte sie nie getan. Sie war Rolfs Trösterin, obwohl sie die Jüngere war.

Rolf schien einen Moment sprachlos. Dann brachte er hervor: »Mein Gott, das ist ja schrecklich.«

Sie gab Kaffeepulver in die French Press und goss es auf. »Wolters hat mir die Story gegeben.«

»Wer ist denn Wolters?«

»Mein Redakteur.« Sie griff nach der Zeitung. »Hier.«

Rolf steckte sich einen Glimmstängel an und überflog ihren Artikel. »Fahrerflucht?«

»Man muss ein ziemlich roher Kerl sein, um eine Frau anzufahren und abzuhauen.«

»Im Dunkeln und in der Pampa: Da denkt jeder, er kommt davon, oder?« Er sah sich nach einem Aschenbecher um. Bella schob ihm einen hin.

»Findest du?« Sie nahm ihm die Zeitung aus der Hand und zeigte auf das Foto von Mariella und Lüneburg. »Morgen kommt Mariellas Bruder zu den Kesslers.«

Rolf starrte Bella stumm aus geröteten Augen an.

»Was ist?«, fragte sie ihn.

»Nichts, ich versuche nur, das alles sacken zu lassen. Dass du sie gefunden hast ... Willst du eine?« Er hielt ihr das Päckchen hin. Seine Hand zitterte leicht.

Sie griff zu. Das Feuerzeug klickte. Die Flamme leckte über das Papier. Bella inhalierte tief.

»Weißt du, ich frage mich, ob nicht noch andere vorbeigefahren sind. Die ihr auch nicht geholfen haben.«

»Wer kurvt denn da schon rum, so über die Äcker«, wandte Rolf ein.

»Klar, ist kein offizieller Weg. Von daher wäre es wahrscheinlich, wenn jemand aus Dorf oder Siedlung sie angefahren hat. Einer, der sich dort auskennt. Leider gibt es bisher keine Anhaltspunkte. Auf den Artikel hin hat sich niemand mit einem nützlichen Hinweis gemeldet. Ich habe vorhin mit dem zuständigen Kommissar geredet.«

»Das Einfachste wäre doch, die checken alle in Frage kommenden Fahrzeuge, die in Silldorf registriert sind. Wenn eins einen Schaden hat, werden sie das ja merken.« Er drückte seine Kippe aus.

Bella goss Kaffee in zwei Tassen. »Wie geht es dir? Hast du von Jennifer gehört?«

»Nein. Sie drückt meine Anrufe weg.«

»In welchem Monat ist sie eigentlich?«

»Woher soll ich das wissen!« Rolf zog ein Gesicht, als wollte er gleich weinen. »Ich frage mich sowieso, bei welchen Gelegenheiten sie mich noch angelogen hat. Oder einfach nichts gesagt hat.« Er packte seine Tasse mit beiden Händen und guckte düster in den Kaffee. »Mittlerweile habe ich wenigstens eine Ahnung, wer ihr Scheich ist. Ein ehemaliger Studienkollege. Ist aus dem Nichts aufgetaucht, nachdem sie sich Jahre nicht gesehen hatten. Sie ist zu ihm gezogen. Ich darf quasi nur noch warten, bis ihr Anwalt mir die Papiere schickt.«

Bella betrachtete ihren Bruder, hin- und hergerissen zwischen Mitleid und Aggression. Er steckte wirklich in einer Krise. Schweißtropfen bedeckten seine Stirn. Unter seinen Augen lagen tiefe Schatten, als hätte er nächtelang nicht geschlafen. Sie wusste, dass er an Schlaflosigkeit litt, wenn ihn etwas aufwühlte. Er fand dann einfach keine Ruhe. Rolf war vier Jahre älter als sie, aber seit sie denken konnte, hatte er sich hinter ihr versteckt oder bei ihr Rat gesucht.

Brauchte er etwas von seinen Eltern, musste Bella drum bitten. Hatte er etwas ausgefressen, schmierte sie dem Vater Honig um den Mund, um Rolf rauszuhauen.

»Warum wolltest du denn kein Kind?«

»Ich? Also ... dazu bin ich einfach noch nicht bereit.«

Klar, du bist ja auch erst 54, dachte Bella sarkastisch. Laut sagte sie: »Ihre Schwangerschaft kommt doch nicht von ungefähr. Jennifer ist 20 Jahre jünger als du. Sie will ein Kind. Die Uhr tickt. Du weigerst dich. Also sucht sie sich einen anderen.«

Rolf starrte Bella mit offenem Mund an. »Du bist so grausam.«

»Und du naiv. Wenn eine 34-Jährige mit einem 54-Jährigen ihr Leben verbringt, sollte der sich mal ein bisschen Mühe geben. Findest du nicht?«

Und schau mich nicht so leidend an wie ein Dackel mit Magenbeschwerden. Du bist nicht der Einzige in dieser Welt, dem der Boden unter den Füßen durchkracht.

Rolf fuhr sich mit einer Geste der Verzweiflung durch das grau melierte Haar. Könnte auch einen Schnitt vertragen. Anscheinend trug er es zottelig, um die immerwährenden Dramen seines Lebens auf seinem Kopf zur Schau zu stellen.

»Du verstehst das ganz falsch, Bella. Ich liebe Jennifer. Mehr als du dir vorstellen kannst. Ich habe sie auf Händen getragen. Schmuck, ein Auto, die Eigentumswohnung ...«

Aber das, was sie wirklich wollte, hast du verweigert.

Bella nickte nur dazu. Sie wollte Rolf nicht maßregeln. Er hatte Kummer, ihre Aufgabe war es, ihn aufzufangen, ihm ein Wochenende lang einen Halt zu geben. Den Schmerz ertragen und irgendwann neu anfangen musste er ohnehin selbst. Beide brüteten sie eine Weile schweigend vor sich hin. Schließlich fragte Rolf:

»Wie geht es Melanie?«

»Sie erprobt immer noch das unabhängige Studentenleben.«

»Haben wir auch gemacht.«

»Stimmt.« Bella lächelte. »Allerdings hätte ich gehofft, dass sie mir ab und zu hilft. Mit Papa. Es ist wirklich nicht ganz einfach.«

»Er hat die OP doch gut überstanden. Wann kommt die Schiene denn runter?«

»Die Schiene ist nicht das Problem. Er geht geschickt damit um und hat auch kaum Schmerzen, jedenfalls klagt er nicht. Viel schlimmer ist seine Verwirrtheit. Heute hatte ich das erste Mal, seit er bei uns ist, den Eindruck, dass es vielleicht besser wird.«

»Was meinst du mit Verwirrtheit: Erkennt er die Leute nicht?«

»Er nennt mich morgens meist Melanie.«

Rolf lachte. »Kompliment.«

Du Idiot, dachte Bella im Stillen. Laut sagte sie: »Ich versuche, es als solches zu sehen, aber es ist doch sonnenklar, dass er die Namen nicht bloß verwechselt. Er ist nicht orientiert. Gestern marschierte er in Pantoffeln in den Nachbargarten und spielte bei Kaminskys auf der Terrasse den Spanner. Zum Glück habe ich es gleich gemerkt. Das ist nicht einfach für mich, Rolf.«

Ihr Bruder leerte seine Tasse. »Verstehe ich ja. Respekt, dass du dir Vaters Anwesenheit zumutest.«

»Ich tue, was erforderlich ist. Niemand sonst macht es.«

Rolf ging sofort in Verteidigung. »Ich wohne weit weg!«

Und du hast ja schon immer gern den Schwanz eingezogen, wenn es brenzlig wurde.

»Dann beschäftige dich mit ihm, während du hier bist.

Setz dich zu ihm, guck seine Serie mit ihm an, vielleicht hat er Lust auf Schach. Das täte auch seinem Gehirn gut. Er braucht Gesellschaft, nicht nur einen Abstellraum, wo man ihn kontrolliert.«

Er ballte die Fäuste. »Ich habe dazu keinen Kopf, Bella. Ich muss mein eigenes Leben wieder klarkriegen.«

Er sieht verhärmt aus, dachte Bella. Verbittert. Innerlich zerrissen. Kein Wunder, er hat inzwischen die zweite Ehe in den Sand gesetzt. »Er ist dein Vater, Rolf.«

»Ein ziemlich mieser Vater. Mich wollte er nie. Du warst der Star. Das hat sich bis heute nicht geändert.«

Sie war diese Diskussionen leid. Sie führten zu nichts. Rolf blieb ohnehin bei seiner Haltung, das schwarze Schaf der Familie zu sein. Wahrscheinlich war er deswegen im Endeffekt genau dazu geworden. Sie wusste, dass er in schlechten Erinnerungen an seine Kindheit geradezu ertrank, und hatte auch nicht die Absicht, sie ihm auszureden. »Wir sind erwachsen. Ich habe selbst ein Kind. Jeder macht Fehler, Rolf. Ich habe bei Melanie auch Fehler gemacht. Diethard kommt ihr bis heute viel mehr entgegen als ich. Wo ich ein aufgeplustertes Ego sehe, schmilzt Diethard wie Schnee in der Sonne.«

»Es geht nicht darum, dass unser Vater in meiner Erziehung Fehler gemacht hat. Das könnte ich ihm verzeihen. Nein, das weißt du selbst sehr gut, er hat mich systematisch vernachlässigt, auflaufen lassen, mich als Projektionsfläche für seine eigenen Unausgegorenheiten verwendet. Er hat Mutter zu einem Hilfskoch degradiert. Sie hatte nichts zu melden. Ebenso systematisch hat er dich bevorzugt. Er mochte mich nicht. Das ist es.« Er schob seine Tasse weg. Beinahe kippte sie dabei um. »Er war damals schon ein beschissener Egoist, der nur sich selbst sah und die Welt nach seinen Wünschen einrichtete. Da hatte kein anderer nach einem besseren Platz zu streben.«

Bella trank ihren Kaffee aus.

»Ich weiß. Dennoch: Jetzt ist er alt und braucht unsere Hilfe.«

Rolf verschränkte die Arme. Seine Augen flackerten, als er Bellas Blick standhielt.

Du bist anderer Meinung, Bruderherz, das rieche ich zehn Meter gegen den Wind. Und du wirst mir nicht helfen, weil du selbst ein beschissener Egoist bist.

18

Etwas Schweres, Düsteres schleppte sich durch ihre Träume. Falls es Träume waren. Und nicht nur Fantasien, Gedankenwelten, in die sie zwischen Schlaf und Wachsein hineinlugte. Immer wieder schreckte Bella hoch. Einmal hörte sie ein Knallen wie von einer Fehlzündung. Dann wieder Diethards leises Schnauben im Schlaf. Irgendwo knackte es. Fröstelnd kroch sie tiefer unter die Decke.

Verdammter Winter.

Sie konnte nicht wieder einschlafen. Ereignisse aus ihrer Kindheit schossen ihr durch den Kopf. Rolf, der zur Firmung einen Anzug bekommen sollte. In keinen reinpasste, weil er so gewachsen war, dass ihm die Mutter in der Erwachsenenabteilung einen kaufen musste. Ganz normal für einen Zwölfjährigen, die Jungs schossen irgendwann in die Höhe und in die Breite, die einen früher, die anderen später. Rolf war recht schnell ein muskulöser Typ geworden. Boxsport wäre ideal für ihn gewesen, aber Josef war dagegen. Zu wenig intellektuell. Immerhin war der Junge Spross einer Lehrerfamilie. Die spielten eher Tennis.

Als wenn das jetzt noch wichtig wäre.

Bella sah vor sich, wie der Vater Rolf wegen seiner kräftigen Figur hänselte. Dabei war er nicht dick, nur stämmig, einer mit breiten Schultern, die ihm jedoch gegen die Einlassungen des Vaters nichts halfen.

Das Schlimmste an der Vergangenheit ist, dass sie zu einem zurückkehrt, wenn man sie gerade nicht brauchen kann.

Bella warf die Decke zurück und entschied, den aussichtslosen Kampf gegen die Schlaflosigkeit aufzugeben. Sie fand einfach nicht zur Ruhe. Vielleicht lag es an der gedrückten Stimmung beim Abendessen, als Diethard Rolf auf den Zahn gefühlt hatte. Wie es denn käme, dass ihm schon die zweite Frau von der Fahne ging. Ihr Vater hatte auch nicht dazu beigetragen, das Thema »Rolf und seine Frauen« zu entschärfen. Im Gegenteil, erstaunlicherweise hatte er sich sehr genau daran erinnert, dass Rolf bereits von seiner ersten Frau verlassen worden war. »Du kannst einfach nicht mit Frauen«, hatte Josef süffisant bemerkt.

Kein Wunder, dass Rolf sofort dichtmachte. Er hatte ein paar Bier gezischt und sich schließlich zurückgezogen. Vielleicht, um Jennifer zu erreichen. Oder auch nur, um ihr Foto auf seinem Handy zu betrachten und sich an bessere Zeiten zu erinnern.

Er tut mir leid. Und geht mir auf die Nerven. Beides zugleich.

Zu allem Übel waren in der Gruppe »Nachbarschaft« drei Nachrichten aufgelaufen, weil Renate Maffelder Rolfs Leihwagen als »Fremdwagen« wahrgenommen, auf ihrer Liste notiert und den dringenden Wunsch verspürt hatte, die Dorfbewohner an ihrer Erkenntnis teilnehmen zu lassen, dass ein weißer Audi mit Leipziger Nummer gesichtet worden war.

Diethard hatte sich extrem darüber aufgeregt und eine Antwort geschrieben: »Liebe Sittenwächter. Der Audi gehört meinem Schwager. Haben wir's damit?«

Daraufhin hatten sich Erklärungen, Rechtfertigungen und Entschuldigungen in der Gruppe überschlagen, bis Bella ihr Handy auf lautlos gestellt hatte.

Sie beschloss, sich einen Kognak zu gönnen. Irgendwas Warmes in den Magen zu kriegen, was sie obendrein schläfrig machen würde. Sie fröstelte. Diethard schlief gern kalt. Sie mochte es eher mollig, hatte aber bereits vor Jahren auch diese Auseinandersetzung um des lieben Friedens willen eingestellt. Rasch schlüpfte sie in ihren grünen Pullover, in den, wie ihr Mann manchmal anmerkte, selbst ein Mammut noch leicht hineingepasst hätte. Tatsächlich reichte ihr das Teil bis über die Knie. Gähnend tappte sie aus dem Zimmer und schloss die Tür behutsam hinter sich.

Aus ihrem Studio drang bläuliches Licht. Hatte sie vergessen, den PC herunterzufahren? Zu dumm. Sie ging zur Tür.

Mit dem Rücken zu ihr saß Rolf da, die Nase am Bildschirm.

»Rolf?«

Er fuhr herum, wobei er ein paar Papiere zu Boden fegte.

»Bella!«

Sie verschränkte die Arme. »Darf ich fragen, was du hier machst?«

»Ich wollte nur ein paar Mails schreiben.« Fahrig klickte er das geöffnete Fenster weg. Er trug immer noch Jeans und Pullover.

Sie ging auf ihn zu, legte eine Hand auf seine Schulter. Er zuckte zusammen.

»Du hast ein Handy, oder? Kannst du damit nicht mailen?«

»Ich sehe so schlecht. Diese winzigen Displays ...«

Er hatte eine Fahne. Eine ordentliche. Sie knipste die Schreibtischlampe an.

»He ...« Geblendet kniff er die Augen zusammen.

Er sieht total fertig aus, dachte Bella. Warum gelingt es mir nur nicht, Mitleid mit ihm zu haben? Weil ich meine Empathie an den Nagel gehängt habe? Weil meine Familie mir nur noch auf die Nerven geht?

»Erzähl mir keine Märchen. Was hast du hier gesucht? Ich kriege es sowieso raus.«

Er hob die Hände. »Lass gut sein. Ich wollte nur ein paar Mails schreiben, das ist wirklich alles.«

Sie sah ihm in die blutunterlaufenen Augen.

»Dir geht's echt beschissen.«

»Kann man sagen.«

»Die Sache mit Jennifer macht dich wirklich fertig, wie?«

Rolf bedeckte das Gesicht mit den Händen. Etwas wie ein Schluchzer drang dumpf hervor.

»Komm.« Sie fuhr ihm durch das verstrubbelte Haar. Es war verschwitzt und klebrig. Er vernachlässigte sich also auch noch. Was ihm im Hinblick auf Jennifer nicht helfen würde. »Lass uns einen Absacker trinken.« Sie griff an ihm vorbei nach der Maus und fuhr den Computer herunter.

19

Am Samstagmorgen flüchtete Bella nach dem von mürrischen Männern dominierten Frühstück zum Großeinkauf. Die getrübte Stimmung vom Abend zuvor hallte nach. Diethard vergrub sich in seine Fachmagazine, die sich über die Wochen angehäuft hatten, und überließ es Rolf, sich um Josef zu kümmern. Wobei Letzterer durch die Anwesenheit seines Sohnes aufgewühlt schien und am Frühstückstisch, außer ein paar spitzen Bemerkungen in dessen Richtung, nicht viel sagte.

Seit Monaten führte Bella eine Einkaufsliste auf ihrem Handy, die sie regelmäßig aktualisierte, um sie anschließend abzuarbeiten. Immer dieselben Dinge waren zu kaufen: Mehl, Milch, Joghurt, Klopapier, Mineralwasser, Bier, Knabberzeug. Die Liste erschien ihr manchmal wie ein Band aus Langeweile, an dem sie sich im Supermarkt entlanghangelte, wie alle anderen Kunden auch, die ihre Wagen durch die Gänge schoben und versuchten, zwischen Biokäse und dem Billigangebot eine Gewissensentscheidung zu machen, die die Welt aus den Angeln heben könnte. Aus den Lautsprechern ploppten Weihnachtsangebote. Letzte Chance, eine Gans, eine Ente, einen Karpfen für das perfekte Menü vorzubestellen. Bella würde sich bald entscheiden müssen, was sie zu Weihnachten auf den Tisch bringen wollte. Sie hatten eigentlich vorgehabt, zu verreisen, nur sie und Diethard. Ein Doppelzimmer in einem Biohotel im Bayerischen Wald war bereits gebucht. Nun gehörte Josef zu ihnen. Sie konnte sich nicht vorstellen, ihren angeschlagenen Vater kurz vor dem Heiligen Abend in seinem Haus abzuliefern und einfach davonzufahren. Aber so kurzfristig bekäme sie wahrscheinlich kein Hotelzimmer mehr für ihn. Andererseits: Sie sollte es wenigstens versuchen. Und schreckte zugleich vor der Entscheidung zurück.

Vielleicht bleiben wir alle besser zu Hause.

Sie schob ihren voll beladenen Wagen zur Kasse, hievte alles aufs Band, zahlte, packte in Eile sämtliche Dinge ein, während bereits die H-Milch des nächsten Kunden vom automatischen Band auf ihre Apfelsinen geschubst wurde. Es kam ihr vor, als würde das ununterbrochene Piep des Lesegeräts immer schneller und schneller ertönen.

Betont gemächlich steckte sie die letzten Einkäufe in ihre Taschen. Der Mann hinter ihr trat nervös von einem Bein aufs andere. Giftige Partikel flogen durch die Luft rund um die Kasse. Sie drückte mit der Hüfte gegen den Einkaufswagen. Was sie Woche für Woche ins Haus lieferte, ging auf keine Kuhhaut. Wo aßen sie eigentlich alle diese Eier, Schinken, Brötchen, Orangen hin?

Während Bella ihr Auto belud, brach sich die samstägliche Einkaufspanik auf dem Parkplatz so richtig Bahn. Als sie die letzte Tasche in den Kofferraum wuchtete, klingelte ihr Handy. Sie streckte den Rücken, warf einen Blick auf das Display.

Melanie? Seit wann rührte sich Melanie von selbst?

»Ja, mein Schatz?« Sie konnte nicht umhin, gereizt zu klingen. Jemand hupte hinter ihr, erpicht darauf, ihren Parkplatz zu übernehmen. Eine Frau navigierte ihren Einkaufswagen nur Zentimeter hinter Bella vorbei, fuhr ihr beinahe in die Hacken.

»Mama?«

Sofort sandten alle Sensoren Alarm aus.

»Ist was passiert, Melanie?«

»Ich glaube, Ed hat mich verlassen.«

»Was soll das heißen, du glaubst?« Bella mixte eilig ein wenig mehr Empathie in ihre Stimme. Von Liebeskummer in der Familie hatte sie wahrhaftig genug.

Ich darf so nicht denken. Sie ist meine Tochter.

»Gestern hat er einen Rucksack gepackt und ist einfach abgehauen. Meine Anrufe und Nachrichten ignoriert er.«

Verhaltenes Schluchzen.

»Ist etwas vorgefallen zwischen euch?« Bella steuerte ihren Einkaufswagen zurück zum Supermarkt und rammte ihn in die Reihe aus anderen Wagen. Einhändig stellte sie sich ziemlich ungeschickt an. Der eine Euro wollte und wollte nicht wieder aus dem Schlitz fallen, als sie die Kette einhakte. Es begann zu graupeln. Obwohl es später Vormittag war, flammten die Laternen auf dem Parkplatz auf.

»Ich glaube nicht.«

Meine Tochter wird gläubig, dachte Bella seufzend.

»Also ist etwas vorgefallen, habe ich recht? Komm schon, Melanie, sag mir, was los ist.«

Die Reaktion bestand in einem Weinkrampf, in dem die halbherzigen Versuche ihrer Tochter, etwas zu sagen, schlicht untergingen. Nur die Worte »kann nicht mehr« fanden ihren Weg in Bellas Ohr.

»Hör zu, mein Schatz: Komm zu uns raus und wir reden über alles, ja?«

»Ich habe doch kein Auto.«

»Liebes, nimm einfach den Bus.«

»Kannst du mich nicht abholen?«

»Nein, Herzchen, ich muss noch arbeiten und nebenbei ein Auge auf deinen Großvater haben. Und dein Vater kümmert sich währenddessen um die letzten Vorbereitungen für den Dorfweihnachtsmarkt. Du bist ein großes Mädchen, nimm den Bus.«

»Na gut.« Melanie legte eine Kunstpause ein, wohl in der Hoffnung, Bella würde ihre Meinung noch ändern. »Also, dann bis später! Ich muss mich noch duschen. Ich habe die ganze Nacht nicht geschlafen, verstehst du?«

»Aber sicher. Bis dann!« Bella legte auf.

Ich ticke nicht richtig, dachte sie. Die ganze Zeit habe ich mir gewünscht, von Melanie zu hören. Jetzt meldet sie sich, und ich gehe auf Abwehr.

Es gab eine Zeit, da wärst du mit wehenden Fahnen schon auf dem Weg zu ihr gewesen, Bella, nicht wahr?

Sie machte ihren Parkplatz frei und tastete sich zur Ausfahrt vor, während hinter ihr ein Sportwagen wie ein Stuka-Pilot in die Lücke schoss. Auf dem Heimweg würde sie noch beim Bäcker in Stadelbach vorbeifahren. In Silldorf hatte der Bäckerladen bereits vor Jahren geschlossen.

Wie es bei den Kesslers heute wohl lief? Mit dem Besuch aus Italien?

Bella dachte an Wolters. »Wir brauchen was Emotionales.« Was könnte emotionaler sein als ein Mann, der die Sachen seiner toten Schwester in einem fremden Land zusammenpacken, sich um die Überführung in die Heimat kümmern musste?

Sie rief Köhler an.

»Arbeiten Sie heute?«, brummte er.

»Ich bin mir nicht sicher. Entschuldigen Sie, wenn ich mit meinem Anruf Ihren Samstag schände. Ist Mariellas Leiche mittlerweile freigegeben?«

»Positiv.«

»Heute soll ihr Bruder in Silldorf aufschlagen.«

Er schwieg kurz. »Tja. Wir haben mittlerweile eine Aufstellung von schwarzen SUVs in Silldorf. Die klappern wir ab. Stück für Stück.«

»Dorf und Siedlung?«

»Natürlich.«

»Ich frage, weil in der Siedlung das Gerücht kocht, dass die Dörfler den Neuzugezogenen die Fahrerflucht in die Schuhe schieben wollen.«

»Menschen reden eben gern. Am liebsten über andere.«

»Gibt es sonst Erkenntnisse? Wo die Drogen herkommen?« Sie fuhr auf den Gehsteig vor dem Bäckerladen in Stadelbach und stellte den Motor ab.

»Leider nicht. Sind Sie auf der Jagd nach einer Story unterwegs?«

»Ausnahmsweise nein. Auf der Jagd nach Brot.«

Köhler lachte. »Dann wünsche ich Ihnen viel Kruste.«

Eigenartiger Humor, dachte Bella.

»Danke. Bis zum nächsten Mal.«

Mittlerweile regnete es. Sie stieg aus, betrat die Bäckerei und kaufte drei Laibe Landbrot. Ab jetzt wären sie fünf Esser.

»Was ist denn bloß los bei euch da in Silldorf?«, fragte die Bäckerin, während sie das Wechselgeld herausgab. »Kommt man bei euch an harte Drogen?«

Missmutig starrte Bella auf den struppigen Adventskranz, der die Ladentheke zierte.

Wir haben keinen Adventskranz zu Hause.

»Klar«, erwiderte sie. »Brauchen Sie was?«

Entsetzt glotzte die Bäckerin sie an, offensichtlich dachte sie angestrengt nach, ob Bellas Bemerkung ein Witz war oder nicht. »Ich sage nur, warum hat diese Familie ein Mädchen aus dem Ausland eingestellt? Haben die kein Kindermädchen aus unserer Gegend finden können?«

»Ich nehme an, unsere Mädchen sind alle in Italien.« Bella klemmte die Einkäufe unter den Arm. »Schönes Wochenende.«

Ihr Herz hämmerte, als sie ins Auto stieg und die Brote auf den Beifahrersitz fallen ließ. Wie borniert konnten Menschen eigentlich sein? Noch vor ein paar Jahren hätte sie versucht, ein Aufklärungsgespräch mit der Bäckerin zu führen. Mittlerweile schenkte sie sich die Bemühungen, die ohnehin nie fruchten würden. Schon länger war ihr klar, wo der Spalt durch die Gesellschaft verlief: zwischen den Menschen mit weitem Horizont und offenem Herzen und den Verbohrten. Beide Gruppen misstrauten einander und setzten ihre Überzeugungen als Waffen gegen die jeweils andere ein. Sie hatte wirklich genug von der fränkischen Engstirnigkeit! Als sie den Schlüssel ins Zündschloss steckte, setzte ihr Herz ein paar Augenblicke aus, um dann mit einem heftigen Pumpern neu zu starten.

Sie lehnte sich zurück, schloss die Augen. Das kam öfter vor. Wenn sie ehrlich war, sogar ziemlich oft. Ihr Vater hatte, als er in ihrem Alter war, Herzrhythmusstörungen bekommen, die er nie wieder loswurde, wenngleich sie mit den Jahren weniger stark auftraten. Damals war der Arzt von zu viel Stress ausgegangen, womit er nicht falschlag. Es hatte in Josef Blums Schule einen Skandal mit einem Lehrer gegeben, Eltern waren vor Empörung Amok gelaufen. Womöglich neige ich auch zu Herzproblemen, dachte Bella. Wenn mich sogar die dämliche Bäckerin auf die Palme bringt. Sie atmete ein paarmal tief durch, bevor sie den Motor anließ und losfuhr.

Ihr Herz schlug brav im Takt.

Alles in Ordnung, beruhigte sie sich.

Nach Hause wollte sie noch nicht. Sie würde nicht zwischen Rolf und Josef vermitteln. Nicht heute. Wenn sie einander hassen wollten, sollten sie. Und Diethard ... Sie müsste dringend das Hotelzimmer stornieren, jetzt, wo sie Josef betreuen musste. Wie in aller Welt würde sie das ihrem Mann beibringen? Der hatte sich auf die Auszeit gefreut.

Warum hängt das alles an mir?

Wenn sie ehrlich war, wünschte sie sich ein paar Tage nur für sich allein. Einen Rückzugsort, an den ihr die familiären Konflikte nicht folgen konnten. Vor allem nicht die Familienmitglieder persönlich. Wie sehr hatte sie gehofft, Melanie würde Unterstützung anbieten. Jetzt hatte ihre Tochter sich zwar angekündigt – aber anscheinend vor allem, um ihren Kummer zu bewältigen. Nicht, dass Bella je geglaubt hatte, der naseweise Ed sei der richtige Mann für Melanie.

Umso besser, wenn das Mädel das selbst merkt.

An der Autobahnausfahrt hinter Stadelbach staute sich der Verkehr.

Nicht sauer werden. Ist schlecht fürs Herz.

Sie schaltete das Radio ein und checkte im Navigationsgerät die Verkehrsstörungen. Stau wegen einer Baustelle. Na, prima. In diesem Advent ging das Chaos früh los. Stop and go. Regen. Düsternis. Das würde wieder ein Verkehrsinfarktweihnachten werden!

Vielleicht wirklich besser, wenn wir nicht wegfahren.

Als sie endlich an der Engstelle vorbei war, trat Bella aufs Gas. Kurz darauf lenkte sie den Mini nach Silldorf, fuhr jedoch an ihrem Haus vorbei und parkte bei den Kesslers.

Ein Wagen mit italienischem Kennzeichen stand vor dem Haus.

Aber ich will so gern mal raus aus allem. Mal so richtig raus.

Bella blieb eine Weile sitzen. Der Regen wurde heftiger, trommelte unbarmherzig auf die Windschutzscheibe. Ganz bestimmt behielten die direkten Nachbarn die Situation im Auge, waren die Horchpositionen besetzt. Gegenüber öffnete sich die Haustür. Ein Mann mit einem kleinen Jungen an der Hand kam heraus. Die beiden hasteten zum Carport. Der Kleine quietschte vor Lachen, während er mit seinen Gummistiefeln durch die Matschpfützen platschte. Kurz darauf fuhr ein Wagen weg. Ein dunkler SUV. Aus einem Fenster im Erdgeschoss sah eine Frau dem Auto nach. Bella rutschte ein wenig tiefer in ihren Sitz. Schließlich stülpte sie die Kapuze über, tastete in ihren Anoraktaschen nach Handy und Block und stieg aus. Sie ging bis zur Ecke des Kesslerschen Grundstück und schlüpfte dort durch die Hecke. Dornen scheuerten über ihren Anorak. Der Boden unter ihren Füßen war matschig. Sie blieb einen Augenblick stehen, bevor sie rasch zum Haus hinüberging. Im Souterrain brannte Licht.

20

Bella lief die Stufen hinunter. Die Kellertür stand halb offen. Leise betrat sie das Haus.

»Hallo?«

Niemand antwortete.

Vielleicht hätten wir auch an eine Einliegerwohnung denken sollen, dachte Bella. Dann hätte Josef jetzt ein wenig mehr Rückzugsraum.

»Hallo?«, rief sie noch einmal. Klopfte an die nächstbeste Tür. »Ist jemand da?«

Ein Mann öffnete und sah heraus.

»Lei è Dario?« Bella kramte Erinnerungen an einen Italienischkurs während ihres Studiums hervor.

Er nickte.

»Mein Beileid.«

Er nickte wieder und sah weg, als könne er keine Beileidsbekundung mehr ertragen.

»Entschuldigen Sie, wenn ich hier einfach so hereinplatze. Ich bin Bella Graukorn. Journalistin.«

»Giornalista?«

»Ich schreibe für die hiesige Tageszeitung. Wir haben einen großen Artikel über Mariellas Unfall gebracht. In der Hoffnung, Zeugen zu finden, die sie vorher noch gesehen haben.«

Er betrachtete Bella nachdenklich. Ein großer, schlanker Mann mit dunklem Haar, das im Nacken kurz geschnitten war und ihm lang in die Stirn fiel. Kaum älter als 30, vermutlich. Er trug eine Brille mit Metallrand, einen eng geschnittenen marineblauen Pulli über einem weißen Hemd. Jeans.

»Könnten wir uns vielleicht kurz unterhalten? Ich möchte für Montag gern einen weiteren Artikel bringen.«

Weil ich an dieser Sache dranbleiben will. Weil mich Mariellas Tod verstört.

Schweigend erwiderte Dario Bellas Blick.

»Sie müssen wissen, dass ich Mariella gefunden habe. Ich kam diese Straße entlang und fand sie. Sie starb, während ich neben ihr saß und ihre Hand hielt.« Plötzlich wollten Tränen mit Macht hervorbrechen. Er denkt bestimmt, ich produziere hier das heulende Elend, um ihn zur Mitarbeit zu bewegen, dachte Bella noch, dann wandte sie sich bereits ab und suchte in ihrem Anorak nach einem Taschentuch.

»Verzeihung.«

Er reichte ihr eine Packung Tempos.

»Danke.«

Freundlich wies er in Mariellas Zimmer. »Erzählen Sie mir alles.«

Bella schnäuzte sich, während sie ihm ins Zimmer folgte. Die Kesslers hatten es ansprechend eingerichtet, im skandinavischen Stil. Ein Webteppich, helle Kiefernmöbel, ein Schrank, ein Regal, ein kleiner Schreibtisch mit Stuhl, das Bett mit knallbunter Tagesdecke. Auf einem Bord stand ein Wasserkocher, sogar einen kleinen Kühlschrank gab es. Mariella hatte hier unten ihr eigenes Reich gehabt. An der Wand standen ein paar Umzugskisten, bereits halb gefüllt mit Kleidungsstücken.

Dario setzte sich aufs Bett. Bella nahm mit dem Schreibtischstuhl vorlieb. Sie berichtete Mariellas Bruder in holprigen Worten in einer Sprache, die sie nur ungenügend beherrschte und lange nicht gesprochen hatte, über ein Ereignis, das sie zutiefst verstört hatte. Es kam ihr vor, als bemerkte sie es erst jetzt, wie sehr sie selbst litt.

Mariella zu finden und sterben zu sehen, hat mich umgehauen. Ich wollte es nur nicht zugeben. Ich kann es immer noch nicht eingestehen.

Irgendwie funktionierte ihre Erzählung. Sie hielt die Tränen zurück. Dario senkte den Kopf und hörte zu.

Als sie geendet hatte, sagte er:

»Danke, dass Sie bei ihr waren.«

Bella wartete einen Moment, dann zog sie Block und Stift aus der Tasche. »Darf ich?«

Er zuckte die Achseln. »Es fällt mir schwer zu sprechen. Über Mariella, über den Unfall, über alles. Als sei ich unerwartet verstummt. Aber man sagt ja immer, es wäre wichtig, zu reden, nichts für sich zu behalten. Was wollen Sie denn wissen?«

»Haben Sie eine Ahnung, woher die Medikamente in Mariellas Blut kamen?«

Dario strich sich die Haarsträhnen aus dem Gesicht. »Meine Schwester hatte ziemlich viel Pech. Das müssen Sie wissen, bevor Sie nach Medikamenten fragen, verstehen Sie?« Er sprach betont langsam und wartete Bellas Nicken ab, ehe er fortfuhr. »Mariella wurde, als sie 14 war, von ihrem Lehrer vergewaltigt. Sie war schon damals ein sehr hübsches Mädchen, und die Jungs waren verrückt nach ihr.«

Bella starrte Dario entsetzt an. »Um Himmels willen.«

»Tage später erzählte sie unserer Mutter davon, und wir gingen zur Polizei. Aber es kam nicht einmal zu einem Gerichtsprozess. Die Anzeige wurde abgeschmettert.«

»Wann war das?« Bella schlug den Block auf.

»Vor gut fünf Jahren. Im Sommer. Juni. Das Schuljahr neigte sich dem Ende zu. Sie hatte etwas im Klassenzimmer vergessen und bat den Lehrer, ihr noch einmal aufzuschließen. Das tat er. Alle anderen Schüler waren bereits weg.«

»Wie in drei Teufels Namen konnte er davonkommen?«

»Es stand Aussage gegen Aussage, niemand hatte Mariella gesehen, als sie zurück ins Schulgebäude lief. Kein Schüler und angeblich auch kein Lehrer. Man behauptete, sie sei unglaubwürdig. Verstehen Sie, sie hat Tage gebraucht, bis sie darüber reden konnte!«

Bella nickte.

»Außerdem hat der Schulleiter diesen Lehrer geschützt. Mauscheleien ...« Er winkte ab. »Kurz darauf starb unser

Vater. Er musste wegen einer sogenannten Routineuntersuchung ins Krankenhaus. Dabei infizierte er sich mit einem multiresistenten Keim und starb. Obwohl er vorher kerngesund gewesen war. Beide Schläge waren zu viel für meine Schwester. Von da an litt sie an Panikattacken und verließ nicht einmal mehr das Haus. Ohnehin war sie der eher stille Typ, der gern für sich ist und wenig sagt.«

»Introvertiert.«

»Genau. Nach Vaters Tod vergrub sie sich zu Hause und nahm an nichts mehr Anteil. Sie hatte Angst, auch nur einen Fuß auf die Straße zu setzen. Nach den Ferien war sie deshalb nicht mehr imstande, zur Schule zu gehen. Meine Mutter meldete sie auf einem anderen Gymnasium an. Mariella konnte doch unmöglich wieder mit diesem Lehrer konfrontiert werden! Aber sie ging nicht zum Unterricht, traf keine Freundinnen, verwelkte einfach. Schließlich fanden wir eine Ärztin, die ihr auf die Beine half.«

»Dazu gehörten Medikamente.«

»Und eine Psychotherapie. Nach einem halben Jahr fühlte Mariella sich bedeutend besser. Sie ging wieder zur Schule und holte den versäumten Stoff nach. Das fiel ihr nicht einmal schwer. Nach und nach setzte sie die Tabletten ab.«

Bella betrachtete die Notizen, die sie eilig aufs Papier gekritzelt hatte. Über sich hörte sie Schritte. Seltsam, kein Radau von Marlon.

»Es muss ihr so gut gegangen sein, dass sie sich sogar traute, ins Ausland zu gehen.«

»Sie hatte sich freigeschwommen. Der Aufenthalt in Deutschland war für sie der endgültige Beweis, dass sie ihr Trauma überwunden hatte. Ich habe sie sogar unterstützt. Mutter wollte sie nicht gehen lassen. Mariella war das Nesthäkchen, und seit dieser ... Geschichte ... hing Mutter sehr an ihr.«

»Ihre Schwester hat sich trotzdem durchgesetzt?«

Dario nickte. Es schien, als würde ihm gerade jetzt das Herz brechen. Weil er sich selbst für Mariellas Tod verantwortlich machte. Hätte er die Schwester nicht ermutigt, ins Ausland zu gehen, wäre sie noch am Leben. Er barg sein Gesicht in seinen Händen.

»Hat sie das alles hier«, Bella machte eine Geste, die das ganze Zimmer einschloss, »ohne Medikamente geschafft?«

Geduldig wartete sie ab, bis Dario den Kopf hob.

»Ich fürchte, nein. Wie sonst kämen die Drogen in ihr Blut?«

»Also hatte sie ein Rezept? Noch von zu Hause?«

»Nein, zu Hause ging es ihr gut und sie freute sich auf Deutschland. Sie wollte raus aus der Familie, sich beweisen, sie hatte länger als andere gebraucht, um den Mut dazu zu finden. Sie war guter Dinge.«

»Sie wüssten also, wenn Ihre Schwester Medikamente mitgenommen hätte?«

»Natürlich. Sie hat keine mehr genommen. Zu Hause nicht. Seit mehreren Jahren nicht mehr.«

Bella räusperte sich. Es fiel ihr schwer, in diesen feinsinnigen Mann zu dringen, der gerade an Schuldgefühlen zu knabbern hatte und um seine tote Schwester trauerte.

»Offenbar hat sie also hier in Silldorf wieder angefangen, Medikamente zu nehmen.«

Dario zuckte die Achseln. »Diese Familie ist nett.«

»Ja.« Bella nickte. Nett ist ein anderes Wort für das große Grauen, dachte sie, ehe sie fortfuhr: »Es gab auch einen Hund. Lüneburg. Er ist weg.«

»Das haben sie mir gesagt. Wo könnte er sein?«

»Ich weiß es nicht.« Bella kramte eine Visitenkarte aus ihrer Anoraktasche. »Bleiben wir in Kontakt?«
Er griff nach der Karte. Gab ihr seine.
»Nur noch eine Frage: Haben Sie ein Foto des Lehrers, der sich an Mariella vergangen hat?«
»Nicht hier. Sie finden ihn sicher im Internet. Er heißt Mauro de Luca.«

21

»Bella?«
Fuck!
Sie fuhr herum. Wollte gerade durch die Hecke zum Auto schlüpfen. Der Regen hatte aufgehört, aber der Rasen war klatschnass. Unter ihren Stiefeln schmatzte der Matsch.
»Hallo, Sabine.«
Peinlich, sich ertappt zu fühlen wie eine Diebin.
»Was machst du hier?«
»Ich habe mich mit Dario unterhalten.«
Ich habe nichts Unrechtes getan. Und ich brauche keine Erlaubnis, wenn ich mit jemandem ein Gespräch führen will.
Sabine Kessler kam um das Haus herum. Sie trug Gummistiefel und eine dicke Wolljacke, die sie mit beiden Händen vor ihrer Brust zusammenhielt.

»Warum schleichst du dich einfach so rein?«

»Ich habe mich nicht reingeschlichen. Mariellas Bruder hat mich reingebeten.« Die Wahrheit ein wenig zurechtgerückt. »Wo ist Peter?«

»Mit Marlon beim Kinderschwimmen.«

»Aha.«

»Ja.« Sabine sah erschöpft aus. Dunkle Ringe umrahmten ihre Augen. Selbst ihre Lippen waren blass.

Bella trat die Flucht nach vorn an: »Sag mal, hatte Mariella mit Panikattacken zu kämpfen, als sie bei euch war?«

»Wie kommst du denn auf die Idee!«

»Sie hatte ein paar schlimme Erlebnisse, als sie 14 war, und damals nahm sie Tabletten, weil sie mit Angstzuständen zu kämpfen hatte. Könnte es sein, dass die hier wieder aufgeflammt sind?«

»Quatsch.« Sabine umfasste ihren Oberkörper fester. Schutzhaltung, schoss es Bella durch den Kopf.

»Es ist aber nicht ausgeschlossen?«

»Ich weiß nichts davon. Sie war ja noch gar nicht lange bei uns. Knapp zwei Monate.«

»Zeit genug, um zu bemerken, wenn es jemandem nicht gut geht.«

»Ich bin mit Marlon absolut ausgelastet.« Sabine sah Bella giftig an.

»Vielleicht ist mal was vorgefallen. Komm schon, Sabine, es ist dir doch auch ein Anliegen herauszufinden, was wirklich mit Mariella passiert ist.«

»Passiert? Das wissen wir: Sie wurde totgefahren.«

»Du mochtest sie, stimmt's? Sie hat dir mit Marlon geholfen. Sie war dir sympathisch. Oder etwa nicht?«

»Sie … nein, sie hat keinerlei Anlass gegeben, sich Sorgen zu machen. Und natürlich mochte ich sie, was denkst du denn!«

»Hat es mit jemandem Streit gegeben? Oder einen Konflikt, dem sie sich nicht gewachsen fühlte?«

Sabine schüttelte den Kopf. »Sie war meistens zu Hause. Irgendwie kam sie uns beiden genügsam vor. Zufrieden damit, ihren Alltag zu haben. Mit Marlon zu spielen. Und mit Lüneburg.«

»Hattet ihr einen bestimmten Grund, ins Tierheim zu gehen und einen Hund auszusuchen?«

»Marlon hat so gequengelt.«

Marlon ist im Dauerquengelzustand, dachte Bella. Da hilft kein Hund.

»Na ja, um einen Hund aufzunehmen, muss man sich ein paar Gedanken machen. Beagles sind clevere Tiere, die ein starkes soziales Umfeld brauchen, um sich wohlzufühlen. Man benötigt viel Zeit für sie. Außerdem sind Hunde teuer: Futter, Tierarztkosten ... Das sind alles Überlegungen, die man anstellt, habe ich recht? Eine Entscheidung für einen Hund ist keine, die man mal eben schnell trifft. So wie man im Supermarkt noch einen Lolli aufs Kassenband legt.«

Sabines Körper straffte sich.

»Das mit Lüneburg war kein Schnellschuss. Wir haben uns das gut überlegt. Hielten es für eine prima Idee. Ein Hund als Spielkamerad für Marlon. Und für Mariella. Sie hat sich ums Gassigehen gekümmert. Das hat sie von sich aus gemacht. Selbstständig.«

Bella nickte. Sie war mit Sabines Antworten überhaupt nicht zufrieden.

»Gruß an Peter. Ich muss dann.«

»Du kannst ruhig durchs Gartentor gehen«, sagte Sabine süffisant, »statt dich durch die Hecke zu quetschen.«

Bella schoss das Blut ins Gesicht.

»Klar. Also, man sieht sich.«

22

Bella stieß die Haustür auf.

»Diethard? Papa?«

Keine Antwort.

Alarmiert lief Bella durch das ganze Erdgeschoss. Niemand.

»Papa?«

Sie rannte zur Terrassentür. Sie war verschlossen. Der Garten verlassen. Dennoch schob sie die Tür auf und trat hinaus. Kein Mensch störte die deprimierende Ansammlung aus tropfenden Büschen und Koniferen, die ihre Zweige hängen ließen, als wären sie vor langer Zeit gestorben.

Bella angelte das Handy aus der Anoraktasche.

»Diethard? Um Himmels willen, wo seid ihr alle, und wo ist Josef?«

»Ich habe keine Ahnung, Bella, Rolf wollte auf ihn achtgeben. Ich bin mit ein paar von den Jungs bei der Kirche. Wir bauen die Buden für den Weihnachtsmarkt auf. Morgen soll es losgehen.«

Verdammt! Allein beim Gedanken an den Weihnachtsmarkt geriet Bellas Herz aus dem Takt.

»Weder Rolf noch Josef sind zu Hause.«

»Ruf deinen Bruder einfach mal an.«

»Danke für den Tipp«, sagte Bella sarkastisch.

Diethard ging gar nicht auf ihre Antwort ein. »Melanie hat mir eine Nachricht geschickt. Sie braucht uns anscheinend. Kannst du sie nicht abholen?«

Lass mich raten, sie hat dich dazu überreden wollen, sie

abzuholen. Nachdem ich ihr nahegelegt habe, den Bus zu nehmen.

»Diethard? Du, Diethard, ich glaube, mein Akku macht schlapp. Bis später.«

Wütend legte Bella auf. Wählte Rolfs Nummer.

Keine Antwort.

Hatte sein Leihwagen eigentlich vor der Tür gestanden? Ich drehe allmählich am Rad, dachte sie, als sie vor die Haustür trat. Das weiße Auto war nicht da. Sie wählte noch einmal Rolf an. Funkstille. Sie atmete tief durch. Rolf konnte ihren Vater ja wohl kaum entführt haben. Vielleicht machten sie eine Spritztour. Sie würde in einer halben Stunde noch einmal versuchen, ihn zu erreichen. Ihr Herz wehrte sich gegen die Panik, die in ihr aufstieg, mit einem wütenden Extrahämmern. Bella ging ins Haus, nahm die Flasche Kognak vom Küchenregal und goss sich ein Glas ein.

Ich sollte das nicht tun. So fängt Sucht an.

Der Kognak beruhigte sie schlagartig. Eine angenehme Entspannung machte sich in ihrem Körper breit. Jetzt noch eine Zigarette …

Nein. Nicht jetzt.

Hektisch fing sie an, den Mini auszuräumen. Was an Lebensmitteln und Kleinkram wie Klopapier in diesem Haus verschwand, spottete jeder Beschreibung. Nach Melanies Auszug hatte Bella sich darauf gefreut, fortan nur noch für sich und Diethard sorgen zu müssen, doch die Menge an Dingen, die sie benötigten, wurde nicht nennenswert geringer. Seit Josef bei ihnen war, wuchs sie scheinbar ins Unermessliche an.

Bella trug alles nach und nach ins Haus und begann mit dem Einräumen. Als sie fertig war, ging sie in ihr Arbeitszimmer und ließ sich stöhnend auf den Schreibtischstuhl fallen. Sie war so erschöpft von diesem Vormittag, dass sie sich am liebsten aufs Ohr gelegt hätte. Gleich hier, auf Melanies ehemaliges Sofa. Aber am anderen Ende der Nahrungskette wartete Wolters. Sie hatte einen Artikel für die Montagsausgabe zu zimmern, und es sollte etwas sein, das die persönliche Komponente in Mariellas Geschichte hervorhob und die Leser betroffen machte. Außerdem hatte sie nicht viel Zeit. Melanie würde bald eintreffen und Aufmerksamkeit einfordern. Das große Kind. Das je nach Seelenzustand immer noch in die bewährte Rolle schlüpfte.

Während der PC zum Leben erwachte, rief Bella Wolters an. Er ging nicht ans Telefon, deshalb hinterließ sie eine Nachricht. Beschrieb kurz, wie sie Dario Fonti getroffen und von der Vergewaltigung erfahren hatte. Anschließend öffnete sie ein leeres Textdokument. Jetzt kam es drauf an, aus der augenblicklichen Stimmung, während Darios Informationen noch frisch waren, einen Artikel zu entwerfen.

Euphorisch zündete sich Bella eine Zigarette an. Manche Kollegen mochten vor der weißen, flimmernden Seite auf dem Bildschirm Angst haben. Sie nicht. Sie liebte diesen Moment, in dem sie loslegen durfte. In dem noch alles offen war, jedes Wort, jeder Satz sein Potenzial entfalten konnte.

Als Erstes notierte sie die Fakten, auf die es ihr ankam. In einem zweiten Schritt würzte sie alles mit Emotionen und Details, die Mariella so nahbar wie möglich machten. Im Anschluss daran fiel es ihr nicht schwer, den Text zu schreiben.

Zwischendurch ignorierte Bella einen Anruf von Hilde, die vermutlich wegen der bevorstehenden Weihnachtsmarkteröffnung seelischen Beistand benötigte, las noch einmal alles durch und öffnete den Internetbrowser, um den Text an Wolters zu mailen.

Ihr Artikel in der Onlineausgabe der »Mainzeitung« sprang sie an. *Tödlicher Unfall mit Fahrerflucht in Silldorf.* Bella zuckte zurück. Sie hatte diese Seite nicht angeklickt.

Rolfs nächtlicher Ausflug in ihr Arbeitszimmer fiel ihr ein. Obwohl sie keine Szene gemacht hatte, hatte sie ihm die Sache mit den Mails, die er so dringend schreiben wollte, nicht ganz abgekauft. Und tatsächlich: Zwar hatte ihr lieber Bruder eine Webmailseite aufgerufen, ansonsten aber im Internet gesurft! Sie klickte auf die Chronik. Was sie sah, machte sie baff. Rolf hatte gezielt nach Informationen über Mariella Fonti gesucht. Außer den wenigen Artikeln über ihren Unfall, die er angeklickt hatte, fand sich noch ein Facebook-Profil von Mariella und ihr Instagram-Account. Bella rief beides auf. Sie entdeckte das Foto von Mariella und Lüneburg, das Peter Kessler ihr überlassen hatte, sowie ein paar Selfies, die Mariella vor unterschiedlichem Hintergrund zeigten: mal vor der Kirche von Silldorf, dann auf einem schneebedeckten Acker und schließlich vor einer Baumgruppe, in der ein Schwarm Krähen hockte. Spooky, dachte Bella. Noch gespenstischer erschien ihr jedoch, weshalb Rolf so gezielt nach Mariella gesucht und sich mit angeblichen Mails herausgeredet hatte.

Ein Wagen fuhr vor.

Bella schoss hoch, sah aus dem Fenster. Rolf. Mit Josef. *Gott sei Dank.*

Sie rannte nach unten, riss die Haustür auf.

»Um Himmels willen, wo wart ihr?«, fuhr sie ihren Bruder an.

»Spazieren fahren?«, schleuderte Rolf eine Frage zurück.

»Bist du bescheuert? Warum kannst du mir nicht eine

Nachricht schicken? Ich komme in ein menschenleeres Haus zurück! Geht das in deinen Kopf, dass ich mir Sorgen mache?«

»Um mich sicher nicht«, brummte ihr Bruder.

Josef, der seinen langen hageren Körper mühsam aus dem Wagen gehievt hatte, sah Bella kummervoll an. »Ist etwas nicht in Ordnung, Melanie?«, fragte er.

»Geh schon mal rein, Papa.« Bella berührte ihn sacht am Arm. »Ich komme gleich.«

»Na gut, wenn du meinst. Rolf hat hoffentlich nicht wieder was ausgefressen, wie?«, flüsterte Josef.

»Nein, nein, Papa. Rolf hat alles richtig gemacht.«

»Was ich bei ihm einfach nicht glauben kann.« Mit sorgenvoller Miene verschwand ihr Vater im Haus.

Kaum war er außer Sicht, blaffte sie ihren Bruder an: »Ich habe euch vermisst! Ihr wart nicht zu Hause, als ich vom Einkaufen kam. Kannst du dir vorstellen, dass ich den Schreck meines Lebens gekriegt habe? Papa hätte ausgerückt sein können. Weiß ich, ob du ihn vielleicht irgendwo vergeblich suchst?«

»Schalte mal ein paar Gänge runter, Schwesterherz. Was soll denn passiert sein? Ich war die ganze Zeit daheim und habe den Babysitter gespielt. Josef war unruhig, ist immerzu im Haus rumspaziert, hat alles Mögliche verstellt und an den Zimmerpflanzen herumgezupft. Deswegen habe ich ihm vorgeschlagen, eine Weile rauszufahren. Er kommt ja kaum aus dem Haus. Sagt er jedenfalls. Er sitzt die meiste Zeit im Wohnzimmer und guckt Serien auf dem Tablet. Außerdem brauchte ich neue Winterstiefel.« Triumphierend wies er auf seine Füße, an denen er nagelneue rostbraune Boots trug. »Wie findest du die? Unserem alten Herrn gefallen sie.«

Das schlechte Gewissen schlug wie ein Vorschlaghammer zu.

Es ist meine Schuld, dass Josef immer nur im Haus hockt. Serien guckt. Er bräuchte Bewegung, frische Luft, aber das Wetter ist so lausig, wie kann ich ihn da rausschicken?

Bella rieb sich die Stirn.

»Sag das nächste Mal bitte Bescheid, wenn du etwas mit ihm unternimmst, in Ordnung? Außerdem würde mich interessieren, weshalb du heute Nacht wirklich an meinem Computer warst.«

Sie kannte ihren Bruder sehr, sehr gut. Deshalb entging ihr nicht, dass er erschrak, obwohl er es zu verbergen versuchte.

»Ich wollte ein paar Mails schreiben. Habe ich dir doch gesagt.«

»Lüg mich nicht an. Du hast bewusst nach Mariella Fonti gesucht und passende Websites abgegrast.«

Rolf wurde eine Spur blasser. Sein zauseliger Bart gab ihm die Anmutung eines in die Jahre gekommenen Papagallo.

»Das ist Unsinn. Woher willst du das überhaupt wissen?«

»Stell dich doch nicht dümmer, als du bist!«, zischte sie. »Selbst du müsstest wissen, dass ein Webbrowser die Seiten speichert, auf denen man sich rumtreibt. Wahrscheinlich hattest du heute Nacht einfach keine Zeit mehr, auf ›Chronik löschen‹ zu klicken, als ich ins Zimmer kam.«

»Okay, na gut, du hast mir erzählt, wie du diese Mariella gefunden hast. Ich meine, das kommt doch nicht alle Tage vor, dass die eigene Schwester zu einem Unfall stößt! Das hat mich wirklich schockiert. Da war ich neugierig.«

»Und hast nebenbei auch noch Mariellas Instagram-Account unter die Lupe genommen.«

»Du bist ganz rot im Gesicht, beruhige dich mal!«

»Andere lächerlich machen, darin bist du gut, aber das ändert nichts an den Tatsachen, Rolf«, zischte Bella.

Drinnen rumpelte etwas. Sie drehte sich um, ließ Rolf stehen und ging ins Haus.

»Entschuldige, Melanie, ich habe ein paar Bügel runtergefallen lassen.« Ihr Vater stand vor dem Garderobenschrank und bückte sich nun umständlich, um aufzuheben, was am Boden lag.

»Lass mal, ich mache das.«

»Du musst nicht alles für mich tun«, konterte ihr Vater. »Ich bin selbst wer, ich kann das allein in Ordnung bringen.«

»Ja, Papa. Du hast recht. Eigentlich hast du recht.«

Ich führe mich auf wie eine nervöse blaustrümpfige Tante.

Er nickte. »Ja. Habe ich. Im Alter ist es wichtig, dass man das, was man kann, noch selbst macht, verstehst du?«

Rolf kam herein, knallte die Haustür zu und stapfte an den beiden ohne ein Wort vorbei.

Bella schloss kurz die Augen. Josef nahm von seinem Sohn keine Notiz. Ob er ihn nicht bemerkte oder einfach seine alte Strategie anwendete, Rolf zu ignorieren, konnte Bella nicht erkennen. Zu dumm, dass sie den Moment verpasst hatte, ihren Bruder ordentlich unter Druck zu setzen. Nun gut, sie würde ihn schon noch weichkochen.

»Du, Papa: Ich muss noch mal flugs an den Schreibtisch. Danach koche ich uns ein Mittagessen, was meinst du? Melanie kommt übrigens her. Sie hat vorhin angerufen.«

»Melanie kommt?« Er blinzelte verwirrt, bevor ein breites Lächeln auf seinem faltigen Gesicht aufschien. »Dann gibt es bestimmt Pfannkuchen?« Er legte den Kopf schief.

»Wenn du die gern magst.« Sie lachte. »Die heimliche Lieblingsspeise, die Mama nicht mitkriegen durfte, stimmt's? Zu süß, zu ungesund.«

»Melanie mag auch Pfannkuchen.« Gespielt ernsthaft spitzte er die Lippen. Seine verstorbene Frau imitierend, flötete er: »Zucker macht die Knochen kaputt, Kinder, ihr werdet noch an mich denken.«

Bella fühlte Wärme durch ihren Körper strömen. Viel zu selten kam die witzige, schelmische Art ihres Vaters zum Vorschein. Sie strich ihm über die Wange und sagte:

»Ich bin gleich wieder da.« Sie rannte nach oben.

Am PC mailte sie ihren Artikel an Wolters. Danach gab sie »Mauro de Luca« in die Suchmaschine ein. Sie fand Mariellas Lehrer nach wenigen Klicks auf Facebook. Leise pfiff sie durch die Zähne: ein breitschultriger Mann um die 60, muskulös, groß, einer der etwas von einem Grizzly hatte. Ganz ähnlich wie Ferdinand Weißgerber, der Imker mit der Liebe zur freien Natur. Ein Bär von einem Mann, wie man so schön sagte. Bella starrte eine Weile auf den Bildschirm, bevor sie ein paar Fotos des Lehrers auf ihr Handy kopierte. Im Anschluss richtete sie ein Passwort für ihren Computer ein. Jetzt konnte ihr lieber Bruder sich die Zähne ausbeißen, wenn er wieder Mails schreiben wollte.

23

Bella räumte die Reste eines improvisierten Mittagessens ab. Ihr Vater hockte matt auf seinem Stuhl. Rolf hatte sich nicht sehen lassen. Josef schien seinen Sohn nicht zu vermissen. Bella schaltete die Spülmaschine ein, streckte den Rücken.

»Sollen wir was spielen, Papa?«

Er sah seine Tochter entrüstet an, eine steile Falte grub sich in seine Stirn.

»Ich bin kein Kind mehr!«

Sie lachte. »So habe ich das nicht gemeint. Ich dachte, es könnte Spaß machen.«

»Spaß! Spaß! Ihr denkt nur an Spaß! Vor allem Rolf.«

»Aber nein, Papa.« Bella biss sich auf die Lippen. Diskutieren hatte wenig Zweck, wenn ihr Vater in schlechte Stimmung abglitt.

An der natürlich jemand schuld sein musste. Früher üblicherweise Rolf. Etwas seltener Mama. Und ich selbst so gut wie nie.

»Warum legst du dich nicht ein Stündchen hin?«, fragte sie leichthin.

»Ich setze mich ins Wohnzimmer.« Mühsam stand er auf. Für Augenblicke schien es, als fiele es ihm schwer, das Gleichgewicht zu halten. Bella wollte ihm schon beispringen, doch er fing sich und schlurfte ohne ein weiteres Wort aus der Küche.

Er ist genauso mürrisch wie Rolf manchmal. In Sachen miese Laune sind sie einander ähnlicher, als ihnen lieb sein kann.

Als sich die Tür hinter ihrem Vater geschlossen hatte, atmete sie ein paarmal tief durch. Steckte eine Zigarette an und mahlte Kaffee. Ein halbes Stündchen für sich selbst ... Bald würde Diethard heimkommen und von seinen Kämpfen und Siegen beim Aufstellen der Weihnachtsmarktstände berichten. Er würde Applaus einheimsen und gelobt werden wollen.

Ich bin das so leid.

Sie brühte Kaffee auf und goss sich eine Tasse voll. Irgendwann einmal hatte sie sich geschworen, der Verbrüderung von Nikotin und Koffein den Kampf anzusagen. Und trotz aller Vorsätze hatte das nicht geklappt.

Ich komme anders nicht runter.

Sie drückte die Kippe aus und nahm einen Schluck Kaffee. Schloss genießerisch die Augen.

Es klingelte.

Bella vergrub ihr Gesicht in den Händen. Nach ein paar Sekunden gab sie sich einen Ruck. Besser, sie kümmerte sich, ehe Josef aufwachte.

Rasch lief sie zur Tür.

»Melanie!«

Ihre Tochter stand in einem roten Anorak vor ihr, die von einem Plüschkragen umrandete Kapuze tief in die Stirn gezogen.

»Hi, Mama.«

Zittrige Stimme. Alarmstufe rot. Rot wie der Anorak. Rot wie die verheulten Augen.

»Na, komm.« Sie nahm Melanie in die Arme.

»Echt ein Scheiß, Mama.«

»Mit Ed?«

»Mit Ed. Dieser Idiot.«

»Ich habe Kaffee gekocht. Erzähl mir alles bei einer schönen Tasse, ja?«

»Ich mag aber nur Milchkaffee.«
»Wenn's weiter nichts ist. Zieh erst mal die Schuhe aus, Schätzchen. Komm, leg ab.«
Unwirsch kickte Melanie die Stiefel weg. Hängte den Anorak auf. Sie hatte abgenommen, ihr Gesicht wirkte spitz, das Mascara zu dunkel für die winterliche Blässe, und in der Eile hatte sie zwei verschiedenfarbige Socken angezogen.
»Sei ein bisschen leise, dein Opa schläft im Wohnzimmer.«
Melanie verdrehte die Augen. »Okay.«
Bella presste die Lippen zusammen, während sie in die Küche ging und Milch heißmachte. Sie spürte die Schläge ihres Herzens. Jeden einzelnen. Melanie kam ihr nach.
»Was war denn nun los?«, fragte Bella.
Melanie warf sich auf einen Stuhl und begann zu reden. Die Worte strömten aus ihr heraus, dass es nur so rauschte, manches wirr, anderes so, wie Bella es sich immer gedacht hatte. Ed war ein unreifer Flegel, der Melanie so lange gebraucht hatte, wie sie ihm Unannehmlichkeiten abnahm. Ihm bei Referaten half, wenn er zu lange auf der faulen Haut gelegen hatte. Ihn bei Professoren deckte, wenn er schwänzte. Seine Dateien auf ihrem Drucker ausdruckte, wenn er mal wieder nicht an Tintennachschub gedacht hatte. Kleinigkeiten zunächst, die sich irgendwann anstauten wie ein Gebirgsbach nach einem Wolkenbruch.
»Ich habe ihm gesagt, was ich davon halte. Dass er immer so verpeilt ist und sich an mich ranhängt, wenn ihm was zu schwierig wird. Er wurde sauer. Wir haben gestritten. Eigentlich das erste Mal überhaupt. Ich konnte gar nicht mehr an mich halten. Es wurde richtig laut.« Melanie seufzte unwillig, trank von ihrem Kaffee und sagte: »Auf so einen Freund kann ich verzichten, oder Mama?«

»Ja, da denke ich genauso wie du.«

»Wirklich?«

»Dein Onkel ist übrigens hier.«

Melanie schien sie nicht gehört zu haben. Erschöpft starrte sie in die Kaffeetasse, als könnte sie im Milchschaum die Antwort auf Fragen finden, die sie noch gar nicht formuliert hatte.

Ich darf ihr dieses Desinteresse nicht übel nehmen, dachte Bella. Sie leidet an ihrem Liebeskummer. Uns ging es allen so in dem Alter. Die eigene Misere ist größer und finsterer als alles andere. Aber ich wünschte mir, dass auch sie mich einmal wahrnimmt. Sich für ihre Familie interessiert, gerade jetzt. Rolf hat denselben Kummer wie Melanie, aber er wird nicht mehr so leicht aus der Nummer rauskommen. Immerhin ist er gut 30 Jahre älter.

»Josef fragt so oft nach dir. Er freut sich bestimmt darüber, dass du hier bist.«

»Ach, echt?«

Bella war nicht klar, worauf sich die Nachfrage bezog. Echt, er freut sich? Oder vielmehr: Echt, er ist hier?

»Es geht ihm nicht gut. Er tut sich schwer mit dem Alltag. Die Gipsschiene ist dabei nicht das Problem. Vielmehr macht mir sein Kopf Sorgen.«

»Welche Gipsschiene?«

Bella atmete tief ein.

»Lebst du in einem Paralleluniversum?«, fragte sie schärfer als beabsichtigt.

»Was? Wieso!« Empört sah Melanie auf.

»Er wurde operiert. Das hast du mitbekommen?«

»Du hast doch gesagt, die Hand ist wieder in Ordnung.«

»Die Hand ist eine Sache. Etwas anders gelagert ist seine Verwirrtheit. Ich hatte gehofft, dass die sich legt, je länger die Operation her ist. Leider sieht es nicht danach aus.« Sie griff nach ihren Zigaretten. Beinahe sofort spürte sie Melanies kritischen Blick.

»Rauch bloß nicht, Mama. Das ist echt eklig. Hier stinkt es sowieso schon wie in einer Kneipe.«

Bella ließ die Schachtel los.

»Ich gehe mal lieber in mein Zimmer.« Melanie schob den Stuhl zurück.

»Nein, Schätzchen, dort wohnt dein Großvater.«

»In meinem Zimmer?«

»Nun sei mal nicht eingeschnappt. Er braucht ja wohl ein eigenes Zimmer.«

»Papas Arbeitszimmer …«

»Dort schläft Rolf.«

Indigniert ließ Melanie den Blick über ihre Mutter schweifen.

Als wenn sie mich erst jetzt richtig wahrnimmt.

»Das ist jetzt nicht wahr, oder?«

Bellas Herz pfiff auf den Rhythmus und machte einen Satz. Nur einen. Dann setzte sich der übliche Takt wieder durch.

Es allen recht machen. Konflikte voraussehen. Vorbeugend vermeiden.

»Du schläfst in meinem Studio. Dein altes Sofa steht bereit, Bettwäsche habe ich hingelegt.« Sich ein »basta« verkneifend, stand sie auf. »Und sei bitte leise auf der Treppe.«

Bella griff nach der Zigarettenschachtel, ging hinaus in die Diele. Sie stieg in ihre Boots, riss die Haustür auf und zündete sich eine Zigarette an.

Nach dem dritten Zug fühlte sie sich bereits ruhiger. Sie wusste nicht, was sie mehr bedrückte: Rolfs Anwesenheit im Haus oder Melanies.

25

Dünne Schneeflocken fielen aus dem grauen Himmel. Die Silldorfer strömten aus der Kirche, wo sie der Elf-Uhr-Messe beigewohnt hatten, und wer aus dem Dorf nicht zu den Kirchgängern gehörte, wanderte dennoch zum Kirchplatz, um die Eröffnung des Weihnachtsmarktes mitzuerleben. Die Menge lachte und scherzte, man hörte Gelächter. Der Organist legte sich noch einmal ins Zeug. Sein Spiel hallte aus dem offenen Kirchenportal bis auf den Platz. Bella hakte sich bei Diethard ein, Melanie ging mit Josef. Rolf hatte dankend abgelehnt, die Familie zu diesem wichtigen Fixpunkt im Jahreslauf zu begleiten. Letztlich war Bella erleichtert darüber. Seit gestern standen die Zeichen zwischen ihr und ihrem Bruder auf Sturm. Die meiste Zeit hockte er in seinem Zimmer. Wahrscheinlich las er die Websites, die ihn interessierten, jetzt auf seinem Handy. Am späten Abend hatte er Diethard bei einem Glas Whiskey Gesellschaft geleistet, da war Bella längst im Bett. Melanie hatte sich mit ihrem Schlafplatz arrangiert. Alles in allem wirkte sie nicht mehr besonders angeschlagen von ihrem Liebeskummer. Dass sie, weil ihr Großvater dort wohnte, nicht in ihrem früheren Zimmer schlafen konnte, schien schwerer zu wiegen als ihr in der Versenkung verschwundener Freund.

Bella straffte die Schultern. In ihrer Umhängetasche wog die Kasse schwer, die Hilde ihr eben noch in die Hand gedrückt hatte, zusammen mit einem Stapel Quittungsblöcke und zwei Kugelschreibern. »Nur für den Fall, dass einer streikt«, hatte Hilde ihr zugeraunt. Bella wäre das gewichtige Ding gern losgeworden, aber sie wollte die Tasche nicht auf den nassen Boden stellen. Trotz ihrer Abneigung gegen Weihnachtskitsch konnte sie sich der festlichen Stimmung nicht entziehen, die inzwischen den Kirchplatz erfüllte. Man hatte die sternförmig um den Weihnachtsbaum in der Mitte arrangierten Buden mit weißen und gelben Lichterketten geschmückt. Nächtlicher Schneefall hatte das Tannengrün auf den Dächern zusätzlich dekoriert. Schwaden von Glühweinaroma waberten über den Platz. Die Orgel verstummte, ein paar Leute klatschten Beifall. Geschäftig nahm der Kirchenchor vor dem Portal Aufstellung. Dann wurde es ruhig auf dem Platz. Manches Augenpaar richtete sich auf die Kirchturmuhr. Punkt zwölf läuteten die Glocken. Auf dieses Signal hin schaltete Egon Maffelder, der sich um die Elektrik kümmerte, die Beleuchtung des Weihnachtsbaums und die Lichterketten ein. »Bravo«, rief jemand. Die Menge raunte. »Och, ist das schön«, flüsterte jemand neben Bella. Diethard drückte ihren Arm. Sie musste lächeln. Die Ergriffenheit der Menschen um sie herum zauberte wenigstens für eine kurze Weile das Gefühl von Frieden und Heiterkeit in ihren Alltag. Der Chor stimmte »Wir sagen euch an den lieben Advent« an. Die meisten sangen mit. Nicht nur Silldorfer, wie Bella mit einem Blick rund um den Platz feststellte. Nicht weit entfernt stand Wendy Gleichsam, die mit verkniffenem Blick auf den Weihnachtsbaum starrte. Neben vielen bekannten Gesichtern sah Bella auch solche, die sie nicht einordnen konnte. Leute aus der Siedlung oder aus der Umgebung, traditionell kamen etliche Leute aus den umliegenden Ortschaften zur Eröffnung. Vielleicht hat Hilde letzten Endes recht, dachte Bella. Wir müssen das Ganze klein halten, sonst kriegen wir hier irgendwann so einen Hype um den

Weihnachtsmarkt, dass sein Charme verblasst. Schon jetzt treten sich die Leute gegenseitig auf die Füße.

Über Nacht war es kalt geworden. Bellas Atem stieg dampfend vor ihrem Gesicht auf. Hilde Kaminsky begab sich zum Mikrofon.

»Na? Bist du munter genug für fünf Stunden Budendienst?«, wisperte Diethard in ihr Ohr.

Bella winkte ab. Der Nachmittag mit Puppenkleidung, Strohsternen, Lavendelsäckchen und gefilzten Schafen erstreckte sich trotz all der Romantik vor ihr wie eine trübe, verregnete Landschaft. Sie nahm sich fest vor, für das nächste Jahr abzusagen. Es gab genug Hausfrauen in Silldorf, die ihren Dienst übernehmen könnten und wahrscheinlich froh um die Abwechslung waren. Bella stampfte mit den Füßen, um sich warm zu halten. Sie trug dicke Leggings unter den Jeans und noch zwei Pullover unter der Jacke. So ein Marktstand war eine Kältekammer. Sie fühlte sich wie eine Tonne, unförmig und unbeholfen. Die Wollmütze juckte. Auf ihrer Stirn stand Schweiß, trotz der Kälte.

»… ist unser Markt ein Kumulationspunkt des dörflichen Lebens und eine Manifestation unserer gemeinsamen Interessen. Jeder trägt etwas bei, was ihm für die Dorfgemeinschaft wichtig ist …«, tönte es aus den Lautsprechern. »… eine alte Tradition in Silldorf …«

Bis spät am Abend und sogar heute in der Frühe waren über die Nachbarschafts-Chatgruppe alle möglichen Nachrichten eingetrudelt, die die Organisation und die Arbeitsschichten betrafen. Der Weihnachtsmarkt öffnete samstags und sonntags von 12 bis 17 Uhr, an den Wochentagen von 16 bis 18 Uhr. Bella wechselte sich mit Hilde und Renate Maffelder ab. Sie hatte bereits im vergangenen Advent Strategien erdacht, wie sie aus der ungeliebten Verpflichtung aussteigen könnte. Ohne Erfolg. Eine Hilde Kaminsky ließ nicht locker, wenn es um die gute Sache ging, und zu dieser gehörte leider auch der Weihnachtsmarkt. Melanie hatte nur die Augen verdreht, als Bella sie gestern um Hilfe gebeten hatte. »Erspare mir diesen Scheiß«, hatte sie gestöhnt. »Ein Weihnachtsmarkt hat mir zu allem Übel gerade noch gefehlt.«

Aber bei den Eltern unterkriechen kann Mademoiselle.

Dass Melanie eine Nacht auf dem Sofa in ihrem Studio verbrachte, konnte Bella verknusen, doch sie befürchtete, dass ihre Tochter mit ihrem Onkel gleichziehen und länger bleiben wollte.

»Und so erkläre ich den diesjährigen Weihnachtsmarkt für eröffnet!«, schmetterte Hilde ins Mikrofon.

Wolters hatte sich nicht bei Bella gemeldet. Sie konnte nur hoffen, dass er ihren Artikel morgen bringen würde. Aus den Augenwinkeln sah sie Sabine Kessler mit Marlon auf dem Arm nahe beim Weihnachtsbaum von einem Bein aufs andere treten. Bella kniff die Augen zusammen. Neben ihr stand Dario! Er trug einen eleganten dunklen Mantel und einen Hut. Peter konnte Bella in der Menge nicht ausmachen. Typisch für ihn, er hielt sich eben gern abseits. Menschen änderten sich nicht.

»Ich ziehe dann wohl mal zu meinen gefilzten Schafen.« Bella drückte Diethards Arm und zwinkerte Melanie zu. »Bringt mir meinen alten Herrn gut nach Hause.«

»Klar doch. Bis heute Abend!«, sagte Diethard. »Lass dich nicht unterkriegen.«

Bella grinste schief. Sie schob sich an den plaudernden Grüppchen vorbei, die sich nach Hildes Rede überall gebildet hatten und bereits ihren ersten Becher Glühwein schlürften, und erreichte schließlich ihre Bude. Der Bürgermeister ließ noch ein paar warme Worte über den Platz schallen. Bella zog den Schal fester um ihren Hals. Diese verdammte feuchte Kälte, die kroch unter jedes noch so warme Kleidungsstück. Zum Glück hatte Diethard ihr einen Heizstrahler hinter die Verkaufstheke gestellt. Sie schaltete das Gerät ein, doch das bisschen an Wärme, das ihr um die Knie strich, verpuffte schnell. Sie musste auf ihre vielen Kleiderschichten vertrauen. Wenigstens sorgten die ersten Neugierigen für Ablenkung.

»Haben das wirklich alles die Schüler gemacht?«, fragte Elke Weißgerber, die als Erstes zu Bella an den Stand kam, mit einem Blick auf die Filztiere und Lavendelsäckchen.

»Klar, das ist die Absicht hinter dieser Bude.« Bella nickte freundlich. »Auf diese Weise wachsen die Kinder in die ganze Sache rein.«

»Nichts für ungut, dass wir neulich den Leihwagen deines Bruders auf die Liste setzten. Ich habe Renate noch zugeraten. Wir wussten ja nicht, dass er zu euch zu Besuch kommt.«

»Keine Ursache. Ihr konntet es schließlich nicht riechen.«

»Warum hat er denn einen Leihwagen?«

»Seiner ist in der Werkstatt. Jemand hat ihm die Vorfahrt genommen und ihn touchiert.«

Elke Weißgerber sah Bella vorwurfsvoll an.

»So was kommt vor, Elke«, fügte sie hinzu, wobei sie sich fragte, wie es kam, dass sie in die Defensive geriet. Sie packte die Kasse aus und legte die Quittungsblöcke bereit.

»Mag sein. Man sollte eben immer vorausschauend fahren. Insbesondere im Winter. Weißt du, es wäre übrigens gut, wenn jeder, der Besuch bekommt, eine kurze Notiz in die Gruppe schreibt.«

»Eine Notiz in die Gruppe?« Entgeistert hielt Bella inne.

»Damit alle Bescheid wissen. Man könnte auch die Autonummer des Besuchers angeben.«

Die hat eine Meise.

»Ich denke nicht, dass das nötig ist. Wenn ein Wagen bei jemandem in der Einfahrt parkt, geht man nicht davon aus, dass er einem Spanner gehört.« Bella schob die Kasse in Position, wobei ihre Finger sich fest um das kalte Metall krallten.

Schrei sie nicht an. Bleib Herrin deiner Gefühle. Alles andere geht nach hinten los.

»Man kann nie vorsichtig genug sein. Schau nur, das mit dem italienischen Mädchen. Ich bin immer noch entsetzt. Fahrerflucht! Das war keiner aus dem Dorf, Bella, obwohl mir Egon Maffelder sagte«, Elke senkte die Stimme, »dass die Polizei unauffällig alle schwarzen Wagen in Silldorf überprüft. Wir stehen unter Generalverdacht, überleg mal, was das heißt! Ich meine, für das Dorf!«

Bella nahm einen Filzelch zur Hand. »Es wäre wirklich seltsam, wenn jemand von weiter weg den Unfall verursacht hätte. Denk mal, wer kennt denn die Abkürzung über die ›Narbe‹? Nur die Silldorfer.«

»Und die aus der Siedlung«, mahnte Elke.

»Hallo Bella!« Anita Schmaderer, eine der Lehrerinnen aus der Silldorfer Schule, tauchte neben Elke Weißgerber auf. »Wie gefallen dir unsere Sachen? Toll, was die Kids da wieder zustande gebracht haben, wie?«

»Großartig.« Bella machte ein begeistertes Gesicht und hoffte, Anita würde ihr die Anstrengung nicht ansehen, die es sie kostete, den Schein aufrecht zu halten. Immerhin rettete Anita sie gerade aus einer nervigen Situation.

»Ich gehe dann mal zu unserem Stand. Nach unserem Honig sind alle immer ganz verrückt. Gutes Gelingen«, gurrte Elke.

»Mach's gut.« Bella nickte ihr zu. Elke Weißgerber war

Mitte 60, der einzige Sohn lebte mit seiner Familie in den USA, und sie wünschte sich, so Hilde, nichts sehnlicher, als die gesamte Familie wenigstens einmal im Jahr bei sich zu haben. Ihr Sohn dagegen schien keinerlei Heimweh zu verspüren und war nie um eine Ausrede verlegen, warum er sich keine Reise nach Deutschland erlauben konnte.

»Ich habe gehört, es gab im Vorfeld Stress.« Anita stützte beide Ellenbogen auf den Budenrand.

»So?«

»Ich kaufe drüben in der Siedlung im Bioladen ein. Sag's nicht weiter.«

Bella grinste. »Dann sind wir schon zwei. Und?«

Ihr Handy gab Nachrichtenalarm. Sie ignorierte es.

»Wendy Gleichsam hätte gern auch einen Stand hier gehabt. Ist nicht leicht für sie, verstehst du? Über die Runden zu kommen, meine ich.«

»Kann ich nachvollziehen.«

Anita griff nach einem Lavendelsäckchen, wog es locker in der Hand. »Tja, jedenfalls wäre der Weihnachtsmarkt für sie eine Chance, den Absatz ein bisschen zu steigern. Sie hat wirklich exzellente Produkte. Aber Hilde und vor allem die Weißgerbers haben das von vornherein blockiert.«

»Ich weiß.« Bella seufzte.

»Kannst du nicht mal mit den Honoratioren reden? Dieses Jahr ist es sowieso zu spät, aber für das nächste Mal hätte Wendy vielleicht eine Chance. Es ist so was von albern, diese Trennung zwischen Siedlung und Dorf künstlich hochzuhalten. Der Konflikt zieht sogar in der Schule seine Kreise. Nimm diesen Unfall: Die Eltern aus der Siedlung sind sicher, dass es jemand aus dem Dorf war. Im Dorf, heißt es, hat jeder zweite einen schwarzen SUV. So einen sucht ihr doch, oder?«

»Ich bin nicht bei der Polizei, Anita. Und ich bin das ganze Gerede leid. Der eine schimpft auf die Siedlung, der Nächste aufs Dorf, wieder einer auf Autofahrer generell ...«

»Klar, die Eltern aus dem Dorf schieben alles auf die Leute in der Siedlung. Die Kinder spiegeln die Streitereien. Da gibt es einen Knirps aus dem Dorf, der einem Mädchen von jenseits der ›Narbe‹ einen Kaugummi ins Haar geklebt hat. Weil die da drüben uns kaputtmachen, hat er gesagt. Stell dir das mal vor!«

»Ich beneide euch Lehrer nicht, ganz ehrlich.«

»Was soll man eigentlich von diesem Mainblogger halten? Der hat heute früh wieder einen Beitrag gepostet. Zieht über die Fernfahrer her, die bei Percy Halt machen.«

»Ein Lkw kann Mariella nicht angefahren haben. Der passt gar nicht auf das schmale Sträßchen.«

»Das vielleicht nicht. Allerdings macht der Blogger geltend, dass Percy mit seinem Dorfkrug ein Mekka für Junkies aufgebaut hätte. Angeblich würden die Albaner dort gute Geschäfte mit Koks und Tabletten machen.«

»Du liebe Zeit!«

Ein paar Kinder rannten vorbei.

»He, es schneit jetzt so richtig! Cool!«, rief ein Junge.

Ein Mädchen mit großen dunklen Augen blieb vor Bellas Bude stehen. Schwarze Locken quollen unter ihrer Mütze hervor. »Den Elch da habe ich gefilzt.« Sie deutete auf Bellas Bude.

»Stimmt, Franziska«, grinste Anita. »Der ist richtig gut geworden.«

»Hoffentlich verkaufst du ihn nicht«, sagte Franziska zu Bella. »Den hätte ich nämlich gern selbst behalten.«

Bella lachte. Das Mädchen winkte und verschwand zwischen den Buden.

»Tja, manche sind echt süß. Franziska kommt aus der Siedlung. Ihr Vater ist Inder. Allerdings als Kind nach Deutschland gekommen. Die Familie hat mich vor einigen Wochen zum Essen eingeladen. Mensch, war das lecker. Ich gehe dann mal weiter. Soll ich dir vorher noch einen Glühwein holen?«

Bella, die die Kälte die Beine hochkriechen spürte, nickte. »Das wäre klasse.«

Sie zückte ihr Smartphone und rief die Seite des Mainbloggers auf. Der neueste Text war eine einzige Anklageschrift gegen Percy und sein Urban Gardening Projekt. Sie scannte den Beitrag.

»Wer im Sommer Cannabis im Gewächshaus züchtet, wird wohl im Winter keinesfalls auf berauschende Substanzen verzichten wollen«, lautete das Fazit des Textes.

Bella war zum Heulen zumute. Was für ein Blödsinn. Dieser Schmierfink tat nichts anderes, als im Nebel zu stochern. Wolters beklagte oft den Rückgang der journalistischen Qualität in den Zeitungen, aber dieses Geschreibsel schrie zum Himmel. Rasch checkte sie die eingegangene Nachricht von eben. Melanie.

Mama, wie lautet das Passwort für deinen PC?

Jetzt schlägt es 13, dachte Bella nur, während sie die Nachricht wegdrückte.

Sie ist deine Tochter. Warum bist du so biestig, was sie betrifft?

»Hier, dein Glühwein!« Anitas rosiges Gesicht tauchte wieder vor ihr auf.

»Danke, das ist jetzt genau das Richtige.« Bella nippte an dem Punsch. Anerkennend zog sie die Augenbrauen hoch. »Das Gebräu von den Weißgerbers?«

»Klasse, nicht? Die Gewürze sind nicht zu verachten.

Und die nehmen echte Orangen. Keinen Saft aus der Tüte. Lass es dir schmecken.« Anita verschwand in der Menge.

In der folgenden Stunde verkaufte Bella diverse Filztiere, Lavendelsäckchen und hübsch beschriftete Einmachgläser. Bei Dingen, die Kinder gebastelt hatten, zog stets der Mitleidseffekt. Außerdem kamen Eltern und Großeltern mit den Schulkindern, die ihre Bastelarbeiten zeigen wollten, an den Stand. Nach zwei Stunden und zwei Gläsern Punsch glühte ihr Gesicht, während der Rest ihres Körpers völlig erfroren war. Hoffnungsvoll sah Bella auf die Uhr, musste jedoch zu ihrem Missfallen feststellen, dass sie noch eine gute Weile durchzuhalten hatte. Diethard war auch nicht mehr bei ihr vorbeigekommen, geschweige denn Melanie. Sie schrieb ihrem Mann eine Nachricht:

Hoffentlich seid ihr zu Hause im Warmen. Ist alles ok?
»Hallo, Bella!«

Sie sah auf. Vor ihr stand Sabine Kessler, mit Marlon an der Hand.

»Sabine, grüß dich! Hallo, Marlon!«

Der Junge, eingemummelt in einen dick gefütterten Schneeanzug, streckte ihr die Zunge raus.

»Wie wäre es mit einem Schaf für die Weihnachtskrippe? Sieh mal, Marlon, was die Kinder in der Schule für schöne Tiere gefilzt haben.«

Marlon zerrte an Sabines Hand, wobei er wilde Laute ausstieß.

»Peter ist im Krankenhaus«, murmelte Sabine so leise, dass Bella sie beinahe nicht verstand.

»Du lieber Himmel, was ist denn passiert?«
»Jemand hat ihn zusammengeschlagen.«
»Du meine Güte, wer war das?«

»Das sagt er mir nicht. Ich musste ihn ins Klinikum fahren. Nasenbein gebrochen, Gehirnerschütterung, Prellungen.«

»Mama!«, kreischte Marlon, mit wutverzerrtem Gesicht an ihrem Anorak zerrend. »Komm endlich!«

»Er sagt es dir nicht?« Verdattert starrte Bella ihr Gegenüber an. »Warum?«

Sabine warf ihr einen finsteren Blick zu. »Er will uns schützen. Marlon und mich. Jetzt, wo Lüneburg auch weg ist.«

»Schützen? Wovor? Raus mit der Sprache!«

Marlon riss sich von seiner Mutter los und purzelte in den Schneematsch. Prompt begann er, wie eine Sirene zu heulen.

»Marlon! Pass doch auf!« Sabine kniete sich neben den Jungen. »Nichts passiert, mein Kleiner.«

In dem dicken Schneeanzug kann er sich gar nicht wehgetan haben, dachte Bella genervt.

»Sabine!« Vergeblich versuchte sie, die junge Frau auf sich aufmerksam zu machen. Die jedoch war damit beschäftigt, ihr Kind zu trösten.

»Ich fasse es nicht«, murmelte Bella perplex, während sie Diethards Nummer wählte. Sie brauchte eine Vertretung für den Stand. Jetzt. Sofort.

26

Bella verließ die Bude im Laufschritt und rannte quer über den Weihnachtsmarkt. Was nicht so einfach war bei der dichten Menge, die sich um die Stände drängte.

»Bella? Wo willst du hin?«, rief Hilde.

Was für ein Talent sie hat, immer dann aufzutauchen, wenn ich mich unsichtbar machen will.

»Klopause!«, gab Bella zurück.

»Ja, und die Kasse?« Gestresst umklammerte Hilde ihren Becher mit Eierpunsch.

»Habe ich bei mir.«

»Komm schnell wieder. Schau doch, was hier los ist.«

Los ist, dass Peter Kessler zusammengeschlagen wurde. Sag mir einer, das wäre ein Zufall!

Bella lächelte Hilde so freundschaftlich wie möglich zu. »Vertrete mich kurz, geht das?«, rief sie, während sie ihr die Kasse in die Hand drückte. »Bis gleich!«

Doch sie lief nicht zur Schule, wo die Toiletten für die Weihnachtsmarktleute zur Verfügung standen, sondern heim.

»Meinen Sonntag habe ich mir irgendwie gemütlicher vorgestellt«, begann Diethard, der bereits in der Diele stand, die Stiefel an den Füßen.

»Ich bitte dich nicht oft um Hilfe. Aber heute muss es sein.«

»Pfff ... Kannst du noch fahren? Du riechst nach Glühwein.«

Bella winkte ab.

»Ist Rolf hier?«

»Der liegt seit Stunden im Bett. Mein Whiskey scheint ihm zu munden.«

»Bitte, weck ihn auf, was immer er gerade träumt. Einer muss nach Josef sehen.«

»Um sich um irgendjemanden zu kümmern, ist Rolf zu deprimiert. Und zu besoffen.«

»Was treibt eigentlich Melanie?«

»Sie surft im Netz, glaub ich.«

An meinem Computer sicher nicht, dachte Bella voller Genugtuung. Deswegen die Frage nach dem Passwort vorhin. Wie gut, dass ich das eingerichtet habe. Beste Idee seit Langem. Wahrscheinlich hat ihr Diethard mit seinem Laptop aus der Patsche geholfen.

»Auf ihre Hilfe kann ich nie bauen. Aber das WLAN der Eltern ausnutzen und sich bekochen lassen, damit der Liebeskummer schnell abklingt. Darin ist sie gut. Das geht mir wirklich gegen den Strich, Diethard.«

»Herrgott, Bella, was bist du so giftig? Melanie ist jung. Und Josef ist *dein* Vater.«

»Himmel noch mal, das hier ist *mein* Job! Zudem ist Josef auch Rolfs Vater. Ist das wirklich so schwer, ein, zwei Stunden für ihn da zu sein?« Bella fuhr sich durchs Haar. Von der Mütze war es ganz platt gedrückt. Ein kurzer Blick in den Spiegel offenbarte, was sie längst wusste: Zeit für eine neue Tönung. Überhaupt für einen Friseurbesuch. Sich verwöhnen lassen, stand allerdings im Augenblick ganz unten auf der Agenda. »Peter Kessler ist krankenhausreif geprügelt worden. Erzähl mir nicht, dass der schüchterne Knabe, der mit einem Fünfjährigen nicht fertig wird, seit Neuestem an Wirtshausschlägereien teilnimmt!«

Diethard verdrehte die Augen. »Schon gut. Schreib deine Story. Dein Vater guckt derweil eine Serie.«

Danke, Diethard, dass du dem schlechten Gewissen wieder ein paar Brocken Frischfleisch hingeworfen hast.

Bella schnappte sich den Autoschlüssel und sprang in ihren Mini. Ihr Handy klingelte. Hilde. Sie ignorierte das aufdringliche Gedudel. Diethard würde ihr schon Honig um den Mund schmieren. Solidarisch war er, selbst im genervten Zustand. Bella rammte den Rückwärtsgang in Position und setzte zurück. Wann war jemand im Dorf zuletzt krankenhausreif geschlagen worden? Noch nie, jedenfalls nicht, seit sie mit ihrer Familie in Silldorf wohnte, und das waren mehr als 20 Jahre. Irgendwas stimmte hier ganz und gar nicht. Sie konnte den schwefeligen Gestank eines gehässigen Geheimnisses förmlich riechen. Wie zäher Nebel glitt das Misstrauen durchs Dorf.

Schnee fiel, als sie auf die Autobahn abbog. Langsam ratterte ein Streuwagen die rechte Spur entlang. Bella blinkte und setzte zum Überholen an. Für Momente unsicher, als sie durch die verschneite linke Spur pflügte, übersah sie den Wagen, der mit hoher Geschwindigkeit von hinten auf sie zuraste.

»Idiot!«, murmelte sie zwischen zusammengebissenen Zähnen, während sie wieder nach rechts einscherte.

Sie schaltete das Radio ein. Bayern 3 warnte vor überfrierender Nässe und Schneeglätte auf den Straßen. Pah, jeden Winter dasselbe! Die Wetterwarnungen wurden immer alarmierender, als ob man bei Schneefall niemals selbst auf die Idee kam, dass es glatt werden könnte.

»Fahrt vorsichtig und kommt gut an«, flötete die Moderatorin.

Noch mal das Handy. Kurz nach vier. Hilde konnte sie mal. Hoffentlich stellte sich Diethard nicht total dämlich an, sobald er einen Filzelch oder ein Leinensäckchen verkaufen sollte. Wie oft habe ich mich eigentlich über den Freundschaftsdienst auf dem Weihnachtsmarkt geärgert?, fragte sich Bella. Wahrscheinlich die letzten drei Jahre. Seit Melanie ausgezogen ist. Mindestens. Nie habe ich es geschafft, Hilde abzusagen.

Wovor fürchte ich mich? Davor, gemobbt zu werden? Was soll schon passieren!

Leider schleifte sich dieses Verhaltensmuster ziemlich ein: Bella neigte zu Scharfzüngigkeit, wenn sie Situationen analysierte, kriegte es aber nicht hin, gegenüber anderen für sich selbst mit der gleichen Radikalität einzutreten.

Bella bog am Bamberger Kreuz Richtung Nürnberg ab. Hier herrschte wie immer am Sonntagnachmittag dichter Verkehr, Pendler kehrten an ihre Arbeitsplätze zurück, Wochenendreisende fuhren nach Hause. *Vorsicht vor Schneeglätte vor allem in Oberfranken*, kam es aus dem Radio. *Die Temperaturen fallen heute noch unter den Gefrierpunkt, bei andauernden Niederschlägen ist mit Verkehrsbehinderungen zu rechnen.*

Meine lieben Radioleute, die Temperaturen lagen den ganzen Tag unter null, dachte Bella grantig. Beim Sender in München legten sie für ihre Wetterwarnungen anscheinend die Werte aus Oberbayern zugrunde.

War doch schon immer so, warum rege ich mich auf?

Endlich wurde Musik gesendet. Amy Winehouse. *Like Smoke*. Das passte, fand Bella. Die Dinge lagen verschwommen vor ihr, umhüllt von Schlieren aus Nichtwissen, Chaos und Lügen.

Sie war gut darin, das nervige Gedankenknäuel fürs Erste zurückzudrängen und sich auf das zu konzentrieren, was im Augenblick anstand. Zufrieden, die volle Autobahn verlassen zu können, nahm Bella die Ausfahrt Bamberg-Süd und steuerte zum Klinikum. Sie sah es von Weitem vor dem schwarzen Himmel, einen Block aus grell erleuchteten Fenstern mit blinkenden roten Lichtern auf dem Dach.

Auf dem Berliner Ring kam der Verkehr nur langsam voran, ein Wagen war liegen geblieben, der ADAC bereits vor Ort. Endlich bog Bella zum Klinikum ab und stellte den Mini auf einen Kurzzeitparkplatz direkt am Eingang.

»Ich möchte Peter Kessler besuchen«, meldete sie sich am Empfang und erhielt einen Zettel mit Angabe des Stockwerks und der Zimmernummer.

Als sie aus dem Lift trat, begann ihr Herz zu poltern.

Lass dass, Herzchen!

Wenn das nicht aufhörte, musste sie irgendwann einen Kardiologen aufsuchen. Vielleicht sogar bald.

Wäre ja ein Witz, wenn ich gleich im Krankenhaus umkippen würde!

Sie lehnte sich gegen die Wand. Atmete langsam. Niemand nahm Notiz von ihr. Besucher eilten über den Gang. Jemand pinnte ein Plakat, das für ein Adventskonzert in der Klinikkapelle warb, ans Schwarze Brett.

Bella musste aufstoßen, Punschgeschmack kam hoch. Angewidert verzog sie das Gesicht. Ihr Herz stolperte noch zwei, drei Mal, dann schien es sich zu beruhigen. Sie ging den Korridor entlang, verglich die Nummern an den Türen mit der auf ihrem Zettel, und wartete ab, ob ihr Herzschlag noch einmal aufbrauste. Nichts. In schönstem Gleichmaß schlug das Herz, wie es sollte. Na also, geht doch, dachte sie erleichtert und schob sich ein Mentos in den Mund. Ihr Körper war bislang immer eine robuste Maschine gewesen, auf deren Wohlverhalten sie sich hundertprozentig verlassen konnte.

Sie klopfte. Trat ein.

Ein Zweibettzimmer. Ein Bett war leer. Im anderen lag ein schmächtiger Mann. Bella konnte sich nicht verkneifen, in ihm den Jugendlichen zu sehen, den sie von früher kannte. Wenngleich seine Nase auf die doppelte Größe angeschwollen war und ein Veilchen sein rechtes Auge zierte.

»Hallo, Peter!«

»Bella?«, kam es verdutzt zurück.

»Wie geht es dir?«

»Was machst du hier?«

»Dich besuchen.«

»Aber woher weißt du ...«

»Sabine hat es mir erzählt.«

»Sabine?« Verdattert starrte Peter sie an.

»Sollte sie das nicht?« Bella zog sich einen Stuhl heran. Schweiß trat auf ihre Stirn. Sie knöpfte den Anorak auf. »Sie war vorhin mit Marlon auf dem Weihnachtsmarkt. Sagte, du wärest zusammengeschlagen worden.«

Peter, der die Decke bis zum Kinn hochgezogen hatte, wandte den Blick ab. »War mein Fehler.«

»Dein Fehler? Dass jemand dich krankenhausreif prügelt?« Sie verkniff sich ein: denk mal nach!

»Ich will nicht, dass du diese Sache für die Zeitung ausschlachtest. Dann kriege ich nur noch mehr Ärger.«

»Erzähl von Anfang an.«

Umständlich stellte Peter die Rückenlehne seines Bettes ein wenig höher und rückte sich stöhnend in den Kissen zurecht. Er hatte Schmerzen. Wich ihr aus. Starrte lieber zum Fenster, in dem sich das grelle Licht der Deckenlampe und die beiden Betten spiegelten. Auf seiner Stirn stand Schweiß.

»Musst du lange hier bleiben?«, fragte Bella, als Peters Schweigen andauerte. »Deine Nase sieht schlimm aus.«

»Gebrochen.«

»Hast du die Polizei eingeschaltet?«

»O Gott, nein!« Peter zuckte regelrecht zusammen. »Bloß nicht.«

»Du kennst den Schläger doch.«

»Woher weißt du das?« Er klang alarmiert, geradezu panisch.

»Peter, hör mal: Du bist nicht der Typ, der zufällig in eine Keilerei gerät. Das sagt mir, dass du deinen Angreifer kennen musst. Dass es zum Streit kam, ein Wort das andere ergab.«

Ihr Handy gab Laut. Sie stellte es auf leise.

»Wenn ich nicht ganz neben mir stehe«, fuhr sie fort, »hat deine gebrochene Nase mit Mariellas Tod zu tun.«

Es konnte nicht Dario gewesen sein. Dass der feingliedrige Mann einem anderen die Faust ins Gesicht stieß, erschien Bella vollkommen abwegig.

»Dario war es nicht, oder?«

»Natürlich nicht.« Peter rang mit sich.

»Es war jemand aus dem Dorf. Stimmt's?«

»Das darf nicht in der Zeitung stehen, Bella. Weißt du, warum? Weil die aus der Siedlung dann sagen, seht ihr, die Dörfler prügeln. Das sind aggressive Typen. Solche fahren auch Mädchen tot.«

»Himmel noch mal, ist es nicht vollkommen gleichgültig, was irgendwer über irgendwen sagt? Jemand hat dich angegriffen, verdammt noch mal. Willst du behaupten, das ist ein normaler Vorgang? So wie man sich einen guten Morgen wünscht, knallt man auch mal einem anderen die Faust in die Visage?«

Er stöhnte.

»Hast du dich gewehrt, Peter?«

»Ich war viel zu überrascht. Dabei hätte ich es wissen können.«

»Was hättest du wissen können? Herrgott, lass dir doch nicht alles aus der Nase ziehen.« Ungeduld funktionierte. Vor allem bei Typen wie Peter Kessler, die rasch einknickten.

»Er ist ein brutaler Typ. Der setzt sich durch. Bei allem. Bei Hilde. Sogar bei ihr.«

Bella runzelte die Stirn. Einer im Dorf, der selbst der resoluten Hilde Kaminsky Paroli bot? »Meinst du Weißgerber?«

»Genau den. Ferdinand Weißgerber. Der ist einfach irre. Total irre!« Jetzt, da der Name im Raum stand, hielt Peter nichts mehr. »Der hat mich angeschnauzt, und mit einem Mal, mir nichts, dir nichts, hatte ich seine Faust im Gesicht. Ich habe das Knacken gehört, als der Knochen brach. Habe nichts mehr gesehen, alles wurde schwarz, ich fiel hin, da trat er mich. Hier, gegen die Rippen.« Er zeigte auf seine Bettdecke. »So ein Volltrottel, ich habe versucht wegzukriechen, durch den Matsch, bin ausgerutscht, zum Glück habe ich es geschafft, irgendwie hochzukommen, da hat er noch mal zugelangt.«

»Wo war das?« Bella zückte ihren Block.

»Ich will nicht, dass das in der Zeitung steht, Bella.«

»Sag mir einfach, wo das war. Bei den Weißgerbers zu Hause?«

»Ja, vor ihrer Haustür. Ich bin mit dem Auto hin, wollte danach noch ins Büro. Ich muss so schnell wie möglich wieder in die Arbeit, ich bin allein mit allem, es sind Termine vereinbart …« Er brach ab. Seine Hände zitterten.

Bella hielt sich mit Mühe davon ab, ihm tröstend den Arm zu tätscheln.

»Warum bist du zu den Weißgerbers gefahren?«
»Ich weiß nicht.«
»Unfug. Natürlich weißt du das.«
»Kannst du mich nicht einfach in Ruhe lassen?«
»Willst du, dass er damit davonkommt?« Bella hatte keine Ahnung, ob Ferdinand Weißgerber schon einmal wegen Körperverletzung angezeigt worden war. Die Lebenserfahrung sagte ihr, dass die wenigsten Menschen nur einmal zuschlugen, während sie zuvor und danach die reinsten Lämmer waren.
»Wenn ich zur Polizei gehe, macht er mir das Leben zur Hölle.«
»Unsinn. Wenn er dich draußen angegriffen hat, kann das vielleicht jemand gesehen haben!«
Sie wusste selbst, dass es unwahrscheinlich war. Der Garten der Weißgerbers war so gut wie zugewachsen, und selbst kahl standen die Heckenbüsche dicht an dicht.
Peter stützte sich auf seinen Ellenbogen. Zum ersten Mal wandte er sich Bella zu.
»Das glaubst du doch selbst nicht. Dass jemand gegen Ferdinand Weißgerber was sagt. Bei uns im Dorf. Kein Einziger wird das tun.«
Bella klopfte mit dem Bleistift auf ihren Block. Was Peter da behauptete, war nicht leicht von der Hand zu weisen. Die Weißgerbers hatten Einfluss im Dorf. Waren graue Eminenzen, die an vielen Strippen zogen und sich zu Wortführern aufspielten, sobald ein Feind eingekreist oder eine Veränderung abgeschmettert werden sollte.
»Also soll er aus der Sache rauskommen? Einfach so? Bis er dem nächsten eine reinhaut?«
»Lass gut sein, Bella.«
»Verrate mir, warum du bei Weißgerber warst.«

Peter kaute an seiner Unterlippe.

»Wann bist du zu ihm?«

»Gestern. Gegen neun am Abend.« Tränen traten in seine Augen. »Ich war aufgewühlt. Der ganze Samstag schien so unwirklich ... Dario packte Mariellas Sachen zusammen. Morgen will er zurück. Er berichtete, dass Mariella mal vergewaltigt wurde. Das hat mich echt erschüttert. Sie war so ein nettes Mädchen. Richtig fröhlich. Hör zu, Bella: Wenn du das schreibst, dann werde ich meines Lebens nicht mehr froh. Obwohl ...« Er verlor den Faden. »Irgendwann muss es mal raus. Einmal, da ...«

»Was war da?«, half Bella nach.

»Marlon mag gern Honig. Das ist eigentlich das Einzige, was er morgens isst. Und mittags. Und abends. Honigbrot. Eines Morgens ging der Honig aus, Marlon machte ein wahnsinniges Theater. Sabine wurde mit ihm nicht fertig. Ich versuchte, ihr zu helfen, den Jungen zu beruhigen, doch er zog die ganz große Show ab. Weil Sonntag war, konnten wir nicht einkaufen, und ich schickte Mariella zu den Weißgerbers, Honig holen.« Finster starrte Peter vor sich hin. »Als sie zurückkam, war sie irgendwie anders. Ängstlich. Angespannt. Richtig nervös.« Er ließ sich in die Kissen zurücksinken. »Ich weiß, was du denkst: Dass wir Marlon nicht richtig im Griff haben.«

»Lass mal. Hier geht's nicht um Marlon. Also: Du hast Mariella zu den Weißgerbers geschickt. Als sie heimkam, war sie durch den Wind. So weit klar. Hast du sie gefragt, was los ist?«

»Sabine hat sie darauf angesprochen, aber Mariella machte dicht. Von einer Stunde auf die andere war sie nicht mehr die vergnügte Person, die wir bis dahin kannten.«

»Wann war das?«

»Vor gut drei Wochen.«

»Und als Dario die Sache mit der Vergewaltigung erzählte, ging dir durch den Kopf, dass Mariellas Stimmungsumschwung irgendwie damit zu erklären sei?«

»Ja, vielleicht.«

»Sie bekam Panikattacken.« Behutsam tastete Bella sich vor. »Die hatte sie ein paar Jahre zuvor überwunden, nun kehrten sie zurück. Weißgerber muss sie an den Lehrer erinnert haben, der sie damals vergewaltigt hat. Womöglich hat er sie auch angemacht. Du wolltest das nicht auf dir sitzen lassen. Wolltest Klarheit. Deshalb bist du hingefahren. Das hat ihn fuchsteufelswild gemacht. Habe ich recht?«

Peter nickte bedrückt. »Bella, ich kann nicht zur Polizei. Ich kann das nicht. Ich muss an Sabine und das Kind denken.«

Sabines Bemerkung über ihren Mann schoss Bella durch den Kopf. *Er will uns schützen. Marlon und mich.*

»Du willst mir doch nicht erzählen, dass Ferdinand Weißgerber deine Familie bedroht.«

Peter schloss die Augen. Bella fiel auf, wie blass er war. Ein Mann, der sich abrackerte, um allen gerecht zu werden. Dem Job. Der Frau. Dem Kind. Der nichts wirklich bewältigte, sondern immer nur das Schlimmste gerade noch abwendete. Einer, der sich vermutlich mit chemischen Helferchen am Funktionieren hielt.

»Weißgerber bedroht euch?«

»Wenn öffentlich wird, dass er mir die Naht verpasst hat, dann weiß ich nicht, was geschieht.«

Bella steckte den Block weg.

»Habt ihr deshalb einen Hund aus dem Tierheim geholt?«

Peter nickte. »Mariella hatte Angst. Tag und Nacht Angst. Sabine ließ sich anstecken. Bei ihr war das freilich keine Panikattacke, sie war einfach besorgt. Aber Mariella drehte durch.«

»Seid ihr zum Arzt mit ihr?«

»Nein. Sie wollte nicht. Und ich konnte sie nicht zum Reden bringen. Sabine auch nicht.«

»Ihr wart verunsichert. Das ist mehr als verständlich.«

»Als Lüneburg im Haus war, wurde es besser.«

»Mariella muss sich irgendwo Tabletten besorgt haben. Die Wirkstoffe waren ja in der Unfallnacht definitiv in ihrem Blut. Der Hund allein brachte nicht die Wendung, Peter. Dass ihre Ängste abflauten, lag wohl eher an Medikamenten.«

Peter schwieg.

»Sie muss von sich aus zum Arzt gegangen sein.«

»Ich bin im Prinzip nur nachts zu Hause, Bella. Ich weiß nicht, was sonst so läuft.« Er blinzelte erschöpft. »Von mir aus, schreib was. Vielleicht bringt das Licht ins Dunkel. Aber denk daran, wir müssen überleben. Besser, ich schicke Sabine und Marlon zu ihren Eltern. Dann sind sie aus der Schusslinie.« Er tastete nach seinem Handy, das auf dem Nachtkästchen lag.

Bella stand auf. »Dario ist noch in Silldorf? Übernachtet er bei euch?«

»Ja, in Mariellas Zimmer.«

»Weiß Sabine, dass Weißgerber dich krankenhausreif geprügelt hat?«

»Nein, ich hab behauptet, dass ich eine Auseinandersetzung im Büro hatte.«

Selbst ein naives Persönchen wie Sabine wird das bestimmt nicht glauben.

»Danke für deine Offenheit, Peter.«

Bella nickte ihm zu, als sie das Zimmer verließ. Auf dem Gang rief sie Dario an.

27

Bella blieb unter dem Vordach des Klinikeingangs stehen und zündete sich eine Zigarette an. Ein eisiger Wind fegte um das Gebäude. Außer ihr stand nur eine Frau da, dicht an die Fenster der Cafeteria gedrückt, und rauchte ebenfalls.

Ferdinand Weißgerber. Sie musste mit ihm reden, brauchte jedoch eine kluge Strategie. Ihn einfach auf die Prügelei anzusprechen, ließe ihn dichtmachen. Am besten, sie fuhr bei der Familie vorbei und kaufte ein paar Gläser Honig. Hatte Weißgerber Mariella totgefahren? Mit Absicht? Wie hatte er es geschafft, das Mädchen mitten auf der »Narbe« zu erwischen? Aufgrund der Umstände sah die Tat zu sehr nach Zufall aus. Und was sollte er überhaupt für ein Motiv haben?

Bella machte sich auf den Weg zu ihrem Auto. Der Blick der fremden Frau klebte in ihrem Rücken. Sie unterdrückte den Impuls, sich umzudrehen.

Es war kurz nach 18 Uhr, als sie den Wagen startete, und außer ausgelassen tanzender Schneeflocken, die ihre Scheibenwischer mit Mühe und Not beiseiteschafften, bevor sich eine neue Schicht auf das Glas legte, wirbelte eine Menge chaotischer Gedanken durch die Dunkelheit dieses Adventsabends.

Wir wiederholen eine Warnung des Deutschen Wetterdienstes: In Oberfranken wird örtlich extreme Straßenglätte gemeldet. Bitte fahrt vorsichtig, es haben sich bereits etliche Unfälle ereignet.

»Idioten.« Bella hasste es, von einem Radiosprecher

geduzt zu werden. Sie fuhr auf die Autobahn in der Hoffnung, dass dort am schnellsten gestreut würde. Beide Spuren waren nun weiß, es wagten sich tatsächlich wenige Autos hinaus. Als sie bei Silldorf ausfuhr und über den Main ins Dorf steuerte, fiel ihr der Blogger ein. Sie sollte nachsehen, ob er bereits etwas Neues zum Fall Mariella ins Netz gestellt hatte. Womöglich sprang er aber auch der Aktualität wegen auf das Wetterthema. Oder der Mistkerl wartete auf ihren neuen Artikel, um sich daran bedienen zu können.

Als sie an der nächsten Kreuzung abbog, geriet sie ins Rutschen. Zum Glück fing sich der Wagen sofort. In Silldorf selbst war noch kein Räumdienst unterwegs gewesen, und die Straße war bereits ein paar Zentimeter mit Schnee bedeckt. Bella fuhr an ihrem Haus vorbei. Überall Festbeleuchtung. Es erinnerte sie an die Zeit, als Melanie noch zu Hause gewohnt hatte und aus Gedankenlosigkeit in jedem Zimmer das Licht brennen ließ. Bella musste lächeln. Damals war sie oft gereizt gewesen. Nun schien es ihr, als sei diese Zeit wie im Flug vergangen und wäre sogar im Großen und Ganzen recht beschaulich gewesen.

Langsam rollte sie auf den Parkplatz beim »Dorfkrug«. Fünf Laster standen da. Zwei mit ausländischen Kennzeichen. Etwas weiter Richtung Biergarten parkten Doros roter Peugeot und der Mustang des Kochs. Bella stellte den Motor ab. Die plötzliche Stille kam ihr gespenstisch vor. Sie zündete sich eine Zigarette an und stieg aus. Der Schnee legte sich ihr auf Haar und Schultern. Sie zog die Kapuze über den Kopf. In einem der Lkws saß ein Mann am Steuer und telefonierte. Das Kabinenlicht war eingeschaltet. Der Mann gestikulierte, lachte, schlug sich an die Stirn. Lebhaftes Gespräch, dachte Bella, während sie

tief den Rauch inhalierte und spürte, wie das Nikotin ihr den Kopf frei machte.
Die Raucherei ist schlecht fürs Herz.
Rings um den »Dorfkrug« brannten in den Schnee gesteckte Fackeln. Auch sonst hatte Percy fantasievoll dekoriert, hatte die große Fichte im Garten als Weihnachtsbaum ausstaffiert, und die Fenster im Erdgeschoss zierten Vintage-Lampen, die an alte Gaslaternen erinnerten. Sämtliche Büsche und Bäume rund um den Gasthof waren mit Lichtschläuchen umwickelt, sie versahen den weißen Schnee mit romantisch-bunten Tüpfelchen. Eine Art Kopenhagener Tivoli in der fränkischen Provinz, fand Bella. An der Eingangstür hing ein handgeschriebenes Plakat:
»Großes Adventsmenü, jeden Sonntagmittag. Mit Fleisch vom Steigerwald-Metzger unseres Vertrauens und Klößen nach Manfreds Art.«
Vielleicht eine Idee fürs nächste Wochenende, überlegte Bella. Ihrem Vater würde ein Mittagessen auswärts sicher Spaß machen. Es hatte eine Zeit gegeben in ihrer Kindheit, da waren sie Sonntag für Sonntag ins Restaurant gegangen. Um der Mutter Arbeit abzunehmen. Rolf hatte diese Ausflüge gehasst. Er wäre lieber mit seinen Freunden zum Fußball. Josefs Ansage, der Sonntag gehöre der Familie, tönte heute noch in Bellas Ohr.
Sie nahm einen letzten Zug und drückte die Kippe im Aschenbecher neben der Tür aus.
In der Gaststube roch es nach Fichtennadeln. Ein gewaltiger Adventskranz baumelte von der Decke. Globalisierte Weihnachtslieder perlten aus der Musikanlage. *Let it snow.* Na super, dachte Bella. Als wenn wir nicht schon genug Schnee hätten da draußen. Sie entdeckte Dario sofort: Er saß allein an einem Tisch und trank ein

Hefeweizen. Sein Essen schien er gerade beendet zu haben, denn Doro räumte eben das Geschirr ab. Sie trug einen Jeansminirock zu schwarzen Overknee-Stiefeln und einen engen Rolli. Das dunkle Haar hatte sie mit Glanzspray verstrubbelt. Mit herablassender Miene schritt sie an Bella vorbei.

»Hallo«, sagte Bella.

»Ach, hi!«, grüßte Doro zurück. Abschätzig warf sie einen Blick auf Bellas Anorak und die derben Stiefel.

Vergiss es. Ich habe vor Jahren aufgehört, mir aus der Verachtung junger Frauen einen Strick zu drehen.

Percy zapfte Bier, winkte ihr lächelnd zu. Vier Männer, wahrscheinlich die Trucker, saßen an einem Tisch am Fenster und spielten Karten. Sie trat zu Mariellas Bruder an den Tisch.

»Buona sera«, begrüßte Dario Bella. »Schön, Sie noch einmal zu sehen, bevor ich abfahre.«

»Wie geht es Ihnen?«

Er wiegte den Kopf. »Ehrlich gesagt wäre ich am liebsten heute gleich abgereist. Aber bei diesem Wetter ... Außerdem wird Mariella morgen überführt. Ich begleite den Leichenwagen.«

Bella musste schlucken. Signalisierte Percy, dass sie ein Bier wollte.

»Es tut mir wirklich sehr leid.«

»Danke.« Er trank sein Glas leer und machte dem Wirt ebenfalls ein Zeichen. »Das Bier ist gut bei euch.«

Bella lächelte. »Finde ich auch.«

»Dies alles«, Dario wies auf den Gastraum, »kommt mir total unwirklich vor. Wie ein Film, in dem ich zufällig mitspiele. Ein französischer Film.«

»Ich habe eine Frage, Dario«, begann Bella, nachdem

Percy zwei Weizen gebracht hatte. »Haben Sie in Mariellas Sachen eine Arztrechnung gefunden oder irgendetwas anderes, was auf einen Arztbesuch hinweist? Ein Rezept? Oder auch nur die Quittung einer Apotheke?«

Er schüttelte den Kopf. »Sie meinen, wegen der Medikamente?«

»Ja. Irgendwie müssen die Wirkstoffe, die man beim Screening festgestellt hat, in ihr Blut gekommen sein. Woher hatte sie das Zeug?«

»Das weiß ich nicht. Ich habe keine Arzneien gefunden, so sehr ich auch gesucht habe. Weder in ihrem Zimmer noch in ihren Kleidungsstücken.«

»Hat man Ihnen Mariellas Handy gegeben?«

Er zog ein Smartphone aus der Tasche. »Das ist es. Ich habe es von hinten bis vorn durchforstet. Es ist nichts Besonderes drauf. Chats mit ein paar Freundinnen zu Hause, mit unserer Mutter. In ihren Kalender hat sie gar nichts eingetragen, seit sie in Deutschland ankam.«

»Besuchte Webseiten, Mails?«

»Sie hat ihren Mailaccount überhaupt nicht benutzt. Mittlerweile erledigen die meisten ihre Korrespondenz nur noch mit Messenger. Und der Browser war leer. Ihr Facebook-Account ebenfalls nichtssagend. Ein paar Fotos, Kommentare von Freundinnen.«

Bella trommelte auf die Tischplatte. Wenn Mariella clever war und heikle Websites besucht hatte, mochte sie die Chronik gelöscht haben; manche taten das auch nur aus dem Bedürfnis nach Privatheit heraus. Percy und Doro hantierten hinter der Theke. Ab und zu warf Percy einen Blick auf sie und Dario. Die Männer am Fenster bestellten Nachschub. Der Fahrer, der draußen im Lkw telefoniert hatte, kam herein und ließ sich an der Theke nieder.

»Morgen erscheint mein Artikel über Mariella. Über die Vergewaltigung und die Angstzustände.«

Dario lehnte sich zurück. »Hoffen Sie, dass deshalb Leute sich melden, die etwas wissen? Was am Mittwochabend war?«

»Ich nehme an, dass zumindest einige in Unruhe versetzt werden.« Sie dachte an Peter in seinem Krankenhausbett. »Peter Kessler ist zusammengeschlagen worden.«

»Was?« Dario starrte Bella verdutzt an.

»Er liegt im Krankenhaus. Wussten Sie das nicht?« Blöde Frage, es ist offensichtlich, dass er keinen Schimmer hat, dachte sie.

»Seine Frau sagte, er müsste auswärts arbeiten, sie hätte ihn zum Bahnhof gebracht.«

»Was ist da los bei den Kesslers?«

Dario hob die Schultern. »Sie kommen nicht zurecht. Nicht mit dem Kind und nicht miteinander. Beide sind nicht sehr widerstandsfähig.«

Bella versuchte, sich den stämmigen, kraftstrotzenden Ferdinand Weißgerber, der körperliche Arbeit an der frischen Luft sein Hobby nannte, neben Peter, der blassen Bohnenstange, vorzustellen. Weißgerber war älter, aber das tat nichts zur Sache.

»Kriselt ihre Ehe?«, fragte sie.

»Die meisten Ehen kriseln heutzutage. Die Scheidungsrate ist hoch. In Italien wie in Deutschland, vermute ich.«

»Wie, meinen Sie, ist Mariella in dieser Atmosphäre zurechtgekommen?«

»Mein Eindruck ist, dass sie gut klarkam. Dass sie eine Art Anker war, an dem sich die Familie festhielt. Weil sie anwesend war und dringend gebraucht wurde, konnte das Ehepaar sich nicht allzu offensichtlich zerfleischen. Ohne

Mariella wurden die Eltern mit dem Jungen nicht fertig. Das hat die Dynamik in der Familie verändert, nehme ich an.« Dario rückte an seiner Brille.
Glänzende Analyse.
»Das gilt für Mariella in ihrem gesunden Zustand«, sagte Bella vorsichtig. »Aber dann ging es ihr schlecht. Dadurch hat sich das familiäre Klima unter Umständen verändert.«
»Es kam Stress hinzu.«
»Für alle Beteiligten. Und wie begegnet man Stress? In so einer Familie, wo wegen eines pädagogikresistenten Fünfjährigen keinerlei Freiraum bleibt?«
»Man unterdrückt den Stress«, schlug Dario vor. »Fragen Sie mich nicht, wie man das tut. Es läuft wohl auf Medikamente hinaus.«
Bella schlug mit der flachen Hand auf die Tischplatte. Das musste es sein. Mariellas Tod stand nicht komplett losgelöst neben dem Alltag der Kesslers.
Es blieb die Frage, wo sich die Kesslers versorgt und ob sie das unabhängig von Mariella getan hatten. Die Vorstellung, Peter kaufte in der Apotheke eine Familienpackung bunter Dragees, verlangte Bella einiges an Fantasie ab.
Oder eben nicht in der Apotheke.
Dario nickte ihr zu. Das erste Mal, seit sie ihn kannte, spielte ein zartes Lächeln um seine Lippen. »Die Situation macht es wahrscheinlich, dass die Kesslers sich nicht offiziell mit Medikamenten eingedeckt haben, nicht wahr?«
Doro spazierte an ihrem Tisch vorbei und verschwand im Gang zu den WCs. Bella kaute an ihrer Unterlippe.
»Das vermute ich. Sagen Sie, haben die Kesslers Ihnen gegenüber einmal den Namen Ferdinand Weißgerber erwähnt?«
Dario runzelte die Stirn.

»Nein. Das sagt mir nichts.«
»Entschuldigen Sie mich einen Moment.«
Bella stand auf und ging zur Toilette.

28

Der Gang führte um eine Ecke, an den WCs vorbei. Am hinteren Ende stand eine Tür angelehnt. Eisige Luft strömte herein.

Bella stieß die Tür ganz auf. Direkt vor ihr lag der verschneite Biergarten. Zwischen den mit Lichtschläuchen dekorierten Büschen führten Fußstapfen Richtung Gewächshäuser. Schneeflocken segelten aus dem dunklen Himmel. Bella folgte den Spuren. Ihr Anorak hing über der Stuhllehne im Gastraum, Pech. Der kalte Wind fuhr ihr unter den Pullover. Wenigstens hatte sie ihren Schal um.

Am anderen Ende des Gebäudes sah sie eine offene Tür. In dem hellen Viereck zeichnete sich die 1,90 Meter große Silhouette von Manfred ab. Der Koch schien eine Rauchpause einzulegen. Ab und zu zuckte ein roter Punkt auf. Bella blieb stehen.

Was mache ich hier? Eine Erkältung kann ich wirklich nicht gebrauchen.

Schließlich flog das Glutpünktchen in hohem Bogen durch die Luft und verlosch. Die Küchentür wurde geschlossen.

Langsam gewöhnten Bellas Augen sich an die Dunkelheit. Sie suchte Schutz hinter dem dicken Stamm einer Kastanie und blickte sich um. Die Gewächshäuser lagen verschneit im diffusen Schein der Weihnachtsbeleuchtung. Sie wirkten wie Schneezelte aus einer geheimnisvollen nordischen Saga. Aus der Wirtsstube leuchtete es heimelig in die feuchte Kälte hinaus. Die Trucker saßen noch am Tisch und spielten Karten, Dario tippte auf seinem Smartphone herum. Percy war nirgends zu sehen.

Bella zog ihr Handy hervor und leuchtete vor sich in den Schnee. Eindeutig die Spuren schmaler Füße. Doro in ihren Overknees.

An der hinteren Ecke des »Dorfkrugs«, auf halbem Weg zu den Gewächshäusern, lag eine Scheune. Im Sommer hatte sie meist offen gestanden, erinnerte Bella sich. Sie enthielt allerhand Gartengeräte, außerdem nutzte Percy sie als Garage. Wenn Bella genau hinschaute, konnte sie Licht unter dem Tor hervorsickern sehen. Wachsam ging sie darauf zu. Unversehens wurde das Scheunentor von innen aufgestoßen. Es kreischte in den Angeln. Jemand schlüpfte hinein.

Doro?

Das ist nicht Doro, nie im Leben, das ist ein Mann, breite Schultern, sehr kräftige Figur.

Entschlossen stapfte Bella durch den Schnee auf die Scheune zu. Sie drückte sich seitlich an den Stamm eines Baumes. Die feuchte Rinde schickte Eiseskälte in ihren Rücken.

Nicht drauf achten.

Sie hörte Stimmen. Leise. Menschen, die darauf bedacht waren, nicht belauscht zu werden. Jäh stieß jemand das Tor von innen geräuschvoll auf.

Bella wich in die Schatten zurück.

»Nächste Mal?«, fragte ein Mann mit starkem Akzent.

»Percy weiß Bescheid«, tönte Doros Stimme heraus. »Ich muss dann arbeiten, aber er ist hier.«

»Okay.«

Bella wagte kaum zu atmen. Presste sich gegen den Baum in der Hoffnung, auf diese Weise unsichtbar zu werden.

Was, wenn der Typ mich sieht?

Er sah sie nicht, sondern stapfte in die andere Richtung davon zum Parkplatz.

Der Trucker, der an der Theke gesessen hatte!

Plötzlich zog sich Bellas Magen mit lautem Knurren zusammen. Sie hielt den Atem an. In der Garage ging das Licht aus. Kurz darauf glitt Doro heraus. In ihren Overknees stolzierte sie so nah an Bella vorbei, dass diese kaum glauben konnte, dass sie unbemerkt blieb. Doro zündete sich im Gehen eine Zigarette an.

Bella wartete ab, bis sie fast die Hintertür bei den Toiletten erreicht hatte, dann bog sie eilig um die andere Ecke. Auf dem Parkplatz stieg der Trucker in einen Sattelschlepper. Laut schlug er die Tür zu. Bella ging auf ihn zu.

»He«, rief sie.

Er starrte zu ihr heraus. Sie sah sein Gesicht im Kabinenlicht. Er war nicht mehr jung, vielleicht 60, hatte schütteres graues Haar und einen Dreitagebart.

»Entschuldigung, haben Sie vielleicht …« Bella machte eine Bewegung, als könne die ganze Welt in diese Frage eingeschlossen sein.

Er ließ das Fenster herunter. »Was!«, knurrte er.

»Ich brauche etwas. Angstzustände. Panik. Sie verstehen?«

Er fixierte sie lauernd.

Sie umschlang den Oberkörper mit den Armen. Mittlerweile war sie völlig durchgefroren, es fiel ihr nicht schwer, ein Bild des Jammers abzugeben.

»Sie haben doch Tabletten, oder? Was kosten die?«

»Heute nicht Tabletten.«

Er warf einen Blick auf das Armaturenbrett.

»Wann?«

Der Mann zuckte die Achseln. »Mittwoch.«

»Wie viel?«

Er hob die Hand. Zeigte drei Finger.

»300 Euro?« Bella starrte auf die Hand, die sich ihr entgegenstreckte. Auffordernd und auch irgendwie verächtlich, als sähe er ihr an, dass sie nur einen Versuchsballon startete.

Als sie sich nicht rührte, ließ der Trucker den Motor an. Das Fahrzeug vibrierte. Er fuhr das Fenster hoch.

»Okay, 300 Euro«, rief Bella ihm zu. Rasch wich sie aus, als der Lkw zu rollen begann. Der Mann würdigte sie keines Blickes. Während er vom Parkplatz fuhr, fiel Bellas Blick auf das Heck. Dort prangte ein Aufkleber. »Nehat gets your stuff done.«

Nehat also.

Sie machte, dass sie zurück in die Gaststube kam.

29

Zermürbt, durchgefroren und hungrig kam Bella zu Hause an. Sie konnte kaum glauben, was sie eben getan hatte: Sie hatte illegale Tabletten gegen Angstzustände bei einem albanischen Trucker bestellt.

Verdammt. Vielleicht hätte sie ihm lieber Mariellas Foto zeigen und ihn fragen sollen, ob er sie kannte. Aber dann wäre er womöglich misstrauisch geworden. Und Doro? Steckte die mit drin? Als Schnittstelle oder als Konsumentin? Jedenfalls würde Bella ihr auf den Zahn fühlen müssen. Das fehlte noch, dass sie sich von schlanken Beinen in Oberknees einschüchtern ließ! Und dann noch der Abschied von Dario – der Mann hatte so niedergeschlagen gewirkt, dass sie das unmittelbare Bedürfnis verspürt hatte, ihn zu trösten. Nur dass es keinen Trost gab.

Sie parkte den Mini hinter Rolfs Leihwagen. Beim Gedanken an die drei Männer im Haus mit ihrem Missmut, ihren Ansprüchen und ihren unerfüllten Erwartungen sehnte sie sich danach, einen Ort für sich zu haben. Ein Apartment in der Stadt, weit weg von den dörflichen Untiefen. Wo sie sich von jedwedem vermeintlich freiwilligen Engagement fernhalten konnte. So wie Melanie das üblicherweise tat.

Du lieber Himmel, Melanie. Die habe ich auch noch zu betreuen.

»Ach, Bella, endlich! Wir haben die Kacke am Dampfen«, begrüßte Diethard sie.

»Geht es um Josef?« Bella war zu erschöpft, um alarmiert

zu sein. Sie sehnte sich nach einem zweiten Bier und einem richtig leckeren Sandwich. Nach irgendwas mit Knoblauch und Senf. Gern auch noch mit Ketchup.

»Nein. Mit ihm ist alles okay. Es geht um Hilde. Sie ist fuchsteufelswild.«

»Sag mir nicht, du hast beim Lavendelsäckchenhandel versagt.«

Diethard tippte sich an die Stirn. Die steile Falte auf seiner Stirn verriet, dass er nicht zu Scherzen aufgelegt war. »Sei nicht albern. So schwer ist das ja nicht. Aber die Kasse stimmte nicht. Hat Hilde dich nicht angerufen?«

Es polterte auf der Treppe.

»Hi, Mama!«, rief Melanie.

»Hallo, mein Schatz.« Bella knetete ihre kalten Finger. »Hilde hat es versucht, dummerweise konnte ich nicht ans Handy.«

Diethard blickte sie argwöhnisch an. »Wo warst du eigentlich so lange?«

Bella kickte die Stiefel weg und hängte den Anorak auf. »Gibt's was zu essen?«

»Rolf hat die Tiefkühltruhe inspiziert und uns allen Pizza warm gemacht. Stimmt's, Melanie?«

»Müßig zu fragen, ob noch was übrig ist.«

»Wussten wir, wann du kommst?« Diethard blinzelte selbstzufrieden, als habe er soeben ein unbestechliches Argument vom Stapel gelassen.

»Ganz recht, ich denke beim Kochen auch nie daran, wann einer von euch heimkommt und brutzele nur für mich«, schnauzte Bella ihn an.

»O Mann, ganz die reine feministische Lehre.«

»Also gibt es nichts zu essen? Habt ihr die ganze Truhe geräubert? Oder ist vielleicht noch irgendwo ein Kanten

Brot zum Aufbacken da?« Ihr Herz stolperte. Stocksteif blieb sie stehen.

Dieses Theater brauche ich jetzt nicht. Reiß dich zusammen, Herz!

»Keine Ahnung, Bella. Jedenfalls hast du versäumt, vor dem ersten Verkauf Kassensturz zu machen. Jetzt stimmt der Endbetrag hinten und vorne nicht. Hilde ist kurz vor dem Amoklauf.«

»Mama«, schaltete Melanie sich ein, die dem Schlagabtausch ihrer Eltern ungerührt zugehört hatte. »Hast du meine Nachricht nicht bekommen? Ich brauche das Passwort zu deinem PC.«

»Mein Rechner ist mein Arbeitsgerät. Kein Spielzeug.«

»Aber ...« Melanie starrte ihre Mutter entnervt an. »Ich wollte nur ... Papas Laptop ist so langsam.«

»Du hast eine Menge Wünsche. Genau wie dein Vater und dein Onkel. Ich darf das alles möglich machen, was ihr gern möchtet und wollt und braucht. Die Gegenleistung besteht in einem leeren Tiefkühlschrank.« Bella hörte selbst, wie schrill ihre Stimme klang. Später würde ihr leidtun, was sie gesagt hatte. Man sollte sich nicht auf einen Streit einlassen, wenn man hungrig war.

Tief durchatmend schob sie sich an Mann und Tochter vorbei zur Kellertür. Sie brauchte jetzt sofort etwas zu essen. Unbedingt etwas mit Knoblauch. Alles andere konnte warten. Selbst Hilde, und wenn sie vor Wut nur so schäumte. Bella hastete in den Keller. Das Licht auf der Treppe war eine üble Funzel. Bessere Lampe besorgen, notierte sie im Geist, während sie den Tiefkühler aufriss. Eine ihr unbekannte Göttin der Hausfrauen war ihr wohlgesonnen. Sie fand zwei Packungen Knoblauchbaguette und nahm die Tüten mit nach oben.

»Wie geht es Papa?«, fragte sie Diethard, der eben eine Weinflasche entkorkte und Melanie ein dickbauchiges Glas reichte.

»Rolf hat mit ihm Schach gespielt. Irgendwie ist das eskaliert.«

Bella dachte an die Tabletten, die sie bei Nehat in Auftrag gegeben hatte. So wie es aussah, konnte sie die wirklich gut gebrauchen. Unkonzentriert suchte sie nach einer Schere.

»Eskaliert? Was soll das denn heißen?« Sie stemmte die Hände in die Hüften.

»Was weiß ich. Sie kommen nicht miteinander aus. Solche Dinge bessern sich nie. Rolf hatte einen im Kahn. Josef hat sich zurückgezogen.«

»In mein Zimmer«, ließ sich Melanie vernehmen.

Diethard goss seiner Tochter Rotwein ein. »Du auch, Bella?«

»Später gern. Ich möchte erst was essen.« Sie ignorierte den Stapel leerer Pizzakartons und die Krümel auf der Arbeitsplatte und am Boden rundum. Mit wenigen Griffen packte sie das Baguette in den Ofen.

Melanie stieß mit Diethard an. Leise klirrten die Gläser. Die beiden lächelten einander zu.

Papas Augenstern. Und es nervt mich. Das alte Muster. Das ändert sich nie.

Die Tür ging auf. »Salve, Schwester, gibt's ein paar nächtliche Happen für Hungrige?«, meldete Rolf, angezogen von dem würzigen Geruch, Ansprüche an.

Wenn sie sich nicht täuschte, hatte er eine Fahne.

»Vergiss es, ihr hattet schon Pizza.« Warum turnten plötzlich alle um den Tisch herum, wenn sie in aller Ruhe ihr Knoblauchbrot essen wollte?

»Hast du vor, die Baguettes allein zu vertilgen?« Gespielt

neidisch zeigte Rolf auf den Herd. »Kein Wunder, dass du zulegst, Bella!«

Sie hatte eine saftige Retourkutsche parat, verkniff sie sich jedoch in letzter Sekunde.

»Diethard sagt, dein Schachspiel mit Papa ist eskaliert. Was war los?«

»Sag mal, überwacht ihr mich hier?« Er plusterte sich auf wie ein Gockel.

Diethard berührte Melanie sanft am Arm. »Ich glaube, wir ziehen uns mal auf neutralen Boden zurück, was meinst du?«

»Auf alle Fälle.«

»Hej, das sieht nach Evakuierung aus«, grinste Rolf. »Nervt Muttern?«

Diethard knuffte ihn in die Seite. »Hüte deine freche Zunge.«

»Verbündet euch nur alle!«, schnaubte Bella.

»Mensch, Mama, kannst du nicht einmal cool bleiben?« Melanie verdrehte die Augen. »Ich haue besser wieder ab.«

»Was mich zu der Frage bringt, wie lange du eigentlich bleiben willst. Gilt auch für dich, Rolf.«

»Muss ich das jetzt schon wissen?« Melanie machte Kulleraugen.

»Bella, lass gut sein, ja? Melanie ist hier immer noch zu Hause.« Diethard legte seiner Tochter den Arm um die Schultern und führte sie hinaus, die Weinflasche in der anderen Hand.

Bella griff sich an die Stirn. Sie schloss kurz die Augen. Ihr Magen zog sich zusammen. »Was ich damit sagen will, Rolf: Wir sind kein Hotel.«

»Schon kapiert. Du hast mich bald los.«

»Mich wundert wirklich, dass du nicht mal ein paar Stunden dein Ego zügeln und dich mit unserem Vater beschäftigen kannst, ohne dass sich sofort eine Gewaltspirale in Gang setzt.«

»Er reagiert einfach zu heftig, wenn er merkt, dass er unterliegt. Zu verlieren kann er auf den Tod nicht ausstehen.«

Er ging zum Kühlschrank, nahm ein Bier heraus.

»Gib mir auch eins.«

»Ist keins mehr drin.«

Bella verschränkte die Arme. »Pass mal auf, Rolf. In diesem Haus gelten ein paar Regeln. Erstens: Wer etwas aus dem Kühlschrank verbraucht, füllt auf. Klar?«

Er hob die Hände. »Ist ja gut.«

»Ich kaufe ein, ich schleppe die vollen Getränkekästen rein und die leeren wieder raus, wuchte die Einkaufstaschen ins Haus, eine nach der anderen. Essen ist also reichlich vorhanden, sodass ihr euch bloß zu bedienen braucht, wenn der Magen knurrt. Ein bisschen Mithilfe wäre daher nur recht und billig. Im Keller ist noch genug Bier, also sieh zu, dass du für Nachschub im Kühlschrank sorgst.«

»Du nervst echt.« Rolf knallte seine Bierflasche auf den Tisch und schlurfte zur Tür.

»Regel Nummer zwei: Müll wird von dem entsorgt, der ihn produziert hat, also schmeiß gefälligst diese verfluchten Pizzakartons in die Papiertonne. Den Weg zur Garage wirst du ja wohl finden!« Sie schrie fast.

Ruhig. Nicht aufregen. Spielt nur Rolf in die Hände.

Er wandte sich um, tippte sich an die Stirn und verschwand.

Bella nahm die Bierflasche und trank gierig ein paar Schlucke. Ausgehungert, wie sie war, stieg ihr der Alkohol sofort in den Kopf. Sie massierte ihr Genick. Was genau ging ihr eigentlich so fürchterlich auf den Keks?

Widerwillig griff sie nach ihrem Handy. Hilde hatte mehrmals angerufen und diverse Nachrichten auf der Mailbox hinterlassen. Die Vorwürfe wurden von Mal zu Mal toxischer. Zwischen Bellas angebliche Gedankenlosigkeit und ihre Versuche, den Weihnachtsmarkt in Silldorf mit Absicht zu torpedieren, passten noch allerhand weitere Anschuldigungen: die volle Breitseite nach Art des Dorfes eben. Der einzige Lichtblick beim Durchsehen ihrer Nachrichten bestand in einer altmodischen SMS von Oberkommissar Köhler, der durchgab, die schwarzen SUVs in Silldorf und der Siedlung seien überprüft und es habe sich kein einziger Verdachtsmoment ergeben.

Also war der Fahrer jemand von außerhalb, überlegte Bella. Doch warum fuhr der über die »Narbe«? Diese Abkürzung kannten nur die Einheimischen, es gab keine Hinweisschilder. Im Gegenteil, offiziell war der Weg ausschließlich für landwirtschaftliche Nutzfahrzeuge freigegeben.

Das würde für jemanden sprechen, der nicht von hier ist, sich aber gut auskennt.

Eilig simste sie ein *Dankeschön* an Köhler.

Ich muss Wolters Bescheid geben.

Trotzdem durfte sie nicht all ihr Wissen sofort für die Zeitung verbraten. Eine kurze Notiz, dass die Silldorfer entlastet waren, würde genügen. Zunächst wäre es sinnvoll, mit Weißgerber zu sprechen. Bella fragte sich, ob der Hobbyimker und inoffizielle Dorfhäuptling offen zugeben würde, Peter zusammengeschlagen zu haben. Zuzutrauen wäre es ihm, er verließ sich auf seine Netzwerke. Den Weißgerbers pinkelte so schnell niemand im Ort ans Bein.

Einer plötzlichen Eingebung folgend, schrieb sie noch eine Nachricht an Köhler.

Sollten Sie mir einen Gefallen tun wollen, könnten Sie herausfinden, ob ein gewisser Ferdinand Weißgerber, wohnhaft in Silldorf, schon mal wegen Körperverletzung oder sexueller Belästigung aufgefallen ist.

Melanies Lachen drang aus dem Wohnzimmer herüber. Bella gähnte. Sie sollte nach Josef sehen, aber im Augenblick lechzte sie nach Ruhe und Alleinsein. Zum Glück würde morgen endlich Emmy im Haus sein und sich um ihren Vater kümmern. Mein schlechtes Gewissen schlägt zu, dachte sie matt, während sie ein Baguette aus dem Ofen nahm. Ein paarmal Pusten musste reichen, dann biss sie in das köstlich duftende, heiße Brot.

30

Bella wachte auf, weil unten in der Küche etwas Schweres zu Boden fiel. Sie tastete nach ihrem Handy. Kurz nach vier.

»Diethard?«, murmelte sie.

Ihr Mann lag selig schlummernd neben ihr, als hätten sie sich gestern Abend nicht noch gefetzt, und das ausgiebig. Diethard hatte ihre miese Laune angeprangert, sie sich gegen Maßregelung verwahrt. Diethard fand, Bella habe gegenüber Melanie überreagiert, wohingegen Bella ihrem Mann vorwarf, sie im Haushalt nicht ausreichend zu unterstützen. Sie war mit der desillusionierenden Erkenntnis eingeschlafen, dass diese Art von Diskussion vermutlich von Tausenden anderen Paaren zur selben Uhrzeit geführt wurde, wovon es auch einige in Silldorf geben dürfte.

Leise glitt sie aus dem Bett und huschte auf Zehenspitzen zur Tür.

Unten in der Küche machte jemand einen ziemlichen Radau. Sie griff nach ihrem XXL-Pullover, streifte ihn über und lief die Treppe hinunter.

Die Küchentür war angelehnt. Rolf stand, ein Whiskeyglas in der Hand, schwankend vor dem Kühlschrank und versuchte lautstark, den Eiswürfelspender in Betrieb zu setzen. Dabei fluchte er halblaut vor sich hin. Bella musste wider Willen grinsen.

Denk nur, deine Schwester hilft dir nicht, vergiss es, trink deinen Whiskey warm.

Immerhin hatte tatsächlich jemand die alten Pizzakartons weggeräumt. Sie wandte sich um und stieg die Treppe wieder hoch.

Rolfs Alkoholkonsum warf eindeutig Fragen auf. Nun gut, sie selbst konnte auch mal tief ins Glas gucken. Doch wie lange schon pumpte Rolf sich jeden Abend mit Drinks voll? Ging das erst so, seit Jennifer ihn verlassen hatte? Oder war sein Trinkverhalten ein Grund für ihren Abgang gewesen? Zum ersten Mal verspürte Bella den Wunsch, Jennifer nach ihrer Beziehung zu Rolf zu fragen. Es ging sie nichts an, und sie würde sich niemals in die Paarprobleme ihres Bruders einmischen, aber gerade jetzt stellte sie sich die Frage, auf welche Weise Rolf die Sache verkorkst haben konnte. Er wollte kein Kind. Er trank. Er vernachlässigte sein Äußeres. Hatten die beiden eigentlich Freunde, ein gemeinsames soziales Leben? Im Gang stehend und Diethards leisem Schnarchen lauschend, das durch die angelehnte Tür drang, kam ihr in den Sinn, dass Jennifer auf ganzer Linie enttäuscht sein mochte und daraus ihre Konsequenzen gezogen hatte.

Unversehens lenkte Bella ihre Schritte zu Diethards Arbeitszimmer, wo Rolf nächtigte. Die Tür war angelehnt, die Stehlampe in der Ecke brannte. Ein Smartphone lag auf der Bettdecke des Ausziehsofas. Rolf hatte sich nicht mal die Mühe gemacht, die Tagesdecke wegzulegen. Er benutzte sie einfach zusammengerollt als extra Kissen. Sie zuckte die Achseln. Rolfs Zimmer war bereits in Kindertagen ein einziges Chaos gewesen, was ihren Vater auf die Palme gebracht hatte. Der strenge Lehrer, der Ordnungsfanatiker. Dem kein Fehler, kein Ausreißer entging. Sie konnte Rolfs Wut auf den Vater nachvollziehen, wenngleich sie fand, dass man sie mit Mitte 50 eigentlich vernunftbedingt überwunden haben müsste.

Was mache ich hier?

Diethard dagegen hatte seine Sachen vor Rolfs Ankunft noch akribisch beiseite geräumt und ordentlich in den Schreibtischschubladen verstaut. In Sachen Ordnungsliebe hatte Bella einiges mit ihrem Mann gemeinsam. Rasch trat sie zu Rolfs Koffer. Sie klappte ihn auf. Wäsche, Hemden, ein paar Arbeitsunterlagen – alles lag kunterbunt durcheinander. Sie griff in das Seitenfach.

Blister. Unbedruckt, mit dicken, violetten Tabletten. Die Dinger sahen rau und scharfkantig aus. Ein krummes »S« war aufgeprägt. Dazu gab es eine Dose mit blauen Kapseln.

Mit einem Mal fügte sich manches zu einem Bild. Rolfs Anspannung, die bisweilen in Aggressivität überging, seine Schlaflosigkeit, die äußeren Zeichen seiner Zerrüttung. Hatte Jennifers Abgang ihn dermaßen angeschlagen?

Seit dem Unfall stieß sie ständig auf Menschen, die sich mit Psychopharmaka am Laufen hielten. Mariella, Peter, Rolf. Wer weiß, wer noch! Wie viel musste schieflaufen, dass Leute sich mit Medikamenten entlasteten? Bella spürte Lust auf einen Kognak. Und auf eine Zigarette.
Ich bin selbst nicht besser.
Sie steckte von beiden Mitteln eine Tablette ein. Rolf hatte etliche bereits eingenommen, nun waren nur noch je vier Stück übrig. Er würde bald Nachschub brauchen. Sie schob alles wieder zurück in das Fach.

Behutsam schloss sie den Koffer und schlich aus dem Zimmer. Ihr Bruder war schlechter dran, als sie gedacht hatte.

31

Bella war um kurz nach sechs aufgestanden, um mit Diethard zu frühstücken. Der eheliche Zank war im Lauf der Nacht zum Glück auf die Größe einer Erdnuss geschrumpft. Ein wenig Groll blieb, das war alles. Oft staunte Bella, wie diese Dynamik funktionierte. Zwischen Krieg und Frieden schien es Schlupflöcher zu geben, zumindest im Hause Graukorn. Das Versöhnungsfrühstück war so munter verlaufen, dass Diethard nicht einmal auf die Idee gekommen war, die Zeitung zu lesen. Melanie, Rolf und Josef schliefen noch; so angenehm könnte mein Leben sein, dachte Bella und schlürfte genüsslich ihren Kaffee.

Als Diethard um kurz vor halb acht in den Wagen stieg, um zur Arbeit zu fahren, sah Bella Hilde Kaminsky drüben beim Nachbarhaus die Zwillinge zur Schule verabschieden. Eilig schlüpfte sie in ihre Stiefel.

»Seht zu, dass ihr den Bus nicht wieder verpasst!«, rief Hilde den Jungs vom Gartentor aus hinterher. Die beiden schnürten lustlos durch den Schnee davon. Bella stapfte zu ihrer Nachbarin hinüber.

»Morgen, Hilde.«

Betont langsam drehte Hilde sich zu ihr um.

»Ach, Morgen.«

»Wird ein schöner Wintertag. Kalt, aber ganz klar.« Bella wies nach Osten. Ein zarter silberner Streifen war zu sehen, umspielt von ein paar pink behauchten Wölkchen.

»Sieht so aus.« Aus Hildes Mund kam Dampf.

»Es tut mir leid wegen gestern«, fing Bella an. Sie hatte vor, Hilde den Wind aus den Segeln zu nehmen und den Konflikt so schnell wie möglich aus der Welt zu schaffen.

»Du hast Mist gebaut, Bella.«

»Ich wusste schlicht nicht, dass ich vorher und nachher Kassensturz machen sollte.«

»Ich habe es dir aber gesagt.« Hilde verschränkte die Arme vor der Brust. Sie trug eine dicke Wolljacke und gefütterte Crocs und strahlte die reine Empörung aus.

»Dann habe ich es wohl überhört.«

»Du bist in letzter Zeit wirklich ziemlich geistesabwesend.«

»Nun, ich dachte, Diethard würde für jedes verkaufte Teil eine Quittung ausstellen, ich jedenfalls habe das gemacht, sodass man nachvollziehen kann ...«

»Er hat aber keine einzige Quittung geschrieben. Lass gut sein, ich werde die Sache irgendwie hinbiegen.« Hilde wandte sich zum Gehen.

»Ich habe einen Job zu machen«, sagte Bella schärfer, als sie beabsichtigt hatte. »Ich kann nicht mehr so viele Schichten auf dem Weihnachtsmarkt schieben.«

»Das fällt dir wirklich zeitig ein. Woher, bitte schön, soll ich Ersatz kriegen?«

»Wusstest du, dass Peter Kessler im Krankenhaus ist?«

»Was?«

»Er ist zusammengeschlagen worden.« Bella wunderte sich, dass Hilde davon noch nichts gehört hatte. Die Neuigkeit musste tatsächlich an ihr vorbeigegangen sein, denn im Verstellen war ihre Nachbarin noch nie besonders gut gewesen.

»Zusammengeschlagen? Um Himmels willen, wer macht denn so was?«

»Weiß ich nicht. Ich habe ihn gestern im Klinikum besucht.«

Zum ersten Mal an diesem Morgen überwog Hildes Neugier den Groll gegen Bella. »Das ist ja ein Ding. Ich sage dir, in diesem Dorf geschehen Dinge, da werden wir uns noch warm anziehen müssen.«

»Es sieht so aus, als hätte der Vorfall etwas mit Mariellas Tod zu tun.«

»Tja.« Hilde scharrte mit den Füßen im Schnee. »Lass mich wissen, wann du zur Verfügung stehst. Für den Weihnachtsmarkt.«

»Sonntag ist okay«, hörte Bella sich sagen. »Aber unter der Woche habe ich keine Kapazitäten. Tut mir echt leid.«

»So schnell finde ich wahrscheinlich keine Vertretung.«

»Dann gib mir Bescheid. Zur Not schiebe ich eben doch eine Schicht.«

»Lass stecken. Vielleicht springt Renate ein. Oder Elke, wenn ihr Mann den Honigstand alleine betreut.«

»Ja.« Bella staunte, wie lausig sie sich fühlte. Wie ein richtiger Spielverderber, ein Mistkerl.

Dabei habe ich nur meinen Standpunkt deutlich gemacht. Verdammte weibliche Sozialisation. Wir sind alle zu läppischen Ja-Sagerinnen erzogen.

»Tschüss, ich muss rein.«

»Ja, tschüss, Hilde.« Bella wandte sich zum Gehen.

»Halt, warte, wie lange bleibt dein Bruder eigentlich noch?«, rief Hilde ihr hinterher.

»Ein paar Tage. Wieso?«

»Wenn wir was für die Sicherheit im Dorf tun wollen, müssen wir ja wohl Bescheid wissen, wer sich hier wie lange aufhält.«

Bella hätte am liebsten laut aufgelacht.

»Dann melde ich hiermit meine Tochter hochoffiziell an«, sagte sie sarkastisch. »Sie ist am Samstag gekommen.«

»Ich habe schon mitgekriegt, dass Melanie zu Besuch ist«, erwiderte Hilde schnippisch. »Also dann.«

»Tschüss.« Gedankenverloren stapfte Bella durch den Schnee zurück zu ihrem Haus. Der Winterdienst war noch nicht vorbeigekommen, und trotz des regen Morgenverkehrs wirkte die Straße seltsam unberührt. Kein Matsch, nur ein wenig festgefahrener Schnee. Die Bäume und Büsche trugen ihre weißen Hauben mit Stolz. Am Himmel wurde es heller. Silbriges Licht spielte um die Dächer. Bella holte tief Luft. Trotz der schneidenden Kälte liebte sie solche Morgen, in denen die Natur ein Friedensangebot in petto hatte.

Als wäre nie was gewesen, dachte Bella, ganz anders als zwischen mir und Hilde.

Ihr Handy ließ die Drumsticks schwingen.
Chatgruppe Nachbarschaft:
Rolf Blum, Bella Graukorns Bruder, bleibt noch ein paar Tage in Silldorf. Er fährt einen weißen Audi A 3 mit Leipziger Kennzeichen. Nur, damit alle Bescheid wissen. Melanie Graukorn ist auch zu Besuch. Sie kennen wir ja alle.
~ Hilde Kaminsky
Bella blickte verwundert zum Nachbarhaus zurück. Stand Hilde am Küchenfenster und sah zu ihr hinüber? Im diffusen Licht war Bella sich nicht sicher, und im Haus brannte keine Lampe.

Kopfschüttelnd klopfte sie sich die Stiefel an der Eingangstür ab, als ein orangefarbener Kleinwagen vorfuhr. Kurz fiepte die Hupe, dann ging die Tür auf und Emmy Barth hüpfte heraus.

»Morgen, Frau Graukorn! Wird ein schöner Tag!« Emmy wies zum Himmel. Ihre grauen Locken wippten. Sie trug eine knallgelbe Daunenjacke zu einer ansonsten komplett schwarzen Aufmachung. Schwarzer Schal, schwarze Jeans, schwarze Engineer-Boots.

»Guten Morgen!« Ehrlich erfreut ging Bella zu Emmy hinüber und umarmte sie. »Sie wissen gar nicht, welchen Gefallen Sie mir tun.«

»Freuen Sie sich nicht zu früh, vielleicht möchte Ihr Vater nicht mit *mir* Schach spielen, sondern mit *Ihnen*.«

»Ich spiele nicht Schach. Nur mein Bruder und meine Tochter.« Bella grinste. »Kommen Sie rein, machen wir uns einen Kaffee, und dann erzähle ich Ihnen, was so los ist bei uns.«

»Kaffee klingt wahnsinnig gut.« Emmy folgte Bella ins Haus. »Haben Sie schon mal ins Internet geschaut?«

»Nein, wieso?«

»Dieser Mainblogger ... Sagt Ihnen das was? Selbst bei uns in den Haßbergen interessiert man sich dafür, was in Silldorf los ist.«

»Klar sagt mir das was. Worüber hat er sich diesmal ausgelassen?« Bella hängte ihren Anorak auf. »Kommen Sie rein.«

»›Weihnachtsmarkt im Todesdorf eröffnet.‹ So lautet die Schlagzeile. Verrückt, was?«

»Im Todesdorf?«

»Zitat. Was soll man dazu sagen?«

»Weiß er irgendwas Neues?«

»Er schreibt, dieses italienische Mädchen hätte an Panikattacken gelitten und sich im Dorf wohl nicht mehr sicher gefühlt. Der Unfall sei eine Art Exekution gewesen.«

»Ist der jeck?« Bella hob die Thermoskanne hoch und schüttelte sie prüfend, bevor sie sich und Emmy einschenkte. »Das ist mein Artikel. Der muss heute in der Zeitung sein. Ich hatte noch gar keine Zeit, reinzuschauen.«

»Warten Sie, ich mache das.«

Emmy Barth verschwand in der Diele. Kurz darauf sah Bella sie zum Gartentor stapfen, wo sie die Zeitung aus der Rolle nahm. Bellas Herz hämmerte empört.

Bitte nicht wieder eine Arrhythmie!

Sie zwang sich, tief durchzuatmen, als Emmy zurückkam.

»Hier. Lokales.« Sie schob die Zeitung zu Bella. »Gezeichnet *BeGra*. Ihr Kürzel, stimmt's?«

»Mein Artikel. Ganz klar. Dieser Idiot von Blogger scheint am frühen Morgen die Zeitung zu studieren, sich an dem, was er brauchen kann, zu bedienen, und dann daraus seine eigene Soße anzurühren.« Sie griff nach ihrem Handy, ignorierte die in der Chatgruppe Nachbarschaft aufgelaufenen Kommentare zu Hildes Information und öffnete den Webbrowser. »Hier. Er schreibt sogar, dass Mariella vor einigen Jahren vergewaltigt worden ist und unterstellt, dass die Angstzustände wieder aufflammten, weil sie im Haus der Kesslers etwas Ähnliches erlebte. Das ist doch pure Spekulation!«

»Schreibt er, woher er sein Wissen hat?«

»Das ist nicht mal Halbwissen. Das ist Bullshit!«

Bella griff zur Zigarettenschachtel. Sie musste dringend Wolters anrufen. Diesem Spuk war endlich ein Ende zu machen! Sie überflog noch einmal den Text im Netz. Der Typ hatte wie zuvor ganze Sätze aus ihrem Artikel abgeschrieben.

»Angeblich muss jede Webseite ein Impressum haben. Wer ist denn der Kerl?«, fragte Emmy Barth, während sie sich einen Teller auf den Tisch stellte und nach einem Brötchen griff.

Bella scrollte suchend herum. »Ich finde nichts. Am besten rufe ich gleich in meiner Redaktion an.« Sie war drauf und dran, Wolters Nummer zu wählen, als sie Poltern auf der Treppe hörte.

»Das wird mein Vater sein.«

Emmy lächelte Bella begütigend an. »Keine Sorge, das wird schon.«

»Mein Bruder und meine Tochter sind übrigens auch zu Besuch.«

»O weh. Das volle Programm, was?«

Josef Blum öffnete die Tür.

»Morgen allerseits«, grüßte er vergnügt und strahlte Emmy an. »Na, endlich! Wie geht es dir, Melanie?«

»Papa, das ist ...«

»Emmy Barth mein Name. Sie sind Josef Blum? Freut mich sehr«, kam Emmy ihr zuvor.

Josef ergriff ihre ausgestreckte Hand.

»Sie waren ... in einer meiner Klassen?«

»Bedaure, nein, ich habe leider kein Gymnasium besucht. Kaffee, Herr Blum?«

Bellas Vater ließ sich lächelnd am Küchentisch nieder. »Und ein Käsebrot. Morgens brauche ich unbedingt ein Käsebrot.«

»Das lässt sich einrichten.«

Emmy holte einen weiteren Teller. Bella nickte ihr zu und schlüpfte zur Tür hinaus.

32

Bella sprang in ihr Auto. Noch in der Einfahrt stehend, aktivierte sie die Freisprechanlage.

»Raus mit der Sprache, Graukorn«, knurrte Wolters. »Ich habe 'ne Menge um die Ohren.«

»Der Mainblogger kopiert wieder.«

»Habe ich mitbekommen. Und einen Praktikanten drangesetzt. Der soll rausfinden, ob der Schmierfink noch andere Artikel abgekupfert hat.«

»Irgendeine Ahnung, wer dahintersteckt?«

»Die Rechtsabteilung nimmt Witterung auf. Sonst noch was?«

»Ich habe neue Informationen. Nur kann ich damit noch nicht an die Öffentlichkeit.«

»Meine Güte, Bella, der Fall ist ausgelutscht.«

»Ist er nicht. Er stellt die Region auf den Kopf. Unser Dorf, um genau zu sein.«

»Ich will ja nichts sagen, aber einen Dachschaden haben da einige bei euch.«

»Danke für die Blumen.« Bella spielte am Zündschlüssel. Ob Rolf schon wach war? Wie auch immer, Emmy käme mit ihm zurecht. Sie ließ sich von seinem verwitterten Charme bestimmt nicht um den Finger wickeln. Und Melanie? Bella hoffte, sie würde Emmy gegenüber nicht die Zicke herauskehren. »Aber dir ist schon klar in deiner Eigenschaft als Publizist, dass ein Dorf nie für sich allein steht. Wenn ein Skandal sich breitmacht, steht der individuelle Fall immer für die Abgründe an sich. Wie sie überall stattfinden könnten. In jeder Ortschaft.«

»Ich weiß nur eines mit Bestimmtheit«, schoss Wolters zurück. »Du willst diese Story ausschlachten. Sie ist dein Schlüssel zu den cooleren Themen. Habe ich recht?«

Bella ließ den Kopf gegen die Kopfstütze sacken. Er hatte verdammt noch mal recht. Ihr wurde heiß, Schweiß trat auf ihre Stirn. Sie schluckte, bevor sie weiterredete, als hätte sie seinen Einwand gar nicht gehört.

»Peter Kessler, der Gastvater von Mariella, ist krankenhausreif geprügelt worden. Ich habe ihn gestern besucht und aus ihm rausgequetscht, wer's war. Einer der Honoratioren im Dorf.«

»Sieh mal einer an.«

»Allerdings kann ich diesen Stoff noch nicht verbrennen. Zuerst muss ich mit der betreffenden Person reden. Und mehr herausfinden.«

Wolters schwieg einen Moment. »Okay. Nimm dir Zeit. Spätestens am Donnerstag sollten wir was bringen.«

»Ich halte mich ran.« Sie ließ den Motor an. »Und, Wolters? Danke!«

Grummelnd beendete er das Gespräch.

Bella stieß aus der Einfahrt und fuhr los. Die Morgensonne stieg langsam über die Dächer. Der Schnee glitzerte. Nicht mehr lange und wir haben Wintersonnenwende, dachte Bella. Dann geht es wieder aufwärts. Eine Hoffnung, die im Augenblick in weiter Ferne zu liegen schien.

Sie wollte zum »Dorfkrug«, noch einmal mit Percy reden. Irgendwas lief da, obwohl sie keine Ahnung hatte, wie Doros Treffen mit dem Fernfahrer in der Scheune mit Mariellas Unfall zu tun hatte. Natürlich schien es logisch, dass Mariella sich dort mit Tabletten eingedeckt hatte, wo es sie am einfachsten zu erwerben gab. Keine fünf Minuten zu Fuß vom Haus der Kesslers entfernt. Aber wie war Mariella darauf gekommen? Rolfs Pillenvorrat ging ihr durch den Sinn. Hatte er die von Zuhause mitgebracht? Oder sich im »Dorfkrug« eingedeckt? Und wann? Etwa vorgestern, als er angeblich mit ihrem Vater spazieren gefahren war? Wenn sie aus Josef nur verlässliche Informationen herauslocken könnte!

Beim Haus der Kesslers verlangsamte sie die Fahrt. Ob Peter noch im Krankenhaus lag? Im Garten stieg eine Rauchsäule in den blauen Himmel. Sie hielt an. Blinzelte gegen die Sonne. Steckte ihr Handy ein und stieg aus.

Sie stieß die Gartenpforte auf. Die Kälte biss ihr ins Gesicht. Sie wickelte den Schal fester um ihren Hals und bedauerte, ihre Mütze nicht mitgenommen zu haben. Ging um das Haus herum. Am Ende des Gartens beim Komposthaufen stand Sabine, eingemummelt in einen Parka, einen Rechen in der Hand, und starrte auf ein Laubfeuer, das angesichts der Nässe der letzten Tage übel qualmte. Marlon lag bäuchlings über dem Schaukelbrett und drehte sich in einem fort um sich selbst, dass die Ketten knirschten.

»Guten Morgen, Sabine!«, rief Bella.

Die junge Frau fuhr herum. »Bella! Mensch, hast du mich erschreckt.«

»Wie geht es Peter?«

»Er ist noch im Klinikum. Bist du deswegen hergekommen?« Sie bückte sich und hob eine leere Schachtel auf.

»Ist das ein Kartoffelfeuer?« Bella trat näher heran.

»Lass mich doch einfach in Ruhe.« Sabine versuchte, die Schachtel hinter ihrem Rücken zu verstecken.

»Grillanzünder? Meine Güte, Sabine! Das Zeug kokelt dermaßen ...« Sie wedelte mit den Händen den ätzenden Rauch vor ihrem Gesicht weg.

»Das geht dich nichts an. Geh einfach, okay?«

Bella griff nach einer Schaufel, die neben dem Komposthaufen im Schnee steckte, und stocherte mit dem rostigen Blatt im Feuer herum.

Sabine gab einen halb ärgerlichen, halb verzweifelten Laut von sich, als Bella eine ganze Ansammlung von halb verkohlten Tabletten zu Tage förderte.

»Um Gottes willen!« Sie schippte ein paar in den Schnee. Es zischte leise. »Was treibst du hier?« Sie ging in die Hocke. »Ist es das, was ich denke?« Vorsichtig tippte sie einen dicken Pressling an. Sie kannte die Form, die Farbe und auch das eingeprägte S. »Wogegen sind die?«

Sabine warf den Rechen in den Schnee. »Sag nichts, Bella, hörst du?«

»Nichts zu wem? Zu Peter?«

»Zu Peter?« Sabine lachte gellend. »Das sind *seine* verdammten Pillen!« Sie schlug die Hände vors Gesicht.

Marlon unterbrach seine monotonen Drehbewegungen und guckte neugierig zu den Frauen herüber.

»Du liebes Lieschen.« Bella stemmte die Hände auf die Knie und stand auf. »Sollen wir vielleicht reingehen?«

»Um was zu tun? Damit du deine Karriere vorantreiben kannst? Auf Kosten anderer?«

»Moment: Was meinst du damit?«

»Das sagen doch alle im Dorf. Dass dir Mariellas Tod gerade recht kommt. Dass du schon lange unzufrieden warst mit dem Weihnachtsmarkt und den Artikelchen über Spenden an den Sportverein. Dass du aus dem Unfall jetzt Kapital schlägst.«

»Wer sagt so was?« Bella hatte den Eindruck, ihr Kopf würde gleich platzen. Sie packte Sabine am Kragen, fühlte den Drang, sie zu schütteln.

»Lass mich.«

»Entschuldige.« Bella ließ die Hände sinken. Bloß nicht durchdrehen. »Wer sagt das? Hilde?«

»Alle. Die Weißgerbers. Die Maffelders.«

»Sonst noch wer?«

»Ich habe nichts zu melden in diesem Dorf. Ich werde immer die von außerhalb sein. Die mit dem schrecklichen Kind. Denkst du, ich weiß nicht, wie die Leute reden? Als sie im Kindergarten mit Marlon nicht zurechtkamen und mir gesagt haben, ich soll ihn rausnehmen – das hat natürlich die Runde gemacht.«

Bella brach der Schweiß aus. Der Gestank nach verkohlter Chemie brannte ihr in der Nase.

»Und jetzt auch noch Mariella. Das erste Aupair-Mädchen ein Reinfall, das zweite tot. Wir sind die Familie, in der nichts klappt. Peter arbeitet wie ein Irrer, um Geld zu verdienen, und ich kann nicht arbeiten, weil ich Marlon am Hals habe.« Tränen der Wut liefen Sabine über das gerötete Gesicht. »Aber du freust dich. Endlich ist hier mal was los. Gib es ruhig zu. Wenigstens ehrlich solltest du sein, findest du nicht?«

Marlon rutschte vom Schaukelbrett und kullerte in den Schnee, wälzte sich ein paarmal hin und her und begann, mir nichts, dir nichts zu brüllen: »Mama!«

Bella streckte die Hand aus, um Sabines Arm zu berühren. Die schreckte zurück.

»Hör zu, Sabine, sieh mich an und entscheide selbst, ob ich die Wahrheit sage oder nicht: Selbstverständlich schreibe ich lieber eine Story über etwas, was wirklich wichtig ist, als über Sportvereinssitzungen. Das heißt jedoch nicht, dass ich die Schicksale der Menschen, die mit einer Geschichte verbunden sind, ohne Rücksicht ausschlachte.«

»Mama!«, kreischte Marlon, wobei er sein Gesicht in den Schnee tunkte. Sein Gebrüll tönte nun wie ersticktes Gurgeln zu den Frauen herüber.

»Ich muss mich um Marlon kümmern.«

»Ihm geht es gut. Denk mal nach! Dein Mann wird doch nicht für nichts verdroschen. Da muss sich irgendwas im Hintergrund aufgestaut haben. Wenn wir diese Dinge an die Öffentlichkeit bringen, können sich die Leute gar nicht mehr leisten, andere so brutal unter Druck zu setzen. Willst du mit deiner Familie immer das Opfer sein?«

Marlon ließ ein durchdringendes Geheul vom Stapel und kreischte: »Mama, komm! Komm endlich!«

Ehe Sabine sich von der Stelle rühren konnte, marschierte Bella zu ihm, packte ihn an seinem Schneeanzug, stellte ihn auf seine beiden Beine und schnauzte ihn an: »Hör mal,

Bürschchen, du hältst jetzt zwei Minuten lang die Klappe. Verstanden? Du bist ein großer Junge und kannst warten, wenn zwei Erwachsene ein Gespräch führen.«

Verblüfft nickte das Kind.

»Sag ich doch.« Bella ging zu Sabine zurück. »Weißt du, wer Peter verprügelt hat?«

Sie schüttelte den Kopf. »Er sagt es mir nicht. Er will uns beschützen. Gestern Abend rief er noch an und schlug fuhr, dass Marlon und ich zu meinen Eltern fahren. Ich habe schon gepackt.«

»Und vorher wolltest du noch schnell die Tabletten verschwinden lassen?« Bella seufzte. »Warum schluckt Peter Pillen?«

Sabine lachte hysterisch auf. »Er kommt ohne gar nicht mehr auf die Beine. Schafft es nicht mal, morgens aufzustehen. Er ist zu Tode erschöpft, aber das Geschäft hängt nur an ihm, er muss zu den Versammlungen, er macht die Abrechnungen und den ganzen Papierkram, sämtliche Büroarbeiten.«

»Peter hat Aufputschmittel genommen, um sein Pensum zu schaffen?«

Sabine winkte ab. »Eine ganze Menge Zeug hat er geschluckt.«

»Seit wann geht das schon so?«

»Bestimmt zwei, drei Jahre.«

»Wo hat er die Medikamente her?«

»Weiß ich nicht.«

Ich kann es mir auch so denken, dachte Bella genervt. Der »Dorfkrug« ist ja um die Ecke.

»Hat er Mariella mitversorgt?«

»Ich nehme es an. Du verachtest uns, oder?« Sabine mühte sich, ihr Schluchzen zu unterdrücken.

»Was für ein Unsinn. Niemand verachtet euch.« Bella wollte vor allem eins: Sabine beruhigen. Die Kesslers waren angezählt. Peter hatte nie zu den Starken und Wichtigen gehört. Wenn er weggezogen wäre, und sei es nur nach Haßfurt oder Bamberg, hätte er vielleicht eine Veränderung herbeiführen können. Wäre aus der alten Rolle des Schwächlings geglitten, um mit seiner Frau neu anzufangen. In Silldorf hatten die Kesslers keine Zukunft. Sie würden immer diejenigen sein, die sich wegduckten.

Bella schob die Hände in die Anoraktaschen. »Ich glaube, es ist wirklich besser, wenn du mit Marlon wegfährst.« Sie warf einen Blick auf den Knirps, der immer noch da stand, wo sie ihn gelassen hatte, und das Gespräch der Erwachsenen mit großen Augen verfolgte. Rotz rann ihm aus der Nase.

»Wie gesagt, ich habe schon gepackt.«

Bella berührte behutsam Sabines Arm.

»Also dann: viel Glück.«

33

Matt ließ Bella sich in ihren Wagen fallen und rief Rolf an.

»Na, schon wach?«

»Du nervst, Schwester. Deine Tochter liegt noch in den Federn, ich dagegen könnte längst die Welt einreißen.

Freundlicherweise hat deine Zugehfrau einen Riesenpott Kaffee gebraut.«

»Magst du Honig zum Frühstück?«

»Wieso?«

»Schwing deinen Hintern in deinen Leihwagen und fahr zum ›Dorfkrug‹. Du kannst mir bei der Arbeit helfen.«

»Hä?«

»In zehn Minuten!« Bella legte auf.

Als sie kurz darauf auf den Parkplatz beim »Dorfkrug« rollte, war dort alles verwaist. Weder der Mustang des Kochs stand da noch Doros roter Kleinwagen. Auch kein Lkw. Sie stieg aus und schlenderte zur Eingangstür. Montag Ruhetag. Nachdenklich ließ sie den Blick über die Fassade schweifen. Während das Erdgeschoss trotz mancher Macken anheimelnd aussah, wirkte der erste Stock wenig einladend. Kein schöner Ort, um dort zu wohnen: die Fenster verschmiert, einige mit Eisblumen verziert. Die Farbe an den Rahmen blätterte ab. Eiszapfen wuchsen vom Dach herunter. Percys privates Domizil wies längst nicht so viel Charme auf wie seine Gaststube. Der Schnee rund um den Gasthof sah unberührt aus. Die großen Pappeln am Parkplatz ließen ein wenig von ihrer Schneelast herabrieseln. Eine Krähe schrie.

Percy brauchte Geld für die Renovierung. Viel Geld. Im Frühjahr wollte er loslegen. Sollte er den Umbau stemmen, würde er Personal brauchen, um die Pension aufzuziehen. Alles nicht einfach. Finanziell gesehen ein Risiko.

Ihr Handy gab Laut.

»Bella Graukorn?«

»Hier Köhler.«

»Morgen.«

»Verraten Sie mir, was Sie mit Ferdinand Weißgerber verbindet?«

»Er hat kürzlich einen Bekannten zusammengeschlagen, und mich würde interessieren, ob er so was schon mal gemacht hat.«

»Vor zehn Jahren hat ihn jemand angezeigt. Auf einem Campingplatz in der Nähe des Tegernsees hat er sich mit einer Frau angelegt, sie gegen die Wand des Waschhauses gedrückt und ihr massiv gedroht. Die Anzeige wurde allerdings zurückgezogen.«

»Warum?«

»Tja, das ist die Frage. Schönen Tag noch.« Köhler legte auf.

Verdammt, dachte Bella. Dazu kamen die unzähligen Male, wo Weißgerber jemanden unter Druck gesetzt hatte, der nicht den Mut fand, zur Polizei zu gehen.

Ein Wagen kam näher. Bella drehte sich um.

»Grüß dich, Bruderherz!« Sie winkte ihm zu.

Er bremste direkt vor ihr. »Gibt's Freibier?«

»Montag ist Ruhetag.«

»So beginnt doch jeder Tag zwangsläufig mit einer Enttäuschung.«

Bella lachte. Sie ging um das Auto herum und stieg ein. »Hör mal, du könntest mich zur Arbeit begleiten.«

»Warum denn das?«

»Könnte sein, dass ich Begleitschutz brauche.«

»Ich hör wohl nicht richtig.« Rolf rieb sich übers Gesicht.

Bella fragte sich ehrlich, wann er vorhatte zu duschen. Er müffelte nicht nur nach Schnaps, sondern nach Schweiß und etwas anderem, das sie nicht zuordnen konnte. Rasiert hatte er sich jedenfalls nicht.

»Warst du schon mal hier?«, fragte sie beiläufig.

»Nee.«

»Jeden Sonntag im Advent gibt es ein Mittagsmenü. Ich

habe vor, mit der Familie kommendes Wochenende herzukommen. Vielleicht stößt auch Melanie dazu. Wirst du noch hier sein?«

Er seufzte tief. »Muss ich das jetzt wissen?«

»Wie sieht es mit deiner Arbeit aus? Hast du keine Lehrveranstaltungen?«

»Ich kann mich krankmelden. Würde ganz gern diese Woche noch bei euch bleiben, wenn es recht ist.«

»Wie du willst.« Bella streckte die Füße aus. »Schicker Wagen.«

»Wo soll es jetzt hingehen?«

»Zurück und dann links. Ich beschreibe dir den Weg.«

Zwei Minuten später hielten sie bei den Weißgerbers.

»Hier rockt die Seele von Silldorf«, erklärte Bella, während Rolf den Motor abstellte.

»Dass du es in diesem Kaff aushältst! Nur bescheuertes Getratsche. Gestern hat mir Diethard von eurer beknackten Chatgruppe erzählt.«

»Die ist wirklich lästig.«

»Warum zieht ihr nicht in die Stadt? Sucht euch eine überschaubare Wohnung? Ihr seid doch nur noch zu zweit.«

»Zu fünft im Moment.« Die Antwort kam schärfer, als Bella gewollt hatte. »Dass man gern bei mir unterkriecht, muss ein Naturgesetz sein.«

»Fang nicht wieder davon an. Ich kann mich nicht um Vater kümmern. Leipzig ist nicht gerade um die Ecke.«

»Lass uns aussteigen.« Bella hatte längst mitbekommen, dass die Gardinen im Parterre wackelten. »Der Arbeitsauftrag lautet: Wir kaufen Honig. Du interessierst dich für Bienen, willst vielleicht selbst bald imkern, wenn du nicht mehr so viel arbeitest.«

»Habe ich nicht vor.« Grinsend kletterte Rolf aus dem Wagen.

»Tu eben so. Sieh es als Theaterrolle. Wenn mich nicht alles täuscht, warst du an deiner Uni einst im Ensemble der English Drama Group. Schauspielern kannst du also.«

»Das ist lange her. In einem anderen Leben.«

»Talente verlieren sich nicht. Streng dich ein bisschen an.«

»Ay, Käpt'n.«

Bella drückte gegen das Gartentor. Verschlossen. Sie klingelte. Beinahe sofort klang Elke Weißgerbers Stimme aus einem Lautsprecher. So nah und naturgetreu, dass Bella zurückzuckte.

»Was ist?«

»Hallo Elke, hier ist Bella. Mein Bruder ist bei mir. Wir würden gern Honig kaufen. Passt es jetzt?«

»Kommt rein.«

Der Summer ging, Bella stieß das Tor auf. Sie schritten über den ordentlich geräumten Gehweg zum Haus. Der Garten sah wunderschön aus mit dem in der Sonne glitzernden Schnee. Ein Vogelhaus zog allerhand hungrige Esser an. Amseln hüpften umher.

Elke Weißgerber wartete mit verschränkten Armen in der Tür.

»Ist es so eilig? Heute Nachmittag am Weihnachtsmarkt verkaufen wir sowieso.« Der indignierte Blick auf Bella erzählte bereits eine ganze Geschichte: Die Weißgerbers waren sauer auf Bella, weil die den Weihnachtsmarkt nicht ernst nahm. Wer konnte schließlich wissen, mit welchen Legenden Hilde ihrem Ärger Luft gemacht hatte!

»Es geht nicht nur um Honig. Das ist Rolf Blum. Mein Bruder. Er ist dabei, ein Faible fürs Imkern zu entdecken.«

»Guten Morgen«, strahlte Rolf und hielt Elke die Hand

hin. »Rolf Blum. Entschuldigen Sie die morgendliche Störung.«

Er hat Charme, dachte Bella, ihren Bruder von der Seite betrachtend. Sogar eine ganze Menge davon. Das verstrubbelte Haar mitsamt dem Dreitagebart steigert seinen Sympathiewert sogar. Bloß duschen könnte er mal.

Elke Weißgerber lächelte ihn an. »Guten Morgen. Na, dann kommt mal rein. Seid so nett, zieht die Schuhe aus.«

»Gern«, beeilte Rolf sich, auf der Beliebtheitsskala noch etwas nach oben zu rutschen. »Schön haben Sie es hier.«

Bella hielt sich gerade noch davon ab, die Augen zu verdrehen. Das Heim der Weißgerbers machte den Eindruck, als habe man die Anregungen einer Wohnzeitschrift mit dem Thema Landleben allzu ernst genommen. Holzschildchen mit eingeätzten Aufschriften benannten sämtliche Zimmertüren: Gästetoilette, Küche, Wohnzimmer. Flickenteppiche bedeckten den klinisch sauberen Fliesenboden, von der Decke hingen monumentale Lampen aus Messing mit bestickten Schirmen. Sie schlüpfte aus den Stiefeln und hängte den Anorak an die Garderobe.

»Hier, Gästepantoffeln.«

Bella griff nach einem Paar Filzlatschen.

»Toll, dass Sie die in verschiedenen Größen haben«, juxte Rolf.

Übertreib es nicht, Bruderherz.

Sie schlitterten hinter Elke her ins Wohnzimmer. In der Ecke bullerte der Holzofen. Elke wies auf zwei Ledersofas mit dicken, bestickten Kissen. »Setzt euch. Habt ihr gesehen, wie Hilde renoviert hat? Mit der offenen Küche und so. Also, für mich wäre das nichts. Ich bevorzuge die altgediente Aufteilung. Wohnzimmer, Küche, Esszimmer.«

»Das tue ich auch.« Rolf.

Bella stieß ihren Bruder vorsichtig an. Er grinste. Anscheinend hatte er eine Menge Spaß an der Vorstellung, die er ablieferte.

»Ferdinand?« Elke öffnete ein Fenster einen Spalt breit und rief hinaus. »Kommst du mal? Bella ist hier. Wegen Honig.« Sie drehte sich zu ihren Gästen um. »Ihr müsst wissen, er ist ein Mensch, der es drinnen nicht lange aushält. Zum Glück haben wir den Holzofen, deswegen muss er sich um Feuerholz kümmern, das gibt ihm einen Grund rauszugehen. Herrliches Wetter heute, nicht? So sollte der Winter sein. Möchtet ihr was trinken?«

Sie verschwand in der Küche und kam mit einem Tablett wieder. »Selbst gemachte Limonade. Das Zuckerzeug aus dem Supermarkt kann man ja nicht trinken.«

»Viel zu ungesund«, bestätigte Rolf. »Hm, das schmeckt wirklich lecker.«

Er trinkt und nimmt Tabletten. Aber wenn er sich ein bisschen bemüht und man ihn so ansieht, denkt man, er ist ein ganz normaler 54-Jähriger. Einer ohne große Probleme. Einer, der mit beiden Beinen im Leben steht, viele Freunde hat, als netter Kerl rüberkommt.

Bella sah, wie Weißgerber auf die Terrasse zustapfte. Kurz darauf klopfte er gegen die Glastür. Elke unterbrach die Plauderei mit Rolf, schoss hoch und schob die Tür auf. Er streifte die Boots ab.

»Hallo zusammen!«, brummte er.

Ein Bär von einem Mann. Als er aus seinem dicken Pullover schlüpfte, wirkte er gemütlich und entspannt, wie ein troddeliger Petz.

»Das ist Rolf Blum, Bellas Bruder. Er interessiert sich für Honig und die Imkerei, habe ich recht?«, zwitscherte Elke.

»Das ist richtig. Noch bin ich nicht im Pensionsalter, aber der kluge Mann sorgt vor. Naturschutz geht uns alle an.«

Weißgerber nickte. »Vor allem jetzt, wo wirklich kaum noch was fliegt im Sommerhalbjahr.«

»Habt ihr denn noch Honig hier zu Hause?«, fragte Bella unschuldig. »Oder lagern eure Vorräte momentan auf dem Weihnachtsmarkt?«

»Nein, wir haben das meiste hier. Was darf's sein?«

»Ein Glas Waldhonig für mich. Rolf, wonach steht dir der Sinn?«

»Tja, ich ...«

»Elke, hol mal vom Waldhonig und vom Kastanienhonig. Um den Herrn hier ein bisschen in Schwung zu bringen.« Weißgerber lachte laut.

»Du verkaufst gut, oder?«, fragte Bella.

»Mein Honig ist hervorragend. Nicht zu vergleichen mit dem, den diese Tante im Bioladen anbietet.«

»Das habe ich Rolf auch schon gesagt. Deswegen versorgt sich das halbe Dorf bei dir.«

»Gut so.«

»Die Kesslers auch, oder?«

Weißgerbers Blick verfinsterte sich. »Warum fragst du?«

»Sabine hat mir erzählt, dass Marlon nichts anderes isst als Brot mit deinem Honig drauf. Kompliment für dich, wie?«

»Der Bub ist völlig verzogen, aber in dieser Hinsicht liegt er richtig.«

»Mariella musste euch sogar an einem Sonntag stören, weil den Kesslers der Honig ausging und Marlon einen Riesentanz aufführte.« Bella lächelte Weißgerber an.

Der Mann hob die Hände. »Tja. Die Eltern werden mit

dem Bengel nicht fertig. Dem gehört mal das Fell über die Ohren gezogen, dann spurt der schon.«

»Mariella war sehr verstört, als sie nach dem Honigkauf zu den Kesslers zurückkam. Kannst du dir das erklären?«

Rolf, der ihrer Unterhaltung entspannt lächelnd gefolgt war, runzelte die Stirn. Bella hörte ein Kratzen an der Tür, vermutlich war Elke auf Lauschposten.

»Verstört? Nein, das kann ich mir nicht erklären.«

Bella blickte Weißgerber fest in die Augen. »Peter ist im Krankenhaus.«

Weißgerber ballte die Fäuste.

»Jemand hat Kleinholz aus ihm gemacht«, fuhr sie fort.

»Was habe ich damit zu tun?«

»Das würde ich auch gern wissen. Womit hat Peter das verdient?«

»Es tut mir leid für ihn. Er ist eben immer der Verlierer, solche Leute gibt es.« Weißgerber wich ihrem Blick aus.

»Du hältst ihn für ein armes Würstchen, dem nichts anderes zusteht. Schlägt man auf so einen noch drauf?«

»Warum fragst du mich das?«

»Vielleicht, weil du es warst, der ihm die Fresse poliert hat?«

»Das ist doch ...«, ging Weißgerber in die Luft.

»Du kannst mir natürlich auch eine Abreibung verpassen, aber deshalb ist die Wahrheit noch lange nicht aus der Welt. Was ist geschehen, als Mariella bei euch Honig holte?«

Die Tür flog auf. Elke Weißgerber, rot im Gesicht vor Empörung, ein Glas Honig in jeder Hand, schritt herein.

»Gar nichts! Gar nichts ist geschehen! Ich kann nicht glauben, was du da unterstellst.«

»Nämlich was?«

»Dass Ferdinand ...«

»Halt den Mund!«, knurrte ihr Mann sie an.

»Frag einfach mal Sabine, was sie wirklich an dem Abend gemacht hat, als der Unfall passierte!« Bebend vor Wut knallte Elke Weißgerber die Honiggläser auf den Tisch. »Von wegen, sie war in der Badewanne! Wer soll das denn bezeugen? Kein anderer Erwachsener war zu Hause!«

»Was meinst du?« Bella stand auf.

»Ich meine, dass sie eifersüchtig war. Auf Mariella. So einfach ist das. Ja, da schaust du dumm drein. Junges Mädchen im Haus und mir nichts, dir nichts ist der Ehemann auf Abwegen.«

Bella griff nach ihrer Geldbörse. »Was kostet der Honig?«

Weißgerber erhob sich ebenfalls. Nur Rolf, verdattert ob der Wendung, die das Gespräch genommen hatte, hockte noch auf dem Sofa.

»Ich scheiß auf dein Geld. Nimm deinen Honig und geh. Geht beide!«

Langsam stand Rolf auf.

»Du wirst schon sehen, wohin das führt. Du machst das ganze Dorf kaputt. Wir haben uns immer so gut verstanden. Wir alle. Aber du zerstörst alles. Ich möchte wissen, warum!« Elke schien nur mit Mühe die Tränen zu unterdrücken. »Wir haben mit dem Tod von Mariella nichts zu tun. Gar nichts.«

Rolf griff nach den Honiggläsern. »Vielen Dank, Frau Weißgerber.«

»Raus!«, knurrte Weißgerber.

Rolf sah ein wenig blass um die Nase aus, als Bella ihn ungeduldig anschubste. Sie wollte endlich hier raus. Kickte die Pantoffeln weg und stieg in ihre Boots. Sie atmete tief die kalte Luft ein, als hinter ihnen die Tür ins Schloss fiel.

»Kannst du mir sagen, was das war?«, fragte Rolf bedrückt, als sie wieder im Auto saßen.

»Weißgerber. Ich habe ihn auf dem Kieker.«

»Du meinst, er hat den Unfall verursacht?«

»Die Kaltschnäuzigkeit hätte er. Alles von sich zu weisen, sieht ihm ähnlich.« Bella schüttelte den Kopf.

»Jedenfalls ist er ein verdammt cholerischer Zeitgenosse«, brummte Rolf, während er den Zündschlüssel drehte.

Bella sah ihn von der Seite an. »Tja, manche können sich eben nicht am Riemen reißen.«

Rolf gab zu viel Gas. Der Motor heulte auf, das Auto machte einen Satz.

»Calm down, Bro.«

»Stimmt das? Dass die Gastmutter von der Italienerin eifersüchtig war?«, lenkte er ab. Steuerte den Wagen in Schrittgeschwindigkeit zurück zum »Dorfkrug«.

Bella starrte müde aus dem Fenster. Sabine, Sabine … Gab es die nicht, die typischen Opfer, die irgendwann das Recht in die eigenen Hände nahmen?

»Mal abgesehen von den ganzen Gerüchten und dem Dorftratsch – vorstellbar wäre es. Was meinst du?«

»Denke ich auch«, gab Rolf zurück.

»Aber sie würde doch nicht ein junges Mädchen mit dem Auto rammen und dann liegen lassen.«

Rolf zuckte unbestimmt die Achseln. »Heutzutage gibt es genug Werkstätten, die was nebenraus machen. Ohne Steuer. Katholisch, wie man so sagt. Der Schaden kann längst repariert sein.«

Sie fährt keinen schwarzen SUV. Aber Peter. Vielleicht hat sie sein Auto genommen.

»Lass uns fahren.«

34

Sie hielten am Gasthaus. Rolf stellte den Motor ab, sah Bella erwartungsvoll an. »Gibt's Frühstück?«

»Niemand hält dich davon ab, dir einen Kaffee zu kochen.«

Er hob die Hände, ließ sie zurück aufs Lenkrad fallen. »Na gut, kapiert. Aber immerhin habe ich dir gerade auch einen Gefallen getan.«

»Wir müssen vorher noch was klären.« Bella machte keine Anstalten auszusteigen. Sie kramte die beiden Tabletten aus ihrer Jeanstasche. »Sagt dir das was?«

Rolf wurde blass. »Woher hast du die? Hast du in meinen Sachen gekramt?«

»Vielleicht geht es mich nichts an. Du bist ein erwachsener Mensch und kannst einwerfen, was immer du willst, dich mit Alkohol kaputtmachen, jeden Morgen eine Fahne haben.«

»Das«, würgte Rolf hervor, »geht dich wirklich nichts an.«

»Würdest du diese Sichtweise aufrecht halten für den Fall, dass du die Tabletten hier gekauft hast?« Sie wies auf das Gasthaus. »Sieht hübsch aus, was? So verschneit im Sonnenschein.«

Rolfs Hände umklammerten das Lenkrad so fest, dass die Knöchel weiß hervortraten.

»Deine Reaktion ist mir Antwort genug. Ist ja kein Geheimnis, dass hier Aufputschmittel und was weiß ich vertickt werden.«

Wenngleich die meisten im Dorf davon nichts ahnen.

Rolf stöhnte leise, als habe er Schmerzen. »Was willst du eigentlich? Warum haben wir diesen Leuten eben die Hölle heißgemacht?«

»Du hast doch meine Artikel gelesen. Wenigstens im Netz. Und vor ein paar Minuten hast du die Reaktionen der Weißgerbers miterlebt.«

»Die Horrorstory des Advents. Jedenfalls in dieser Idylle«, erwiderte Rolf sarkastisch. »Super Chance für dich, endlich den Fängen der Familie zu entkommen und so richtig in eine Reporterkarriere einzusteigen, wie?«

Du verdammter Idiot.

»Jemand hat Mariella angefahren und liegen lassen. In der Dunkelheit, in der Kälte. Obwohl sie schwer verletzt war, hätte sie gerettet werden können. Letztlich ist sie innerlich verblutet. Wenn sie rechtzeitig in ein Krankenhaus gekommen wäre, hätte man sie vermutlich stabilisiert.«

Bella hätte nicht gedacht, dass Rolf noch blasser werden könnte, aber jetzt sah er elend aus. Er schlug mit einer Hand aufs Lenkrad.

»Mariellas Bruder sagte mir, dass sie vor Jahren vergewaltigt worden ist«, fuhr sie fort. »Von ihrem Lehrer. Der unserem Ferdinand Weißgerber recht ähnlich sieht. So vom Typ her kommen die beiden aus demselben Stall. Mariella sollte Honig bei ihm holen, die Kesslers haben sie hingeschickt. Als sie heimkam, war sie anders als vorher. Vermutlich sind ihre Angstzustände, an denen sie nach der Vergewaltigung litt, wieder aufgeflammt.« Sie schwieg eine Weile, während sie Rolf musterte. »Manche sind vom Pech verfolgt.«

»Scheint so«, krächzte er. Seine Hände zitterten. Er bot ein Bild des Jammers. »Du meinst, Weißgerber hat sie angemacht?«

»Nicht mal. Seine Art, sein Äußeres ... er ist ein Grobian, und ein sensibles junges Mädchen mit der passenden Vorgeschichte kann da schon einen gehörigen Schreck bekommen.« Bella hielt ihm die offene Hand unter die Nase. »Wer hat dir diese Tabletten verkauft?«

Er wandte den Blick ab. »Ich habe in Leipzig eine Quelle.«

»Wo da?«

Sie wusste, dass er unter Druck schlecht lügen konnte. Sich vorbereitet ein Lügengebäude aufbauen und dieses dann anderen präsentieren, bekam er hin. Doch aus dem Augenblick heraus eine Story erfinden, darin war ihm Bella selbst als die Jüngere immer voraus gewesen.

»Die Kneipe kennst du nicht.«

»Würde mich nicht wundern, wenn diese Kneipe unserem ›Dorfkrug‹ ähnelte.«

»Verdammt!« In einer plötzlichen Aufwallung riss Rolf die Tür auf und sprang aus dem Wagen. Er stapfte durch den Schnee, gestikulierte mit den Händen, kickte mit seinen Stiefeln Schnee weg.

Bella stieg aus. Ging ihm nach. Wartete, bis er sich abgeregt hatte.

»Ich weiß, dass die Tabletten mittwochs geliefert werden. Aber am Mittwoch warst du noch nicht hier«, sagte sie leise.

Aus den Augenwinkeln beobachtete sie die Fenster im ersten Stock. Ob Percy zu Hause war und sie bemerkt hatte?

»Ich habe die Tabletten in Leipzig besorgt.« Er fuhr zu ihr herum. »Wie oft soll ich das noch sagen?«

»Verkauf mich nicht für blöd.« Bella stellte sich ihm in den Weg. Sie ging ihm gerade bis zur Brust, und dennoch blieb er stehen, sah zu Boden, ließ die Arme hängen. Seine Wut schien wie weggeblasen. Selbst im Sonnenlicht sah er grau im Gesicht aus. »Es sind genau dieselben Tabletten, die hier verkauft werden, blaue und lilafarbene. Die einen mit einem aufgeprägten S.«

»Die Chargen ähneln sich eben.«

»Sei nicht albern. Du warst hier. Am Mittwoch. Am Tag, als Mariella starb. Du hast dich mit Tabletten versorgt.«

»Hör doch auf. Ich war nicht hier. Nicht an dem Mittwoch.«

»Wann dann?«

»Eine Woche zuvor.«

»Eine Woche zuvor?« Verblüfft starrte Bella ihn an. Eine Krähe über ihr schrie. Ein unerwarteter Windstoß schüttelte sanft die Äste der Pappeln. Schnee fiel herab.

»Ja.«

»Du versorgst dich in Silldorf mit Drogen? Hast du keine Quelle in deiner Nähe?«

»Ich wollte eigentlich unangemeldet bei euch reinschneien, aber dann blieb ich hier hängen. Schlief im Auto. Am nächsten Morgen kam es mir komisch vor, einfach so aufzuschlagen, und fuhr wieder zurück.«

»Hast du Mariella hier im ›Dorfkrug‹ gesehen?« Sie zückte ihr Handy. Zeigte ihm das Foto von Mariella und Lüneburg. »Nur, um deinem Gedächtnis auf die Sprünge zu helfen.«

»Nein.«

»Oder vielleicht Peter Kessler?« Sie wischte ein paarmal über das Smartphone. »Den hier?«

Rolf stutzte.

»Weiß nicht. Vielleicht.«

Ein Geräusch drang an Bellas Ohr. Sie konnte es nicht richtig einordnen, obwohl es ihr irgendwie bekannt vorkam.

»War er allein hier? Jetzt lass dir doch nicht alles aus der Nase ziehen.« Die Geduld ging ihr aus. Sie musste endlich zu Informationen kommen.

»Ich glaube nicht. Er trank Bier mit zwei, drei anderen. Ich kannte sie nicht, falls du fragst.«

Also stimmte es, dass Peter Kessler mit Kumpels aus der Siedlung im »Dorfkrug« ab und zu einen heben ging.

»Und wie geht das mit den Tabletten?«

»Na, du bestellst, bezahlst und dann ...«

»Bei wem bestellst und bezahlst du?«

Rolf sah sich um. Mit einem Mal wirkte er gehetzt.

»Lass gut sein, Bella. Das geht dich nichts an. Ich bin total fertig. Jennifer hat mich verlassen und meine Lebensenergie komplett mitgenommen. Ich kann das nicht durchhalten. Ich bin nicht so stark.«

»Du denkst, die Tabletten verschaffen dir neue Kraft? Du solltest eigentlich klüger sein als das.«

»Leicht gesagt, wenn man im gemachten Nest sitzt.«

»Ich sitze nicht im gemachten Nest. Diethard und ich haben dieses Nest zusammen gebaut. Das hat uns etliche Jahre und viel Kraft gekostet. Wir haben unser Kind darin großgezogen. Wie man sieht, kommen auch andere in den Genuss unseres Heims und unserer Gastfreundschaft.«

Das kreischende Geräusch von eben – das war das Scheunentor!

»Melanie sieht das anders.«

Bella spürte, wie ihr Gesicht heiß wurde. Auf ihrer Stirn standen Schweißperlen.

Er hat mit Melanie geredet. Übers Eingemachte. Über das, was eigentlich ich mit ihr besprechen müsste.

Sie holte tief Atem. Schweiß lief ihr zwischen den Schulterblättern herunter.

Lass dich nicht drauf ein. Nicht auf diese Anspielungen. Was immer Melanie betrifft, muss ich selbst mit ihr klären, keinesfalls über Rolf als Mittler.

»Dein Alkoholproblem – war es womöglich das, was Jennifer nicht mehr ertragen konnte?«

»Ich habe kein Alkoholproblem!«

»Du stinkst ständig nach Schnaps. Wenn ich nach Hause komme, rieche ich deine Fahne auf zehn Meter gegen den Wind. Du schluckst Aufputschmittel. Du vernachlässigst dich, läufst wer weiß wie lange ungeduscht durch die Gegend! Hast dein Leben nicht mehr im Griff, hängst hier rum, lässt dich bedienen. Anstatt um Jennifer zu kämpfen, ziehst du den Schwanz ein!«

»Sie ist schwanger von einem anderen, Herrgott!«

»Wie kam es denn dazu? Weil du verdammt noch mal ein Schluffi bist, Rolf! Sieh dich an in deinen miefenden Klamotten, in denen du auf alter Herr machst! So willst du für eine junge Frau attraktiv sein?«

Sie ließ ihn einfach stehen. Konnte seinen Anblick nicht mehr ertragen. Mit hämmerndem Herzen ging sie zu ihrem Auto. Stieg ein.

Durchatmen. Es ist sein Leben, nicht deins.

Zweifel regten sich. Sollte sie ihm wirklich abkaufen, dass er eine Woche vor Mariellas Unfall hier gewesen war? In ihrem Dorf? Warum kaufte er sich die Pillen nicht woanders, nahm stattdessen die weite Fahrt in Kauf? Woher wusste er überhaupt, dass er sich im »Dorfkrug« eindecken konnte?

Er ist mit einem Leihwagen gekommen.

Sie wischte den Gedanken weg, indem sie den Zündschlüssel drehte.

»Denk doch mal nach!«, schrie Rolf ihr hinterher. »Vielleicht war es wirklich diese Sabine. Hat die Rivalin überfahren. Aus Eifersucht. Ihr Weiber macht sowieso nur krumme Dinger!«

Bella fuhr los. An ihrem Bruder vorbei, der immer noch auf dem ansonsten leeren Parkplatz stand und Bella verdrossen nachsah.

35

Bella beugte sich gerade mit Emmy, Melanie und Josef über ein Kreuzworträtsel und trank einen Schluck Kaffee, als ihr Handy die Drumsticks wirbeln ließ. Sie hatte gemeinsam mit Emmy Kartoffelauflauf und Salat vorbereitet und schließlich Josef von seiner Netflix-Serie weggelockt. Sogar Melanie hatte sich bequemt, zu ihnen zu stoßen. Das Mittagessen war unerwartet harmonisch verlaufen.

Während Bella ihrer Tochter zusah, wie sie ihr blondes Haar im Nacken zusammenfasste und mit einem Bleistift hochsteckte, dabei auf das Rätsel zeigte und Lösungen vorschlug, fragte sie sich, was Rolf gemeint hatte, als er sagte, Melanie sähe das anders. Was sah sie anders? Meinte er, Melanie habe einen kritischen, sogar negativen Blick auf ihr Zuhause? Oder auf das Familienleben? Wenn nicht plötzlich alle bei mir auf Tauchstation gehen würden, sähe Diethards und mein Leben anders aus, dachte sie. Warum sollte sie sich Gedanken wegen irgendwelcher Gehässigkeiten machen, die ihr Bruder vom Stapel ließ?

Rolf war nicht heimgekommen, seit sie sich auf dem Parkplatz beim »Dorfkrug« getrennt hatten. Im Augenblick war es Bella egal, ob er sich beleidigt nach Leipzig zurückgezogen hatte oder irgendwo einen saufen ging. Sollte er doch wieder im Auto schlafen! Bei der Kälte bestimmt kein Vergnügen. Sie verspürte einfach nicht die geringste Lust, Rolf um sich zu haben. Emmy setzte frischen Kaffee auf. Die Sonne schien durchs Fenster. Sie stand sehr tief und würde in Kürze hinter dem Haus der Maffelders verschwinden.

Bella sah auf ihr Handy.

Als sie die Nachricht las, die gerade eingegangen war, stockte ihr der Atem.

Du pflegst zwar Nachrichten in dieser Chatgruppe zu ignorieren, aber diesmal geht es um dich, Bella: Die Dorfgemeinschaft möchte eine Aussprache mit dir. Heute Abend um 18 Uhr nach der Schließung des Weihnachtsmarktes bei mir zu Hause.

~Ferdinand Weißgerber

Die Hetzjagd fängt an, dachte Bella. Sie starrte auf ihr Smartphone.

Irgendwie habe ich die ganze Zeit gedacht, dass es so weit schon nicht kommen wird.

»Ist alles in Ordnung, Frau Graukorn?«, hörte Bella Emmys Stimme wie aus großer Entfernung.

»Natürlich. Ich muss nur kurz jemanden anrufen.« Sie verließ die Küche. Spürte Melanies fragenden Blick auf sich. Kam sich vor, als liefe sie auf Watte. Alles Mögliche schoss ihr durch den Kopf: Weg aus dem Dorf. Diethard anrufen. Nach Rolf suchen. Wolters Bescheid geben, dass sich etwas tat. Köhler bitten, ihr beizustehen.

Köhler.

Sie stieg langsam die Treppe hinauf. Ihr Herz beschleunigte, als müsste sie einen Berg erklimmen. Ein paar Sekunden kam es ihr vor, als wolle ihr Herzschlag sich selbst überholen. Dann fehlten ein paar Schläge. Bella umklammerte das Geländer.

Ich muss hier raus. Für immer.

Die letzten beiden Wörter erschreckten sie.

Für immer? Dies ist mein Zuhause!

Weißgerber hatte die Nachrichten in der Chatgruppe gesendet. Alle im Dorf, die sich zu den Alteingesessenen, den echten Silldorfern, rechneten, hatten sie mittlerweile gelesen. Wie zur Bestätigung gingen zwei neue Nachrichten ein.

Wir kommen.
~Egon Maffelder
Bin dabei!
~Hilde Kaminsky

Bella zog sich am Geländer nach oben, schleppte sich in ihr Arbeitszimmer, knallte die Tür ins Schloss und ließ sich auf Melanies altes Sofa fallen. Ihr Bettzeug lag noch da, immerhin ordentlich zusammengelegt, ihr Schlafanzug, Kosmetikkram.

Die Zeit war gekommen, in der Bella ihren Stand im Dorf verlor und als Outlaw endete. Vertrieben wurde. Typen wie Weißgerber legten die Deutung der Ereignisse fest. Vermutlich hatte er sich gleich nach ihrem und Rolfs Besuch ans Telefon gehängt und Bündnisse gewoben.

Und Rolf?

Vielleicht sollte sie mit ihrem Vater in dessen Haus umziehen. Das stand nun leer. Bamberg war ein anderes Pflaster, von dem aus ihr das Zerwürfnis mit den Silldorfern nur noch lächerlich vorkommen würde. Sie könnte Emmy einfach dorthin bestellen und – Internet sei Dank – von dort aus arbeiten.

Warum bin ich nicht eher darauf gekommen?

Andererseits war sie niemand, der sich einfach so wegjagen ließ. Den Kampf mit dem Dorf konnte sie aufnehmen. Mit den richtigen Verbündeten an ihrer Seite. Wenn sie Peter Kessler dazu bringen konnte, Weißgerber anzuzeigen …

Versonnen blickte sie auf ihr Handy.

Los. Ruf an.

»Kessler?«

»Hallo, Sabine! Schön, dass ich dich erreiche. Hier ist Bella.«

»Was willst du?«

»Bist du mit Marlon noch zu Hause?«

»Ja. Wir wollen in einer halben Stunde los.«

»Ich hätte eine Bitte. Könntest du vielleicht erst morgen zu deinen Eltern fahren?«

»Wieso? Mir hängt das alles hier total zum Hals raus. Peter ist noch im Krankenhaus, wegen der Gehirnerschütterung lassen sie ihn nicht heim. Zudem wollen sie ein MRT machen, um sicherzugehen, dass er keine schlimmen Verletzungen hat. Am Wochenende ging das nicht.«

»Das ist doch gar nicht schlecht! Bei Traumata ist Vorsicht angesagt. Nicht, dass er eine Hirnblutung hat.«

Ich bin ein Aas. Mache ihr Angst, um meine Ziele zu erreichen.

»Meinst du wirklich?«

»Sabine, heute um 18 Uhr bräuchte ich deine Hilfe.«

»Wobei?«

»Weißgerber steigt mir ziemlich auf die Zehen. Ich will ihm eine Lektion erteilen.«

»Dem Weißgerber? Der tut, was er will!«, entgegnete Sabine mit schriller Stimme.

»Vergangenen Freitag war er bei euch.«

»Ich war allein zu Hause. Er hat ...«

»Was hat er gemacht?«

Schweigen.

»Sabine«, legte Bella sich ins Zeug. »Er ist dich ziemlich übel angegangen, oder?«

»Er hat gesagt, wenn wir durchblicken lassen, dass Mariella so verängstigt war, nachdem sie bei ihm den Honig holte, macht er uns fertig.« Sie schluchzte jetzt. »Ich sollte wirklich machen, dass ich wegkomme.«

»Hat er dir gedroht?«

»Der Typ ist zu allem fähig. Ich weiß nicht, was er mit Mariella gemacht hat. Dass sie Angst bekam, kann ich gut verstehen. Peter wollte Weißgerber deswegen den Kopf zurechtrücken. Verraten hat er mir nichts, aber ich kann mir auch so ausrechnen, wer Peter die Prügel verpasst hat.«

Bella verspürte Triumph, weil sie der Sache endlich näher kam, und gleichzeitig Verdruss, dass sie den Kesslers alles nur scheibchenweise entlocken konnte.

»Weißgerber sieht so ähnlich aus wie der Lehrer, der sie vergewaltigt hat. Ich habe mich im Internet umgesehen. Er heißt Mauro de Luca und ist leicht zu finden. Inklusive Foto.«

Jetzt weinte Sabine. »Dario hat das erzählt. Die Sache mit der Vergewaltigung und ich ... aus heiterem Himmel habe ich mich geschämt. Für das alles. Für Weißgerber. Dass wir sie nicht beschützt haben. Glaubst du, dass Weißgerber Mariella angefahren hat?«

Sabine war allein zu Hause an jenem Abend. Peter auf

Eigentümerversammlung, Mariella mit dem Hund weg. Marlon schlief ...

Bella schwieg einen Augenblick. Schließlich sagte sie: »Ich will niemanden vorverurteilen. Du bist doch auch in der Chatgruppe. Hast du gelesen, was Weißgerber geschrieben hat?«

»Ja«, gab Sabine verdruckst zu. »Sie wollen dich fertigmachen.«

Bella lachte auf. »Klarsichtig bist du zum Glück!«

»Die sind wahnsinnig, Bella. Alle diese sogenannten Ureinwohner.«

»Guter Begriff. Spaß beiseite: Nimm Marlon und komm mit ihm zu diesem Treffen.«

»Spinnst du? In die Höhle des Löwen?«

»Wenn ein Kind dabei ist, wird er nicht ausfällig werden. Verlass dich drauf.«

»Aber was soll ich da?«

»Du bist auf meiner Seite. Nicht wahr?«

»Schon ...«

»Und ich auf deiner und Peters. Weißgerber hat Mist gebaut und wird dafür wenigstens einmal geradestehen müssen.«

»Mist gebaut?«

Manche Menschen sind dermaßen schwer von Kapee, dachte Bella missmutig.

»Peter ist nicht der Erste, den er zusammengeschlagen hat. Es wird Zeit, dass er eine Abreibung bekommt. Also, ich verlasse mich auf dich. Bis heute Abend bei den Weißgerbers.«

Sie legte auf. Ihre Hände zitterten.

Es ist nicht richtig, Sabine da reinzuziehen. Und wenn Sabine ...

Der Abend bei den Weißgerbers war die Chance, genau das herauszufinden. Wer überhaupt auf welcher Seite stand.

Das geht schief.

Bella lehnte sich zurück. Was richtig war und was falsch, erschloss sich ihr längst nicht mehr. Sie hörte einen Wagen vorfahren und ging zum Fenster hinüber: Rolf! Mit seinem Leihauto. Bella kniff die Lider zusammen. Allmählich ging die Sonne unter. Die Dämmerung kroch über die Nachbardächer. Rasch wich sie hinter die Gardine zurück.

Rolf stieg aus, kramte einen Schlüssel aus der Tasche und schloss auf.

Er hat sich einen Hausschlüssel nachmachen lassen. Oder einen von Diethard bekommen.

Kurz darauf hörte sie seine Schritte auf der Treppe. Er stolperte ein paarmal.

Verdammt.

Schließlich ging sie zurück in die Küche. Melanie und Josef waren nicht mehr da.

»Sie sehen ein bisschen blass aus, Frau Graukorn«, befand Emmy.

»Alles in Ordnung. Wo steckt mein Vater?«

»Er hat sich im Wohnzimmer aufs Ohr gelegt. Die älteren Herrschaften brauchen ihr Nickerchen, wie es aussieht.« Sie lächelte. »Ihre Tochter leistet ihm Gesellschaft.«

»Ich brauche Sie heute nach 18 Uhr noch. Geht das?«

»Warum nicht? Ich lebe allein und habe mir für heute nichts Besonderes vorgenommen.«

»Wunderbar. Die Vorstellung, die ich Ihnen bieten werde, kriegen Sie so schnell nicht mehr geboten. Ich muss noch mal weg. Können Sie es einrichten, meinen Vater und sich selbst um kurz vor 18 Uhr ausgehfertig zu machen? Wir werden gemeinsam eine befreundete Familie im Dorf besuchen.«

36

Bella zog ihren Anorak an und trat vor die Tür. Die eisige Luft brannte in ihrem Gesicht. Wolken schoben sich über den bisher klaren Himmel, machten das Licht düster. Aus den Schornsteinen der Häuser ringsum stiegen dünne Rauchsäulen.

Sie zündete sich eine Zigarette an. Halb vier. Sie hatte noch Zeit, um sich vorzubereiten. Die Bühne würde *sie* als Siegerin verlassen, nicht Weißgerber. Dummerweise machten sich ganz weit hinten in ihrem Bewusstsein Zweifel bemerkbar. Es gab etwas, das sie nicht würde beeinflussen können. Sie konnte nicht greifen, was das war, woher die Unsicherheit kam. Tief inhalierte sie den Rauch. Bei den Maffelders ging das Küchenlicht an. Das Dorf fühlte sich auf der richtigen Seite. Gegenüber den Leuten aus der Siedlung und nun auch ihr gegenüber. Bella funktionierte als Prellbock, an dem sich die Alteingesessenen abarbeiten konnten. Menschen, die sich nicht verändern wollten oder nicht dazu imstande waren, traten auf die ein, die sich Wandel wünschten.

Ich halte dieses Dorf nicht mehr aus.

Hinter ihr ging die Haustür auf.

»Mama?«

»Melanie!« In ihrer Überraschung war Bella versucht, die Zigarette hinter ihrem Rücken zu verstecken.

»Ich dachte wirklich, du hättest aufgehört.«

»Nun, wie es aussieht, habe ich das nicht.«

»Was ist eigentlich los? Du bist so ... angepisst. Es passt dir nicht, dass ich hier bin, oder?«

»Unsinn, Melanie«, antwortete Bella schnell. »Natürlich kannst du kommen, wann immer du möchtest und so lange du möchtest.« Sie fühlte nicht, was sie sagte, und das erschreckte sie.

»Und Rolf? Was stimmt nicht mit dem?«

»Hat er dir nicht erzählt, dass Jennifer ihn verlassen hat?«

»So nebenbei hat er was gesagt.« Melanie verschränkte fröstelnd die Arme vor der Brust. »Ehrlich gesagt, fand ich Jennifer von Anfang an blöd. Eine total oberflächliche Tusse.«

»Womöglich könnte es Leute geben, die dasselbe von dir sagen.«

Melanie starrte ihre Mutter entsetzt an. »Das meinst du jetzt nicht im Ernst.«

Bella drückte die Zigarette auf dem Treppenabsatz aus und warf die Kippe ins Gebüsch. »Von wegen. Ich sage das durchaus im Ernst. Du willst eine Aussprache? Dann lass mich ehrlich sein. Ich brauche dringend Hilfe mit Josef. Letzte Woche ging fast alles in die Binsen. Dann passierte noch dieser Unfall. Dennoch hast du …«

»Was denn für ein Unfall?«

Bella strich sich über die Stirn. Sie musste an sich halten, um nicht loszubrüllen.

Irgendwas stimmt nicht mit mir. Ich drehe am Rad. Melanie kann nichts für meine Misere.

»Eine junge Frau wurde vergangenen Mittwoch auf der ›Narbe‹ angefahren. Kurz darauf kam ich dort entlang. Ich habe sie gefunden. Hielt ihre Hand, als sie starb.« Wenigstens musste sie nicht mehr weinen.

»O Gott, wie schrecklich!«

»Sie hieß Mariella, war bei den Kesslers Aupair. Bisher wurde der Unfallfahrer nicht gefunden.«

»Das wusste ich nicht. Du hast nichts erzählt! Papa auch nicht!«

Klar, dein Papa will seinen Augenstern schützen.

»Kann es nicht sein, dass du ein bisschen zu sehr mit dir selbst beschäftigt bist?«

Melanie kaute an ihrer Unterlippe. »Ich weiß nicht. Die Sache mit Ed ... Also, weißt du, Mama, es tut mir echt leid. Dass du so was Entsetzliches erlebt hast.«

Bella zuckte die Achseln. »Ich muss noch mal los. Kümmere dich ein bisschen um deinen Opa, wenn er aufwacht, ja? Er freut sich, dass du da bist, scheint mir. Oft genug hat er nach dir gefragt.«

Sie ließ ihre Tochter stehen, sprang ins Auto und fuhr davon.

37

Als Bella beim »Dorfkrug« vorfuhr, war es bereits dunkel. Dünne Schneeflocken rieselten vom Himmel. Die Luft war nicht mehr so kalt und roch feucht. Immer noch stand kein Auto auf dem Parkplatz. Montag Ruhetag. Bella ignorierte das Schild, drückte die Klinke. Verschlossen. Sie hämmerte gegen die Tür.

»Percy?«

Nichts rührte sich. Bella ging um das Gebäude herum. Die romantischen Lichtschläuche gaben ihr Bestes, doch ohne Gäste wirkte das Gasthaus trist und leblos. Auf der Rückseite, die Gewächshäuser im Rücken, sah sie, dass im ersten Stock schummriges Licht brannte. Sie formte einen Schneeball und warf. Der erste verfehlte sein Ziel, der zweite traf das Fenster.

»Percy!«

Die Gardine wurde beiseitegeschoben.

»Wer ist denn da?«, rief Percy hinunter.

»Ich bin's, Bella. Hast du ein paar Minuten?«

Er wandte sich nach drinnen, offenbar stand hinter ihm jemand. Es folgte ein kurzer Wortwechsel, den Bella nicht verstand.

»Ich mache dir die Küchentür auf.«

»Danke.«

Kurz darauf flammte in der Küche Licht auf. Im Schloss drehte sich ein Schlüssel.

»Was gibt es so Dringendes?«, fragte Percy, wie immer ein Lächeln im Gesicht.

»Tut mir leid, wenn ich störe, aber ich muss was klären.«

»Komm rein.«

Bella klopfte sich die Stiefel ab.

»Willst du Kaffee?«

»Lieber ein Bier.«

»Wenn's weiter nichts ist …« Percy nahm zwei Flaschen aus dem Kühlschrank. »Setzen wir uns hier an den Küchentisch. Sei mir nicht böse, ich will in der Gaststube kein Licht machen, manche verstehen das als Einladung.«

»Klar, du musst auch mal frei haben.« Bella griff nach einer Flasche und trank einen großen Schluck. »Ich habe Doros Wagen gar nicht gesehen.«

»Doro hat heute Spätschicht.« Er ließ sich am Tisch nieder.

Bella schluckte ihr Erstaunen hinunter. »Ach so. Also, Percy, bitte, sei ehrlich zu mir: Peter Kessler hat sich hier im ›Dorfkrug‹ mit Medikamenten eingedeckt. Mit illegalen Sachen.«

Percy stellte seine Flasche ab. »Setz dich doch.«

Bella blieb stehen. Wartete.

»Okay. Manche versorgen sich hier mit Tabletten. Die Albaner managen den Markt. Ich schalte mich nicht ein.«

»Was hat Peter Kessler gekauft und wann war er das letzte Mal hier?«

»Peter? Er kehrt gar nicht so selten bei mir ein. In der Siedlung gibt es zwei Familienväter, die Kinder in Marlons Alter haben. Mit denen ist er auf Du und Du. Aber was er gekauft hat und ob überhaupt – das weiß ich nicht. Wirklich nicht.«

»Wann war er das letzte Mal hier?«

»Vor einer guten Woche vielleicht.«

»Also vor Mariellas Tod?«

»Definitiv.«

»Wie geht das mit den Tabletten? Die werden doch mittwochs angeliefert.« Endlich sank Bella auf einen Stuhl.

»Ja«, würgte Percy hervor. »Mittwochs.«

»Du verdienst daran. Nicht wahr?«

»Ich habe nichts damit zu tun. Ich will davon nichts wissen.«

»Percy ...«

»Du hast ja keine Ahnung, was in diesem Geschäft los ist! In der Gastronomie musst du erst mal Geld verdienen, so einfach ist das nicht. Wenn das Bier drei Euro kostet, beklagen sich die Alteingesessenen über angebliche Wucherpreise.

Ich habe die Albaner vom Vorbesitzer quasi übernommen, so eine Art mobiles Inventar. Der hatte mit denen eine Abmachung, die haben ihn empfohlen, bei ihresgleichen. Dafür, dass er wegschaut. Seine Kinder haben mir das zwischen den Zeilen gesagt. Wenigstens haben sie überhaupt den Mund aufgemacht, sonst hätte ich gar nichts gewusst.«

»Du hast die Dealer geerbt?«

»Was sollte ich machen?« Hilflos hob Percy die Arme. »Die Nähe zur Autobahn ist ideal. Und selbst wenn es im Sommer lang hell ist, schirmen die Bäume den Parkplatz prima ab. Es sind auch keine anderen Häuser direkt in Sichtweite. Der ideale Platz für so was.«

»Wie viel zahlen sie dir?«

Er winkte ab. »Lass gut sein, Bella.«

»Du willst renovieren. Das kostet.«

Sein Blick wurde feindselig. »Die Kohle für die Renovierung kriege ich von der Bank. Der Kredit ist in trockenen Tüchern. Ab Februar fange ich mit dem Bauen an.«

»Und Doro? Wie passt sie da rein?«

Percy schnaubte wütend. »Ich wüsste nicht, was das mit Doro zu tun hat.«

Bella hörte ihm schon nicht mehr richtig zu. Sie lauschte nach draußen. Auf der Treppe waren Schritte zu hören. Ziemlich deutlich – obwohl sich jemand bemühte, leise zu sein. Sie sprang auf und rannte in die Gaststube, von dort in den Vorraum. Schlug auf den Lichtschalter. Eine blonde Frau stand vor ihr, das Handy wie zum Schutz vor das Gesicht gehoben. Grelles weißes Licht schien Bella direkt in die Augen.

»Wer sind Sie?«, fragte Bella, die sich zuerst vom Schreck erholt hatte.

»Und Sie?«

»Sie sind jedenfalls nicht Doro.«

Die Frau brach in derbes Lachen aus. »Sieht nicht so aus, nein.«

Percy schlurfte um die Ecke. Resigniert sagte er: »Das ist Laura.«

»Was macht Laura hier und warum schleicht sie im Dunkeln raus?«

Percy verdrehte die Augen. »Laura wohnt in der Siedlung. Wir haben uns mal zufällig kennengelernt und …«

»Weiß Doro das?«

»Ich wüsste nicht, was dich das angeht.« Percy griff Bella am Ellenbogen. »Komm, Laura muss heim. Lass uns in der Küche weiterreden.«

Bella riss sich los. »Würden Sie mir ein paar Fragen beantworten?«

»Wer sind Sie denn überhaupt?«, fragte Laura ärgerlich. Langsam ließ sie das Handy sinken.

»Bella Graukorn ist Reporterin bei der hiesigen Tageszeitung. Sie schreibt zurzeit über den Tod von Mariella. Ich habe dir davon erzählt.«

»Waren Sie letzte Woche am Mittwoch hier, Laura?«

»Nein. Ich komme selten in die Kneipe. Wir treffen uns nur montags.«

Entschuldigend hob Percy beide Arme.

Bella zückte ihr Smartphone, suchte das Foto von Mariella und Lüneburg heraus.

»Kennen Sie dieses Mädchen?«

»Das ist die Tote, nicht wahr? Nein, ich bin ihr nie begegnet. Ich glaube, das Foto war in der Zeitung abgebildet.« Unbehaglich sah Laura von Bella zu Percy. »Ich muss jetzt wirklich los.«

Frustriert nickte Bella ihr zu: »Sorry, klar. Wiedersehen.«

Sie machte, dass sie in die Küche kam. Setzte die Bierflasche an und trank sie zur Hälfte in einem Zug leer. Kurz darauf erschien Percy.

»Musste das sein?«, fauchte er. »Mit wem ich in die Kiste springe, ist ja wohl meine Sache, oder?«

»Tut mir leid. Ich drehe ziemlich am Rad. Kann ich dir was anvertrauen?«

»Nur zu.«

Bella rief den Nachbarschaftschat auf ihrem Handy auf und drückte Percy das Telefon in die Hand.

»Meine Fresse!« Percy überflog die Chats. »Sind die ballaballa?«

»Sieht so aus, wie?«

»Was sagt denn dein Mann dazu?«

»Er hat die Gruppe stummgeschaltet. Wahrscheinlich kriegt er das Schlamassel erst mit, wenn das Scherbengericht rum ist.«

»Was machst du jetzt?«

»Ich muss den Alteingesessenen irgendwie klarlegen, dass Mariellas ungeklärter Tod auf das ganze Dorf zurückfällt. Weißgerber, der Imker, hat Peter krankenhausreif geschlagen, nachdem er Mariella offenbar Angst eingejagt hat, als sie bei ihm Honig holte.«

Percy gab Bella das Telefon zurück. »Ich habe deinen Artikel gelesen. Die Vergewaltigung und das alles.«

»Weißgerber sieht diesem Drecksack von Lehrer, der sie missbraucht hat, ähnlich. Peter hat ihn zur Rede gestellt.«

»Scheibenkleister.« Percy strich sich über den Bart. »Aber ehrlich gesagt: Der lauert doch nicht in der Dunkelheit an der ›Narbe‹, um im entscheidenden Moment ausgerechnet Mariella umzunieten. Ich meine, wie wahrscheinlich ist es denn, dass sie ausgerechnet dort entlangläuft?«

Er liegt richtig, dachte Bella.

»Du meinst, es sieht zu sehr nach Zufall aus?«

»Ich glaube, da ist irgendwer über die Fahrstraße gedüst, zu schnell, einfach irgendjemand, der ganz bestimmt nicht die Absicht hatte, jemanden totzufahren. Es gibt eben ziemlich pissige Zufälle im Leben.«

Bella nickte langsam. Dasselbe traf auf Sabine zu. Sollte sie wirklich aus Eifersucht gehandelt haben? Am Abend aus dem Haus verschwunden sein, um Mariella eine Lektion zu erteilen?

Sie fährt keinen schwarzen SUV. Vergiss es. Es sei denn, sie hat sich den von ihrem Mann geliehen.

»Also, Percy: Hat Peter hier Medikamente gekauft?«

»Könnte sein.«

»Wann hast du Mariella zuletzt gesehen?«

»Sie war nie im ›Dorfkrug‹. Ehrlich.« Percy nahm zwei weitere Bierflaschen aus dem Kühlschrank.

»Und der Hund?«

»Nie gesehen. Aber der Typ, mit dem du heute Vormittag draußen auf dem Parkplatz rumspaziert bist, der ist bei mir eingekehrt.«

Bella winkte ab. »Das war eine Woche vorher.«

»Nein. An *dem* Abend. Als der Unfall passierte.«

Bella starrte ihn an. »Letzte Woche?«

»Genau. Sogar ziemlich spät.«

38

Bella fuhr ziellos in der Gegend herum, immer wieder über die »Narbe«. Im Licht der Scheinwerfer wirkte der Schnee auf den Äckern gänzlich unberührt. Einmal sah Bella ein Reh davonlaufen. Ansonsten blieb alles still hier draußen. Ein schwarzer Graben zwischen Siedlung und Dorf. Dort wirkte alles aufgekratzt. Die arbeitende Bevölkerung kehrte heim, in den Häusern gingen Lichter an, Autos hupten, Garagentore öffneten und schlossen sich.

Es kam Bella vor, als gehöre sie dazu und stünde doch außerhalb. Sie wusste nicht, ob sie Percy trauen konnte. Wenn es stimmte, was er sagte ... was dann? Ihr Magen zog sich zusammen. Sie hatte keinen Nerv mehr, sich auf das Gespräch bei Weißgerbers vorzubereiten. Im Prinzip war es ihr egal, wie es ausgehen würde. Sie war auch so auf dem absteigenden Ast. Wenn es stimmte ...

Es passte einfach alles so gut zusammen.

Als sie 20 Minuten vor sechs zu Hause vorfuhr, stand Josef gespornt und gestiefelt vor der Tür. Rolfs weißer Leihwagen war nirgends zu sehen.

»Deine Freundin sagt, wir machen einen Ausflug. Gehen wir was essen?«, fragte er arglos.

»Nein, Papa, es ist ein Treffen im Dorf, da gibt es maximal ein paar Knabbereien.«

Er machte ein enttäuschtes Gesicht.

Emmy, die die letzten Worte gehört hatte, grinste. »Keine Sorge, er hat schon gegessen«, sagte sie leise zu Bella. »Können wir?«

Emmy stieg auf die Rückbank, während Josef Blum seinen langen Körper mühsam zusammenfaltete, um in den Wagen zu klettern. Kurz vor sechs hielten sie bei den Weißgerbers. Der Bürgersteig war bereits vollgeparkt.

»Sind das alles Leute aus Silldorf? Gehen die nicht zu Fuß?«, fragte Emmy erstaunt.

»Sieht nicht so aus«, gab Bella zurück.

Sie half ihrem Vater beim Aussteigen und ging untergehakt mit ihm zum Gartentor der Weißgerbers. Emmy folgte. Eine Frau brachte gerade eine Mülltüte zur Tonne an der Straße. Plötzlich riss die Tüte, und der ganze Abfall kullerte in den Schnee.

Emmy bückte sich. »Warten Sie, ich helfe Ihnen.«

»Nicht nötig.« Die Frau grinste schief. »Frau Weißgerber hat sicher nichts gemerkt.«

Bella blieb stehen. »Das gibt's doch nicht.« Sie wies auf den Boden. »Wem gehört das?«

Ein Hundehalsband lag zwischen Kaffeekapseln und einer zerfetzten Einlegesohle. Mit spitzen Fingern hob sie es auf.

»Haben die Weißgerbers einen Hund?«

»Also, die hatten nie einen, jedenfalls nicht, solange ich bei der Familie putze, und das sind mittlerweile mehr als zehn Jahre«, antwortete die Frau.

Bella schüttelte das Halsband, um Kaffeekrümel und anderen Dreck loszuwerden, und stopfte es in ihre Jeanstasche. »Dann gehört es jetzt mir.«

Ohne sich weiter zu erklären, spazierte sie mit Josef am Arm auf die Haustür zu. Sie klingelte. Emmy stand hinter ihr.

Weißgerber riss die Tür auf.

»Guten Abend, Bella. Sieh einer an, du hast Verstärkung mitgebracht.«

»Das ist mein Vater, Josef Blum. Er wohnt eine Weile bei uns und würde gern einmal die Nachbarschaft kennenlernen. Bei Hilde war er bereits zu Besuch.«

Josef streckte höflich die Hand aus. »Sehr angenehm.« Verwirrt schlug Weißgerber ein.

»Und dies ist Emmy Barth. Papa, ich fürchte, wir müssen unsere Straßenschuhe ausziehen.« Eine Menge nasser Stiefel stand bereits auf Matten.

»Das ist wirklich sehr mühsam. Aber kann man verstehen bei dem schlechten Wetter, nicht wahr?«, sagte Josef freundlich.

Bella kickte ihre Stiefel weg und half ihrem Vater. Schließlich folgte sie Weißgerber, der sie ins Wohnzimmer führte, wo die Unterhaltung augenblicklich verstummte.

»Bella ist hier. Mit Schlachtenbummlern.«

»Hallo zusammen.« Bella ließ ihren Blick durch das Zimmer schweifen.

Die Maffelders, die Kaminskys, zwei andere Paare aus Bellas Straße, noch ein paar andere Alteingesessene. Sabine mit Marlon, der mit einer Hand eine XXL-Tüte Gummibärchen auf seinem Schoss festhielt, während er mit der anderen eins nach dem anderen in seinen Mund schob. Bella nickte Sabine unauffällig zu. Im Holzofen knackten die Scheite. Auf dem Adventskranz leuchtete eine von vier roten Kerzen.

»Setzt euch. Elke?«, rief Weißgerber in die Küche. »Was ist denn mit den Getränken?«

Seine Frau kam herein, ein Tablett mit Gläsern vor sich balancierend.

»Wein? Bier? Wasser?«

»Nur ein Wasser für mich«, bat Bella, obwohl sie gerade jetzt dringend etwas Stärkeres gebraucht hätte.

»Ich hätte gern ein Bier. Wenn wir schon so gemütlich zusammensitzen«, verkündete Josef. »Sie auch, Frau Barth?«

»Danke, ich bleibe lieber alkoholfrei.« Emmy nahm neben Josef Platz.

Ein paar Gäste wechselten Blicke, während sie sich an den Getränken bedienten.

»Tja, dann wäre das geklärt und wir können anfangen.« Weißgerber ließ sich ebenfalls nieder. »Es geht in erster Linie um den Weihnachtsmarkt, Bella. Du hast dich aus der Verantwortung gestohlen, obwohl so leicht kein Ersatz zu finden ist.«

»Vor allem nicht in letzter Minute«, ging Hilde dazwischen. »Bedeutet dir der Weihnachtsmarkt eigentlich noch etwas, Bella?«

Jemand murmelte etwas von »unfair«.

Bella räusperte sich. Sie zwang sich zur Ruhe, obwohl ihr das Herz bis zum Hals schlug.

»Meine Lieben, ich freue mich, dass ihr mir die Gelegenheit gebt, ein paar Dinge zu sagen. Der Weihnachtsmarkt ist eine ehrwürdige Tradition in Silldorf, und ich habe immer gern daran teilgenommen. Aber mittlerweile habe ich einige andere Verpflichtungen, die mir wichtiger erscheinen.«

»Ganz recht.« Josef Blum hob seinen eingegipsten Arm hoch. »Sie müssen wissen, ich hatte einen Unfall. Wurde operiert. Das ist nicht einfach in meinem Alter.«

Vor Verblüffung hätte Bella am liebsten laut gelacht, konnte sich aber gerade noch zusammenreißen.

Ein Mann nickte verständnisvoll, bis seine Frau ihn empört anstieß.

»Du hast keine Kinder mehr im Haus, Bella«, giftete

Hilde. »Und deine Putzfrau«, sie betonte das Wort süffisant, »hilft dir.«

»Ihr könnt euch ausrechnen, dass Frau Barth«, Bella wies auf Emmy, »sonntags nicht arbeitet. So. Zudem habe ich einen zehrenden Job, der mich zu allen möglichen und unmöglichen Uhrzeiten beansprucht. Insofern musste ich gestern leider Diethard an den Stand bitten. Ich denke, er hat seine Aufgabe nach bestem Wissen und Gewissen getan.«

»Wo ist eigentlich Diethard?«, fragte Egon Maffelder und leerte seinen Bierkrug. »Sollte er nicht hier sein?«

»Er hat gar nicht auf unseren Chat reagiert«, zwitscherte seine Frau Renate indigniert.

»Er hat die Beiträge sicher noch nicht gelesen. Erstens, weil er im Büro ist und ohnehin um sechs Uhr abends noch nicht an diesem Treffen teilnehmen kann, und zweitens, weil diese Chatgruppe weder hilfreich noch sinnvoll ist«, konterte Bella. »Im Gegenteil: Sie kostet Zeit und lenkt ab, wenn man gerade mit voller Konzentration an einer anderen Sache arbeitet. Deshalb haben Diethard und ich die Gruppe stumm gestellt.«

Stille.

»Bei allem, was recht ist: Dafür ist die Gruppe nicht da«, meldete sich Elke Weißgerber zu Wort. »Sie soll für die Sicherheit in Silldorf sorgen, nach allem, was passiert ist.«

Allgemeines Raunen.

»Sicherheit. Gutes Stichwort.« Bella zog das Hundehalsband hervor. »Ist das eures, Elke?«

Elke Weißgerber starrte auf das schmutzige Halsband. »Woher hast du das?«

»Mich würde eher interessieren, wozu ihr das braucht. Oder auch nicht, schließlich habt ihr es weggeworfen. Ihr habt keinen Hund. Nie gehabt.«

»Sag mal, was willst du mit dem dreckigen Ding eigentlich?«, brauste Weißgerber auf.

»Aber ich bitte Sie«, sagte Josef.

Elke sah betreten zu Boden. Sabine hielt sich die Hand vor den Mund.

»Ihr alle wisst, dass vor fünf Tagen Mariella Fonti, die bei Sabine und Peter Aupair war, auf der ›Narbe‹ totgefahren wurde. Der Unfallfahrer hat nicht gehalten. Womöglich hatte Mariella ihren Hund Lüneburg dabei. Sabine?«

»Das stimmt, Mariella hat ihn an dem Abend ausgeführt.«

»Anzunehmen, dass der Todesfahrer angehalten hat, als er Mariella überfahren hatte, und, statt Mariella zu helfen, den Hund mitgenommen hat.«

»Unsinn. Wozu sollte man so was tun?« Herbert Kaminsky stellte seinen Bierkrug ab. Es klackte laut. Zu laut in dem ansonsten stillen Wohnzimmer, in dem unversehens alle den Atem anzuhalten schienen.

»Vielleicht, damit der Hund niemanden zu Mariella führen konnte?«

»Bella, was für ein Quatsch!« Egon Maffelder schüttelte den Kopf. »Niemand aus dem Dorf hat Mariella angefahren. Die Polizei hat alle Autos abgegrast, weil die Lackspuren an Mariellas Kleidung auf einen schwarzen SUV weisen.«

»Und du, Ferdinand, hast so einen.« Bella zeigte auf Weißgerber.

Der wurde puterrot im Gesicht.

»Ich verbitte mir diesen Unsinn. Die Polizei hat meinen Wagen unter die Lupe genommen. Da war nichts. Nicht die kleinste Delle!«

»Zwischen Mittwochabend und dem Wochenende, an dem die Untersuchung der Autos in Silldorf abgeschlossen war, lag genug Zeit, um einen derartigen Schaden ausbügeln zu lassen. Du kennst genug Leute, Ferdinand, die auch mal was unter der Hand machen.«

Weißgerber stand auf. Es war offensichtlich, dass er sich den Abend anders vorgestellt hatte. »Was bildest du dir ein, Bella? Du kommst hierher mit blödsinnigen Anschuldigungen!«

Genau, eigentlich sollte ich beschuldigt und verurteilt werden, aber den Spaß habe ich euch verdorben.

»Ihr wolltet mit mir reden, wenn mich nicht alles täuscht. Meine Haltung habe ich deutlich gemacht. Ich stehe für den Weihnachtsmarkt nicht mehr zur Verfügung.« Ihre eigene Stimme hallte in Bellas Ohr.

Ich habe es gesagt. Es war gar nicht schwer.

»Vielleicht ist es einigen von euch möglich, einzusehen, dass ich mich nicht sperre, weil ich dem Dorf schaden will, sondern dass ich zusätzliche Verpflichtungen einfach nicht stemmen *kann*. Wer es anders sehen will, kann das natürlich tun. Allerdings würde mich nun doch noch interessieren, woher das Halsband stammt.« Sie sah auffordernd in die Runde.

»Das würde mich auch interessieren.« Sabine stand auf, legte Marlon den Arm um die Schultern. Der krallte beide Hände um seine Süßigkeiten. »Denn ich habe das Gefühl, dieses Halsband ist das von Lüneburg. Unserem Beagle. Dreh es mal auf links, Bella, da steht ein ›L‹ drin, mit Kuli geschrieben.«

»Volltreffer.« Bella hielt das Halsband hoch. »Im Übrigen möchte ich sagen, wie sehr ich Sabine Kessler bewundere, dass sie heute Abend hier ist, nach allem, was sie durchgemacht hat.«

Allgemeines Raunen. Elke Weißgerber knetete ihre Finger. Josef blickte angespannt von einem zum anderen.

»Was war denn?«, fragte Renate Maffelder arglos.

»Ihr Mann Peter wurde krankenhausreif geschlagen.«

»Peter hat sich geprügelt? Schwer vorstellbar!« Herbert Kaminsky lachte trocken.

»Er hat sich nicht geprügelt, sondern jemand hat ihm die Fresse poliert, wie man so schön sagt. Einer von uns hier im Raum«, blaffte Bella ihn an.

»Das müssen Sie gewesen sein.« Josef zeigte auf Ferdinand Weißgerber. »Sie haben das Zeug dazu.«

Weißgerbers Hände begannen zu zittern.

Er ist ein Choleriker, wie er im Buch steht. Gleich explodiert er.

»Bullshit. Das muss ich mir nicht anhören. Noch dazu in meinem eigenen Haus.« Seine Stimme bebte.

»Wahrscheinlich ist es ein Leichtes für dich, uns zu erklären, woher das Halsband kommt. Und warum es in eurem Müll gelandet ist.«

»Verschwinde!«, presste Weißgerber hervor.

Bella spürte, wie ihr Vater neben ihr seine Muskeln anspannte. »*Du* hast *mich* herbestellt, schon vergessen? Womit hast du Mariella Angst gemacht, hm? Seit sie bei dir eines Abends Honig holte, war sie verändert.«

»Mama«, begann Marlon mit seiner Sirenenstimme, doch Sabine schüttelte nur unwillig den Kopf.

»Jetzt nicht, Schatz.«

Das Kind verfiel in Schweigen.

»Was war denn da?« Herbert Kaminsky sah von einem zum anderen. »Was willst du damit sagen, Bella?«

»Ihr habt alle meine Artikel gelesen.«

»Deine Artikel! Dein sogenannter Kampf für Gerechtigkeit. Dabei geht es dir im Endeffekt nur um dich selbst!«, schleuderte Elke Weißgerber Bella wütend entgegen.

»Peter hat Ferdinand bisher nicht angezeigt«, sagte Bella an alle gewandt. »Vermutlich wird er es noch tun.«

»Hast du ihn wirklich so vermöbelt, dass er ins Krankenhaus musste?« Herbert Kaminsky schüttelte den Kopf.

»Es ist doch gar nicht gesagt, dass es Ferdinand war!«, ging Hilde dazwischen. »Das ist nur Bellas Version.«

»Nein. Es ist Peters Version.« Bella sah von einem zum anderen. »Wer war es dann, wenn es nicht Ferdinand war? Egon? Herbert? Oder vielleicht du, Hilde?«

Die Luft im Zimmer war zum Schneiden. Alle beäugten einander. Der Plan der Dörfler war torpediert, der Schuss nach hinten losgegangen. Anstatt gemeinsam gegen Bella zu agieren, richtete sich die schlechte Stimmung gegen den Gastgeber.

»Du hast nicht viele Möglichkeiten«, sagte Bella zu Weißgerber. »Entweder bittest du Peter um Verzeihung. Er ist ein guter Kerl. Wir kennen ihn alle. Manche von euch mögen ihn ein Weichei nennen. Trotzdem hat Peter mehr Mumm in den Knochen als die meisten von euch. Möglich, dass es ihm zunächst schwerfällt, aber er wird deine Entschuldigung sicher annehmen, Ferdinand. Oder du wartest, bis er dich anzeigt. Dann liegt der Fortgang der Ereignisse nicht mehr in Peters Hand.«

»Du wirst schon noch sehen, wohin das führt«, keifte Elke los. »Und die da!«, sie zeigte auf Sabine Kessler, »muss sich warm anziehen.«

Sabine wurde rot im Gesicht. »Was soll das heißen?«

»Sie haben ganz sicher Ihr Kratzwasser gehabt mit Ihrem Mann. Weil – na ja, mit einer jungen Frau im Haus, welcher Mann hält da an sich?«

Sämtliche Augen richteten sich auf Sabine.

Verdammt, dachte Bella.

Doch Sabine hatte nicht vor, dem Druck nachzugeben. Sie warf den Kopf in den Nacken und lachte schallend. »Da ist wohl der Wunsch Vater des Gedankens, oder?«, rief sie. »Was für ein saudummes Zeug.«

Josef nickte Sabine aufmunternd zu, als sei sie eine Schülerin, die soeben etwas besonders Kluges gesagt hatte.

»Also, Ferdinand?«, sagte Bella. »Wirst du auf Peter zugehen?«

»Das kann ich alles nicht glauben.« Weißgerber stützte seine Ellenbogen auf die Knie und bedeckte sein Gesicht mit seinen Händen. »Was wollt ihr mir denn noch anhängen?«

Elke verschränkte die Arme. »Du hast ihr an den Hintern gelangt. Das machst du ja gern. Bei jüngeren Damen. Nicht mehr bei mir.«

Emmy unterdrückte ein Lachen.

»Was?«, rief Hilde.

»Das Mädchen ist in heller Aufregung weggerannt. Hat mir das Honigglas aus der Hand gerissen. Auf und davon ist sie.«

»Du hast also ein Glas für die Kesslers aus dem Keller geholt, Elke? Solange war Mariella mit deinem Mann allein?«

»Was weiß denn ich, was er ihr für Komplimente gemacht hat, während der paar Minuten, in denen ich nicht dabei war.« Elke erhob sich. »So ist das. Jetzt wisst ihr's.«

Betreten sahen die Gäste einander an. Die alte Dorfgemeinschaft, diejenigen, die sich für Freunde hielten. Die im Sommer miteinander grillten und sich im Winter auf dem Weihnachtsmarkt mit Glühwein zuprosteten. Das Schweigen hallte in den Ohren. Als ein Scheit im Holzofen knackte, zuckte Hilde Kaminsky zusammen.

Ich habe auch weggeschaut, dachte Bella. Womöglich hätte ich es wissen oder mir zumindest denken können.

»Das ist beileibe nicht die feine Art, wenn ich das mal sagen darf«, brach Josef das Schweigen.

Renate Maffelder kicherte hilflos.

»Woher hast du das Halsband, Ferdinand?« Elke trat auf Weißgerber zu.

Der ließ die Arme sinken. »Ich hab's gefunden. Auf dem Parkplatz beim ›Dorfkrug‹.«

»Ach, ins Wirtshaus findet der Herr immer den Weg, wie?« Elke ging zur Tür. »Ihr entschuldigt mich.« Sie verließ den Raum.

»Jemand hatte es wohl weggeworfen, am Eingang zum Gasthaus steht ein Behälter, der ist gleichzeitig Mülleimer und Aschenbecher. Da lag das Band im Schnee. Sah so aus, als hätte derjenige den Mülleimer nicht richtig getroffen.«

»Warum hast du es mitgenommen?«, fragte Egon Maffelder, und es klang ehrlich interessiert. »Ist irgendwie unlogisch, oder?«

»Was weiß ich. Eigentlich wollte ich es nur in den Eimer werfen. Regt mich auf, wenn die Leute ihren Müll rumschmeißen. Dann habe ich es wohl eingesteckt.« Er zuckte die Achseln. »Nennt man Reflex.«

Für den Bruchteil von Sekunden senkte sich Totenstille über das Wohnzimmer. Dann sagte Bella:

»Wir müssen los.« Sacht berührte sie Josef am Arm. »Komm, Papa.«

Emmy stand schon auf.

»Ich komme mit euch«, sagte Sabine und stupste Marlon an. »Auf geht's, Sportsfreund.«

39

»Ich kann das nicht glauben«, sagte Emmy.

Bella nickte. »Ich auch nicht.«

Sie saßen in Bellas Auto und rauchten. Josef spielte mit Melanie Schach. Diethard war noch nicht zu Hause.

Emmy räusperte sich, »das erklärt doch nicht, weshalb Mariella überhaupt dort draußen zwischen Dorf und Siedlung herumgelaufen ist.«

»Sie hatte Angst vor etwas oder jemandem und ist weggelaufen. Sie hatte Aufputschmittel und Morphine im Blut, war zugedröhnt, nicht bei klarem Verstand.«

»Und der Hund?«

»Ich weiß es nicht.« Bella blies den Rauch in Kringeln an die Wagendecke und ließ das Fenster ein Stück herunter. Die eisige Luft brannte in ihrem Gesicht. »Ich weiß ja nicht mal, wo mein Bruder jetzt ist.«

Ein Schuldeingeständnis. Er haut ab. Mal wieder.

Sie musste ihn wenigstens selbst fragen, was er zu sagen hatte. Inzwischen hatte er genug Zeit gehabt, mit dem Verstand und nicht mit dem Gaspedal zu denken.

»Nehmen wir an, sie geht mit dem Hund Gassi und trifft auf Weißgerber«, schlug Emmy vor. »Der Mann löst in ihr Panik aus. Sie rennt mit dem Hund davon, der Hund reißt sich los, türmt, sie sucht ihn und irrt deshalb stundenlang im Dunkeln herum.«

»Sabine meinte, Lüneburg sei anhänglich.«

»Das mag ja sein, aber auch ein Tier kann mal austicken.«

Bella griff nach ihrem Handy und wählte die Nummer von Elke Weißgerber. Es klingelte lange, bis ein knappes

»was willst du?« zu hören war. Sie aktivierte den Lautsprecher.

»Elke, war Ferdinand am Abend von Mariellas Tod zwischen 19 und 22 Uhr unterwegs?«

»Das geht dich nichts an.«

»Er war nicht die ganze Zeit zu Hause, habe ich recht?«

Bella konnte spüren, wie Elke mit sich rang.

»Er hat Holz zu den Maffelders gebracht. Die kaufen ihr Feuerholz bei uns.«

»Wann ging er weg und wann kam er zurück?«

»Um sieben ungefähr. Wir haben vorher zu Abend gegessen. Zu Hause war er vielleicht anderthalb oder zwei Stunden später.«

Die Lichtkegel eines Wagens wanderten die Straße entlang.

»Danke, Elke.« Bella drückte ihre Kippe aus. »Volltreffer.«

»Sie sollten sich Verbündete suchen«, schlug Emmy vor, während sie die Wagentür öffnete. »Ich komme morgen früh wie ausgemacht, ja?«

»Danke, Emmy.«

»Immer wieder gern.« Sie zwinkerte Bella zu, stieg aus und ging zu ihrem Auto.

Bella blieb sitzen. Sie rauchte noch eine Zigarette.

Jetzt gäbe ich was für ein paar Pillen zum Runterkommen.

Es kam ihr vor, als koppelte sich ein Teil von ihr ab, schwebe mit den Ringen aus Rauch durch die Nacht.

So saß sie, bis Diethard heimkam.

40

»Gerade erst eingeschwebt?« Diethard hievte eine schwere Aktentasche aus dem Wagen.

»Ja.« Bella schlug die Fahrertür hinter sich zu. Sie spürte ein heftiges Ziehen im Kreuz. Kurz blieb sie wie angewurzelt stehen, streckte sich.

Da ist zu viel, was ich mit mir herumschleppe.

»Ist was?«

»Nein. Lass uns reingehen. Es ist saukalt.« Sie ging voraus. Jeder Schritt tat weh im Rücken.

Nicht beachten. Die meisten Wehwehchen verschwinden von selbst wieder.

»Wo steckt eigentlich dein Bruder?«, fragte Diethard, als er sich die Stiefel abgeklopft und ins Haus gekommen war.

»Ich habe keinen Schimmer. Hast du eigentlich mal die Nachrichten aus der Chatgruppe gelesen?« Bella riss die Kühlschranktür auf. Ihr Magen knurrte.

»Hör mir damit auf. Ich habe wirklich keine Zeit zu verplempern.«

»Ich auch nicht.« Sie nahm einen Eierkarton heraus. »Spiegelei?«

»Bella, ich bitte dich, diese endlosen Diskussionen, dass du auch arbeitest und einen Job zu machen hast, die bin ich leid. Ehrlich.«

»Ich wurde vorgeladen.«

»Bitte, was?«

Krachend landete die Pfanne auf der Herdplatte. »Von Weißgerber. Ich, der Underdog von Silldorf. Man wollte ein Exempel statuieren. Ist allerdings gründlich schiefgegangen.«

Diethard sank auf einen Stuhl. »Erklär mir das.«

Bella schlug Eier auf. »Ist schnell erzählt. Ich habe Emmy und Josef als Verstärkung mitgenommen.« Sie berichtete von dem Halsband im Müllsack und allem weiteren, was der Abend gebracht hatte.

»Ferdinand Weißgerber soll Mariella auf dem Gewissen haben?«

Nachdenklich sah Bella den Eiern beim Brutzeln zu.

»Nein, er hat sie nicht angefahren, wenn es stimmt, was Elke sagt: Er war so spät nicht mehr draußen. Er ist ihr wohl begegnet, sie hat sich geängstigt, der Hund ist ausgebüxt. Eine Verkettung von dummen Zufällen.«

»Aber wer ...«

Bella kratzte die Eier aus der Pfanne und stellte Diethard einen Teller hin.

»Sei so nett, hol mir ein Bier. Im Kühlschrank ist keins mehr.«

Kaum war Diethard aus der Küche, wählte sie Rolfs Nummer. Er antwortete nicht. Wahrscheinlich hockte er in einer Kneipe irgendwo in einer Ortschaft der Umgebung und ließ sich volllaufen.

Diethard kam herein, stellte zwei Flaschen auf den Tisch. »Also? Wer?«

»Rolf.«

»Was? Dein Bruder?«

»Percy sagt, er war am Abend des Unfalls hier.«

»In Silldorf?« Diethard setzte den Flaschenöffner an.

»Im ›Dorfkrug‹, ja. Ich nehme mal an, er wollte schon zwei Tage früher bei uns aufschlagen. Trank sich Mut an und kaufte die nötigen Tabletten. Mittwochs kommen die

Lieferungen rein. Sag nichts, dieses Detail hat er bereits zugegeben.« Bella fing an, ihr Spiegelei zu essen. »Vom ›Dorfkrug‹ aus fuhr er über die ›Narbe‹ nach Silldorf. Fuhr Mariella an, bekam Panik, flüchtete. Nun konnte er nicht mehr bei uns klingeln, wahrscheinlich hatte sein Auto eine ordentliche Delle. Er kehrte nach Leipzig zurück, brachte am nächsten Tag den Wagen in die Werkstatt und reiste am Freitag mit einem Leihwagen an.«

Diethard starrte seine Frau über den Rand seines Tellers hinweg an. »Warum sollte er über die ›Narbe‹ fahren, wenn er vom ›Dorfkrug‹ kommt? Er könnte einfach direkt ins Dorf fahren.«

»Wenn er einen im Kahn hatte, hätte er dort eher jemandem begegnen können. Vielleicht wollte er das vermeiden.«

»Ich weiß nicht, Bella.«

»Iss dein Ei. Wird kalt.«

Mechanisch griff er zum Besteck.

»Rolf ist absolut durch den Wind, Diethard, und das nicht nur wegen Jennifer. Er leidet an Schuldgefühlen, die lassen ihm keine Ruhe.«

»Wo ist er jetzt?«

»Wenn ich das wüsste. Ich muss mit ihm reden. Als Erste. Ich kriege ihn dazu, dass er sich stellt.« Sie rief erneut die Nummer ihres Bruders an. Keine Antwort.

»Wenn das stimmt, Bella ...« Diethard schüttelte den Kopf. »Ich mag es nicht glauben.«

»Zuerst muss ich ihn finden.« Bella schob den Teller weg, griff nach der Bierflasche. »Halte du die Stellung, ja? Wenn Melanie fragt, ich musste in die Redaktion.« Sie stand auf.

»Was hast du vor?«

»Ich glaube, ich weiß, wo ich Rolf auftreibe.«

»Wo willst du hin?«

»Tu mir den Gefallen und hab ein Auge auf Josef.«
»Bella, das ist nicht witzig. Bring dich nicht in Gefahr.«
»Er wird mich nicht umbringen.« Mit einem Mal ging ihr Diethard auf die Nerven. Er hatte sich den ganzen Tag nicht um ihr Problem mit den Weißgerbers gekümmert. Stellte sich auf den Standpunkt, keine Zeit für die albernen Konflikte mit den Nachbarn zu haben. Na gut. Ich habe auch meinen Stolz, dachte Bella.

Als sie vor die Tür trat, schien der Mond. Die Wolken hatten sich zurückgezogen und ließen Löcher, durch die man die Sterne sehen konnte. Bella legte den Kopf in den Nacken.

Das alles ist ohnehin meine Sache. Rolf ist mein Bruder.

41

Bella steuerte den »Dorfkrug« an. Bei den Weißgerbers verlangsamte sie die Fahrt. Im Wohnzimmer brannte Licht, sonst war das Haus dunkel. Sie wartete einen Moment ab. Die Sekunden tickten. Sie stellte sich vor, wie Elke Weißgerber ihren Mann wegen seiner Anmachversuche zur Schnecke machte. Oder er sie, weil sie ihm auf die Nerven ging, indem sie seine Sonderrechte als Mann in Frage stellte.

Bella steckte sich eine Zigarette an. Genüsslich sog sie

den Rauch ein. Der Mond schickte sein Licht über die verschneiten Gärten. Ein magischer Moment, zu schön für Bellas Seelenzustand.

Manchmal liefen die Dinge eben aus dem Ruder. War schwer, sie dann wieder in die richtige Richtung zu lenken. Und manchmal wusste man nicht, welche Richtung die richtige war.

Nach ein paar Minuten fuhr Bella weiter.

Der Parkplatz beim »Dorfkrug« lag finster da. Die Lichtschläuche und die übrige Weihnachtsdeko leuchteten nicht. Rolf hatte seinen Leihwagen ganz am Ende des Parkplatzes nahe am Gebüsch abgestellt. Bella stellte die Scheinwerfer aus und wendete. Schaltete die Zündung aus. Als das Brummen des Motors verklang, stolperte ihr Herz. Sie atmete tief ein, hielt die Luft kurz an und atmete dann aus. Es half, das Herz fand in seinen Rhythmus zurück.

Verdammte Raucherei.

Um vom »Dorfkrug« aus zu sich nach Hause zu kommen, konnte sie den Weg durch das Dorf nehmen, sie konnte jedoch auch die Straße zur Autobahn wählen, die in Richtung Siedlung führte, und von dieser auf die »Narbe« abbiegen. Beide Wege waren ungefähr gleich lang.

Bella stieg aus, stellte ihr Handy auf Vibration. Sie stülpte die Wollmütze übers Haar. Leise drückte sie die Autotür zu. Die Nacht legte sich über sie wie ein Zelt. Der »Dorfkrug« hockte in seinem eigenen Schatten gleich zwischen den verschneiten Bäumen und Büschen. Nur das zarte Mondlicht beschien die Szenerie. Sie wartete, bis ihre Augen sich an die Dunkelheit gewöhnt hatten, und ging dann um das Gasthaus herum in den Garten. Dabei hielt sie Abstand zum Haus, um keine Bewegungsmelder auszulösen. Der Schnee reflektierte den silbernen Mondschein. Bis auf das

Knirschen des Schnees unter ihren Sohlen war alles still. Totenstill.

Bella umrundete den Weihnachtsbaum und hielt auf die Scheune zu. Ein schwacher Lichtschein drang unter dem Tor durch.

Also doch.

Sie glaubte, ein Motorengeräusch zu hören, doch es verklang schnell wieder in der Nacht. Behutsam bewegte sie sich durch den Garten. Ein wachsamer Blick zum Haus: Auch im ersten Stock blieb alles dunkel. War Percy nicht hier? Besuchte er Laura, seine Affäre?

Als Bella die Scheune erreichte, hörte sie leise Stimmen. Eine hell und herausfordernd. Eine andere müde und dunkel.

Doro und Rolf.

Herzstolpern.

Bella ging um die Scheune herum. Ein Seitenfenster warf einen Lichtfleck in den Schnee. Bella fand eine Obststeige und stieg darauf, um in die Scheune spitzen zu können.

Rolf und Doro hockten an einem Tisch, beide mit einem Bier vor sich. Doro zählte ein paar Geldscheine, dann schob sie Rolf eine Schachtel zu. Er griff danach und drehte sie in den Händen, bevor er sie hektisch öffnete, zwei Pillen aus dem Blister drückte und sie mit Bier herunterspülte. Die Stimmen der beiden drangen gedämpft durch das dünne Glas.

Doro fuhr sich durchs Haar. »Tut gut?«

»Ich konnte nicht mehr.«

»Liegt dir Weihnachten im Magen?«

»Nein. Ich habe anderen Ärger.«

Sie nickte. Lächelnd. Durch das Fenster konnte Bella ihr scharf geschnittenes Gesicht sehen. Die großen Kreolen blitzten in ihren Ohren. Sie trug schwarz, wie immer. Ihre Lippen leuchteten rot in dem kalten Licht.

»Ich auch.«

»Warum?«, fragte Rolf interessiert.

»Männer.«

»Du hast Ärger mit Männern?«

»Glaubst du nicht? Ich hab da so einen Verdacht. Was meinen Freund betrifft.«

»Einen Verdacht? Du meinst, er hat eine andere?«

Doro zuckte die Schultern. Plötzlich wirkte sie geknickt, kein bisschen kaltschnäuzig mehr. »Ich krieg's schon noch raus.«

»Meine Frau hat mich gerade verlassen«, sagte Rolf.

»Fuck.«

»Ja, echt.« Er trank. Seine Hände zitterten, und als er die Flasche abstellen wollte, kippte sie beinahe um. »Aber ich krieg sie wieder. Ich löse meine Probleme und dann krieg ich sie wieder. Ich habe Mist gebaut, verstehst du.«

Doro zog eine Selbstgedrehte aus der Tasche. Sie zündete sie an. »Joint?«

Gierig griff Rolf nach der Tüte. Nahm einen Zug. Seine Züge entspannten sich.

»Du bist der Bruder von Bella Graukorn, oder?«

Bella erschrak so heftig, als sie ihren Namen hörte, dass sie beinahe von der Kiste gerutscht wäre. Wie ein Blitz schoss Schmerz in ihren Rücken.

»Hm, ja«, machte Rolf.

»Die weiß eine Menge.«

»So? Was denn?«

»Über das Dorf, die Leute hier.«

Rolf reichte Doro den Joint.

»Sie wohnt seit Ewigkeiten hier. Ist doch normal.«

»Allerdings mischt sie sich in allerhand Kram ein.«
»In welchen Kram denn?«
»Wegen des Unfalls drehen doch alle am Rad.« Doro zog am Joint. Es dauerte eine ganze Weile, bis sie weitersprach.
»Was weißt du denn darüber?«
»Ich? Nichts!« Rolf griff nach der Tablettenschachtel.
»Du warst ja hier, an dem Abend.« Sie zwinkerte ihm lasziv zu. »Stoff holen.«
Fahrig schob Rolf seinen Stuhl zurück. »Nur, weil ich hier war, muss ich doch nichts mit dem Unfall zu tun haben!«
»Tatsache ist, du warst hier.«
Ein Motorengeräusch kam näher. Bella stützte sich an der Scheunenwand ab und sah zum Parkplatz hinüber. Scheinwerfer krochen über die schwarzen Stämme der Pappeln, ehe sie erloschen.
Verdammt!
»Ich habe deiner Schwester gesagt, ich hätte an dem Abend Spätschicht gehabt. Ätsch, stimmt nicht, ich hatte frei. Wo kaufst du denn sonst, was du so brauchst?«
Rolfs Hände griffen wieder nach der Schachtel. Bella sah, wie sie zitterten.
»Dir kann ich's ja sagen. Ich habe meine Quelle in Leipzig.«
»Scheinbar ist die versiegt, sonst hättest du nicht die weite Fahrt hierher auf dich nehmen müssen, was?« Doro hielt Rolf den Joint hin. »Ich krieg jedenfalls eine Menge mit, wenn ich im ›Dorfkrug‹ aushelfe. So im Allgemeinen und im Besonderen.«
»Was soll das heißen?«
»Die Leute reden über deine Schwester. Die hasst das Dorf und will endlich Karriere machen. Also klemmt sie sich hinter den Unfall. Den du verursacht hast.«

»Spinnst du?« Rolf sprang auf, der Stuhl kippte um.

Bella starrte ungläubig durch das Fenster. In ihrem Brustkorb hämmerte ein wild gewordener Donnergott.

»Wenn sie der Zeitung eine schneidige Geschichte liefert, bringt sie es bestimmt zu einer lokalen Berühmtheit. Und was wäre cooler, als rauszufinden, dass der eigene Bruder der Todesfahrer ist, nach dem die Polizei seit fast einer Woche sucht.«

»Du hast sie ja nicht mehr alle.«

Bella kannte ihren Bruder. Sie wusste, dass er jetzt schon am Ende war. Er hielt Druck nicht aus. Er würde einknicken, in ein paar Augenblicken nur, und Doro könnte ihn zertreten wie eine lästige Mücke.

»Aber vielleicht klaue ich ihr auch die Pointe.«

Bella wurde schwarz vor Augen. Wie betäubt stieg sie von der Obststeige und lehnte sich gegen die Scheunenwand. Ihr Herz hämmerte und setzte dann einen Takt aus. Legte nach, stoppte. Sie presste die Hand auf ihre Brust.

Ich schaffe das nicht.

Der Anfall ebbte ab. Sie atmete durch. Anschließend ging sie ein paar Schritte von der Scheune weg. Wolken schoben sich vor den Mond. Dennoch konnte sie im Zwielicht erkennen, wie jemand durch den Garten kam. Eine massige Gestalt, die einen Gegenstand in der Hand hielt.

42

Sie eilte in einem Bogen durch den Garten. Näherte sich dem Mann von der Seite.

»Ferdinand?«

Er fuhr herum.

»Scheiße, Bella, hast du mich erschreckt.«

»Psst, leise! Komm ein bisschen weg, in der Scheune sind Leute!«

Sie schob ihn näher zum ›Dorfkrug‹ und drückte sich in den Eingang zur Küche. Wütend starrte Weißgerber sie an. Hob die Hand und knipste die Taschenlampe an, leuchtete ihr direkt ins Gesicht. Sie hob die Hand über die Augen.

»Lass das. Was willst du hier?«

»Hör mal, denkst du, ich merke nicht, dass du mich beschattest?«

»Ich beschatte dich?« Sie musste schnell handeln, wenn nicht alles den Bach runtergehen sollte. »Was für ein Blödsinn.«

»Du bist vorhin bei uns vorbeigefahren. Hast da gestanden und geglotzt. Was hast du eigentlich vor? Willst du alles kaputt machen? Das ganze Dorf in den Abgrund reißen?«

»Sicher bin nicht ich diejenige, die etwas kaputt macht. *Deinetwegen* ist Mariella in Panik geraten. Hast du sie an dem Abend, als der Unfall passierte, auch unter Druck gesetzt?«

»Das stimmt doch nicht!«

»Deine Frau sagt was anderes!«

»Pah!« Endlich ließ Weißgerber die Taschenlampe sinken. »Elke war von jeher notorisch eifersüchtig. Die hat seit Beginn unserer Ehe hinter jeder Frau, die ich länger als eine halbe Sekunde angesehen habe, eine Affäre gewittert!«

»Hast du Mariella begrapscht?«

»Nein, habe ich nicht. Du willst in mir nur das Ekel sehen, Bella. Deine Meinung über mich war nie besonders hoch. Über niemanden von uns Alten im Dorf. Du hast dich immer als was Besseres gefühlt, oder?«

Bella verschränkte die Arme. »Am Abend des Unfalls, Ferdinand, was war da?«

»Scheiße! Du gibst echt keine Ruhe. Also, pass auf. Ich habe sie gesehen. Mariella. Sie ist die Straße runter, zum ›Dorfkrug‹. Mit dem Hund. Zu Fuß. Ich habe den Maffelders Feuerholz gebracht, mit Egon einen Schnaps getrunken und bin dann zurück. Habe Mariella gesehen und bin ihr nach. Hierher. Zum ›Dorfkrug‹. Als sie mich bemerkt hat, fing sie an, rumzukreischen. Ich habe ihr gesagt, Peter Kessler und sie, sie machen das Dorf unsicher mit ihren blöden Drogendeals. Ich weiß doch, dass er hier sein Zeug kauft!«

Bella biss sich auf die Lippen.

»Bei wem kauft er sein Zeug?«

»Hier eben. In diesem verschissenen Gasthaus. Und Mariella hat gleich um die Ecke gewohnt. Also, sie ist in den Garten gegangen. Da rüber.« Er zeigte in Richtung Scheune. »Aber ich konnte nicht ... Ich konnte nicht hinterher. Das Wirtshaus war voller Leute, ich wollte nicht, dass die was spitzkriegen.«

Bella merkte, wie sie kurz und hektisch atmete. Die kalte Luft schmerzte in der Lunge.

Ruhig jetzt. Vermassel es nicht. Er redet. Bring ihn nicht aus dem Rhythmus.

»Sie war mit dem Hund hier?«

»Habe ich doch gesagt, sie ist mit dem Hund hergekommen und irgendwo da hinten bei den Gewächshäusern verschwunden. Dann kam eine Frau aus dem Garten, die schlanke, dunkle, die manchmal bedient. Die hatte den Beagle an der Leine und brachte ihn zu einem Lkw. Der Fahrer ließ ihn in die Kabine hüpfen und fuhr weg. Auf dem Weg dahin hat er noch die Leine und das Halsband rausgeschmissen.«

Langsam wird ein Schuh draus, dachte Bella. »Lüneburg war die Bezahlung für die Pillen.«

»Hä?«, machte Weißgerber schwer von Begriff.

»Hör mal, ich muss telefonieren. Bitte postiere dich bei der Scheune, und wenn jemand versucht abzuhauen, nimm ihn oder sie in die Zange. Kriegst du das hin?« Bella wartete seine Antwort nicht ab, sondern stapfte um die Ecke zu ihrem Auto. Sie sank auf den Sitz, ließ den Motor an, stellte die Heizung auf höchste Stufe und wählte Oberkommissar Werner Köhlers Nummer. Sie hielt das Gespräch kurz. Köhler versprach, sofort zu kommen. Anschließend rief sie Wolters an.

»Graukorn! Bist du nachtaktiv?«

»Doro ist der Mainblogger.«

»Wer?«

»Die Freundin des Silldorfer Gastronomen. Sie hat anscheinend spitzgekriegt, dass ihr Lebensgefährte eine Affäre hat, und rächt sich jetzt an ihm, indem sie ihn im Netz als Drogenbaron anschwärzt.«

»Ihr habt echt nicht alle Tassen im Schrank da bei euch.«

»Außerdem weiß ich, wer den Unfall verursacht hat.«

»Okay, schieß los!«

»Später. Muss erst noch was klären.« Sie legte auf.

43

Blaulicht geisterte über den verschneiten Parkplatz. Mehrere Streifenwagen duckten sich unter die Pappeln. Bella hörte den Schnee unter den Stiefeln der Polizisten knirschen. Handys klingelten. Dabei wirkte alles seltsam verhalten, als hätte jemand den Ton heruntergedreht. Am Himmel hing der Mond und starrte gleichgültig auf die Szenerie am Boden.

Bella rauchte. Neben ihr saß Rolf. Zog an seiner Zigarette. Sie betrachtete ihn verstohlen. Seinen struppigen Bart. Die dicken Augenringe. Die hohlen Wangen, wenn er inhalierte. Sie spürte diese Schwingung zwischen ihnen. Wie früher. Dieses leise Flirren, wenn sie sich verkrochen hatten vor dem strengen Blick des Vaters. Der nur Rolf galt. Nicht Bella.

»Ich hätte nicht abhauen dürfen. Ich wollte das gar nicht. Bin sogar ausgestiegen, Bella! Habe sie gesehen. Sie lag da und stöhnte, die eine Hand war ganz blutverschmiert, die hat sie mir entgegengestreckt. Da habe ich Panik bekommen. So eine Panik … und bin einfach weg. Zuerst wollte ich ja unangemeldet bei euch unterkriechen. Dann dachte ich, wenn ich wieder in Leipzig bin, bleibe ich unter dem Radar, mich kennt schließlich keiner hier!« Er blies den Rauch aus. »Ich hätte nicht zu euch kommen sollen. Hätte in Leipzig bleiben sollen. Du hättest es nie rausgekriegt.«

Glaub mir, ich hätte was drum gegeben, es nicht rauskriegen zu müssen!

»Und Mariella? Sie hat mit dem Leben bezahlt! Vielleicht hätte sie überlebt, wenn du einen Rettungswagen gerufen hättest.« Bella sagte es nicht vorwurfsvoll. Sie war nur unendlich traurig. Und müde.

»Ich wollte nicht ... ich hatte was genommen und was getrunken. Ziemlich viel sogar. Ich hätte gar nicht mehr fahren dürfen. Es war ein Fehler, Bella. Mein Leben besteht aus verdammten Fehlern.«

»Fehler machen alle.«

»Ich habe mein Leben im Knast vor mir gesehen!«

Genau da wirst du jetzt landen. An einem Ort, wo ich dich nicht raushauen kann.

»Sie kam plötzlich vor mein Auto gelaufen. Aus dem Nichts! Wirklich, Bella! Ich hatte keine Chance! Wahrscheinlich war sie zugedröhnt, völlig durchgeknallt.«

»Ich glaube eher, sie hat Lüneburg gesucht. Wahrscheinlich hat sie nicht mitgekriegt, dass Doro den Hund als Bezahlung an die Trucker weitergegeben hat.«

»Die hat was genommen! Die stand neben sich«, insistierte Rolf. »Von mir aus, lass sie verzweifelt gewesen sein, aber sie war definitiv auf Droge. Total zu war die.«

Ich bin diese Erklärungen so leid. Steh gerade für das, was du getan hast, verdammt.

»Ich kann nichts mehr für dich tun, Rolf. Es liegt jetzt an dir.«

Neben ihr atmete Rolf hektisch ein. Der kleine Wagen war angefüllt mit Rauch. Bella ließ das Fenster ein Stück herunter. Die Kälte machte ihr jetzt schon zu schaffen, dabei hatte der Winter noch gar nicht richtig begonnen.

»Was hast du denn schon für mich getan? Ich meine, in den letzten Jahren. Früher, ja, okay. Aber die Kindheit ist lang vorbei, oder? Bella, sag was.«

Die Kindheit interessiert mich nicht mehr.

»Ich weiß es nicht, Rolf, ob Kindheit jemals vorbei ist.

Niemand entwächst so schnell und leicht den Kinderschuhen, wie er es möchte. Wir schleppen zu viel mit uns rum. So ist es eben. Es betrifft alle. Wir sind nicht die Einzigen. Sieh dir Doro an. Was hat sie erlebt, als sie ein Kind war? Welchen Schmerz und welches Chaos hat sie auf ihren Schultern bis heute herumgeschleppt?«

»Du warst Papas Liebling. Du hast es drauf angelegt, besser dazustehen als ich.«

Bella wandte sich Rolf zu. »Vielleicht war das so. Ich war ein Kind wie du. Jünger als du. Wir haben beide unsere Strategien entwickelt, um zu überleben. Aber damit können wir uns jetzt nicht mehr rausreden, klar? Wir beide nicht.«

»Fuck!« Rolf rieb sich das Gesicht. »Ich sterbe im Knast.«

»Nein, das wirst du nicht.«

Bella sah zu Oberkommissar Köhler hinüber, der gerade mit Doro redete, bevor sie zu einem Streifenwagen gebracht wurde. »Doro kriegt Ärger. Handel mit illegalen Aufputschmitteln.«

»Pah, das ist nichts.« Rolf weinte nun leise. »Ich hätte das nicht tun dürfen. Nachts hat Mariella mich all die Nächte verfolgt, verstehst du? Ich sah sie im Traum, ich sah diese Hand, ich dachte … ich weiß nicht, was ich dachte. Ich habe die Tabletten geschluckt und gehofft, dass ich mal schlafen kann.«

Er ist kein schlechter Kerl, dachte Bella. Kein schlechter Kerl. Was auch immer das heißt.

»Sag Papa nichts, Bella, okay? Sag ihm nichts.«

Köhler kam zu ihnen herüber. Er klopfte an die Scheibe an der Fahrerseite. Bella drückte ihre Kippe aus.

»Es wird Zeit, Bro«, sagte sie.

weitere Weihnachtskrimis von Friederike Schmöe:

Katinka Palfy ermittelt:

Süßer der Punsch nie tötet
ISBN 978-3-8392-2185-3

Lasst uns froh und grausig sein
ISBN 978-3-8392-1186-1

Still und starr ruht der Tod
ISBN 978-3-8392-2182-2

weitere:
Schaurige Weihnacht überall
ISBN 978-3-8392-1436-7

Stille Nacht, grausige Nacht
ISBN 978-3-8392-1804-4

Von Zimtsternen und Zimtzicken (Anthologie, 1 Beitrag)
ISBN 978-3-8392-1955-3

Drauß' vom Walde
ISBN 978-3-8392-2307-9

WWW.GMEINER-VERLAG.DE
Wir machen's spannend

Kea Laverde ermittelt:

1. Fall: Schweigfeinstill
ISBN 978-3-89977-805-2

2. Fall: Fliehganzleis
ISBN 978-3-8392-1012-3

3. Fall: Bisduvergisst
ISBN 978-3-8392-1034-5

4. Fall: Wieweitdugehst
ISBN 978-3-8392-1098-7

5. Fall: Wernievergibt
ISBN 978-3-8392-1135-9

6. Fall: Wasdunkelbleibt
ISBN 978-3-8392-1199-1

7. Fall: Ein Toter, der nicht sterben darf
ISBN 978-3-8392-1612-5

8. Fall: Falsche Versprechen
ISBN 978-3-8392-2154-9

weitere:
Du bist fort und ich lebe
ISBN 978-3-8392-1459-6

Wer mordet schon in Franken?
ISBN 978-3-8392-1507-4

Geisterflug
ISBN 978-3-8392-2314-7

WWW.GMEINER-VERLAG.DE
Wir machen's spannend

Katinka Palfy ermittelt:

1. Fall: Maskenspiel
ISBN 978-3-89977-636-2

2. Fall: Kirchweihmord
ISBN 978-3-89977-643-0

3. Fall: Fratzenmond
ISBN 978-3-89977-675-1

4. Fall: Käfersterben
ISBN 978-3-89977-681-2

5. Fall: Schockstarre
ISBN 978-3-89977-710-9

6. Fall: Januskopf
ISBN 978-3-89977-737-6

7. Fall: Pfeilgift
ISBN 978-3-89977-756-7

8. Fall: Spinnefeind
ISBN 978-3-89977-782-6

9. Fall: Rosenfolter
ISBN 978-3-8392-1275-2

10. Fall: Zuträger
ISBN 978-3-8392-1685-9

11. Fall: Dohlenhatz
ISBN 978-3-8392-2048-1

12. Fall: Kreidekreis
ISBN 978-3-8392-2229-4

13. Fall: Angeschwärzt
ISBN 978-3-8392-2523-3

14. Fall: Rhöner Nebel
ISBN 978-3-8392-2589-9

WWW.GMEINER-VERLAG.DE
Wir machen's spannend

DIE NEUEN Lieblingsplätze

ISBN 978-3-8392-2628-5
Lieblingsplätze SCHWARZWALD

ISBN 978-3-8392-2615-5
Lieblingsplätze DONAU PASSAU — WIEN

ISBN 978-3-8392-2620-9
Lieblingsplätze LAHNTAL

ISBN 978-3-8392-2635-3
Lieblingsplätze ZWISCHEN NORD- UND OSTSEE

ISBN 978-3-8392-2618-6
Lieblingsplätze IN UND UM PASSAU

ISBN 978-3-8392-2623-0
Lieblingsplätze REGENSBURG UND OBERPFALZ

ISBN 978-3-8392-2630-8
Lieblingsplätze TÖLZER LAND – TEGERNSEE – SCHLIERSEE

ISBN 978-3-8392-2631-5
Lieblingsplätze VOGELSBERG UND WETTERAU

ISBN 978-3-8392-2632-2
Lieblingsplätze VON DER EIFEL BIS IN DIE ARDENNEN

ISBN 978-3-8392-2405-2
Lieblingsplätze ROMANTISCHER RHEIN BINGEN — BONN

ISBN 978-3-8392-2622-3
Lieblingsplätze OSTFRIESISCHE INSELN

ISBN 978-3-8392-2545-5
Lieblingsplätze WEINVIERTEL

ISBN 978-3-8392-2629-2
Lieblingsplätze SPREEWALD

ISBN 978-3-8392-2634-6
Lieblingsplätze WESERMARSCH UND MEHR

GMEINER KULTUR

WWW.GMEINER-VERLAG.DE
Mensch, Kultur, Region